不可能的堡垒
THE IMPOSSIBLE FORTRESS

大方
sight

不可能的堡垒

THE IMPOSSIBLE FORTRESS

[美] 詹森·雷库拉克 Jason Rekulak 著
姚瑶 译

中信出版集团 · 北京

图书在版编目（CIP）数据

不可能的堡垒 /（美）詹森·雷库拉克著；姚瑶译.
--北京：中信出版社，2018.9
书名原文：The Impossible Fortress
ISBN 978-7-5086-9061-2

Ⅰ.①不… Ⅱ.①詹… ②姚… Ⅲ.①长篇小说-美
国-现代 Ⅳ.①I712.45

中国版本图书馆 CIP 数据核字（2018）第 122383 号

不可能的堡垒

著　　者：[美] 詹森·雷库拉克
出版发行：中信出版集团股份有限公司
（北京市朝阳区惠新东街甲 4 号富盛大厦 2 座　邮编　100029）
（CITIC Publishing Group）
承 印 者：浙江新华数码印务有限公司

开　　本：880mm×1230mm　1/32　　插　　页：2
印　　张：9.75　　字　　数：230 千字
版　　次：2018 年 9 月第 1 版　　印　　次：2018 年 9 月第 1 次印刷
京权图字：01-2018-3612　　广告经营许可证：京朝工商广字第 8087 号
书　　号：ISBN 978-7-5086-9061-2
定　　价：48.00 元

服务热线：400-600-8099
投稿邮箱：author@citicpub.com

这本书献给我的爸爸妈妈

目录

01

```
10 REM *** WELCOME SCREEN ***
20 POKE 53281,0:POKE 53280,3
30 PRINT "{CLR}{WHT}{12 CSR DWN}"
40 PRINT "{7 SPACES} THE IMPOSSIBLE FORTRESS"
50 PRINT "{7 SPACES} A GAME BY WILL MARVIN"
60 PRINT "{9 SPACES} AND MARY ZELINSKY"
70 PRINT "{2 CSR DWN}"
80 PRINT "{7 SPACES} (C) 1987 RADICAL PLANET"
90 GOSUB 4000
95 GOSUB 4500
]■
```
[1]

我的妈妈坚信我会在年少时死去。1987 年春天，就在我十四岁生日后的几个星期，她开始在大食界上夜班，因为夜班的报酬每小时会多出一美元。我独自一人睡在空荡荡的房间时，妈妈则正为各种各样的食物结账，同时忧心于一切可能发生的致命意外，比如：要是我被鸡块噎住了怎么办？要是我在淋浴时跌倒了怎么办？要是我忘记关掉炉子，房子爆炸，变成烈火熊熊的地狱怎么办？每天晚上十点她都会打电话回来，

1 本段代码运行后电脑屏幕上将显示以下信息：不可能的堡垒，该游戏由威尔·马文和玛丽·泽林斯基制作，版权属于 1987 激进星球。这是一个游戏的欢迎界面，使用的是 basic 语言编程。——译者注，下同

确认我已经做完作业并且锁好了前门，有时候，为了以防万一，她还会让我测试一下火灾警报器。

我觉得自己是九年级孩子中最幸运的小孩。我的朋友阿尔夫和克拉克每晚都来我家，兴高采烈地庆祝我新近获得的自由。我们会看上好几个小时的电视，调制一加仑的奶昔，吃上一大堆 Pop-Tarts 牌果酱吐司饼干和披萨百吉饼，直到把自己吃撑为止。马拉松式的“大战役”和“大富翁”游戏让我们乐此不疲，通常要玩上好几天，并且总是以怒气冲冲的失败者掀翻游戏盘而告终。音乐和电影是我们打嘴仗的话题，激情高涨的时候会争论打起架来究竟谁会胜出：洛奇·巴尔博亚[1]还是弗雷迪·克鲁格[2]？布鲁斯·斯普林斯汀[3]还是比利·乔尔[4]？私家侦探马格农[5]还是 T. J. 霍克[6]亦或是麦吉弗[7]？每个夜晚都像一场醉生梦死的狂欢，我还记得那个时候以为好时光永远也不会结束。

但是很快，《花花公子》刊出了《幸运之轮》[8]女主持范娜·怀特的照片，我觉得自己陷入了爱情，一切都开始变了。

是阿尔夫第一个发现了那本杂志，他从泽林斯基的报刊店一路狂奔过来告诉我们这个消息。阿尔夫从前门冲进来时，克拉克和我正坐在客厅的沙发上看“年度 MTV 前 20 倒计时”[9]。

---

1 洛奇·巴尔博亚，美国电影《洛奇》系列的主角，业余拳击手出身，凭借自身的努力，登上拳坛最高峰。

2 弗雷迪·克鲁格，美国经典电影《猛鬼街》里的恶魔。

3 布鲁斯·斯普林斯汀，美国摇滚歌手、作词作曲家。

4 比利·乔尔，美国著名歌手、钢琴演奏家、作曲作词家。

5 马格农，美国犯罪电视剧《夏威夷神探》里的男主角。

6 T. J. 霍克，美国警匪片《T. J. 霍克》男主角。

7 麦吉弗，美国电视剧《百战天龙》男主角。

8 《幸运之轮》，美国一档深受欢迎的电视综艺节目。

9 年度 MTV 前 20 倒计时，美国的一档音乐评选类节目。

“她的屁股在封面上。”他气喘吁吁地说。

“谁的屁股?”克拉克问道，“什么封面?”

阿尔夫瘫倒在地板上，抓着自己的衣角，几乎喘不上气来。“范娜·怀特。《花花公子》。我刚刚看到的封面，她的屁股就在封面上!”

这真是个天大的新闻。《幸运之轮》是最受欢迎的电视节目之一，女主持范娜·怀特是我们国家的骄傲，一个从默特尔比奇走出来的小镇姑娘，靠着智力填字游戏迅速获得了名望和财富。她在《花花公子》上的照片早已成了超市小报的头条：范娜非常震惊，感觉受到了羞辱，她声称这些露骨的照片拍摄于多年以前，并不是为《花花公子》拍摄的内页。她提出了五百二十万美金的赔偿诉讼，并要求停止有关出版物的发行，可是现在——在流言蜚语和各种揣测弥漫了数月之久后——杂志最终还是摆在了报摊上。

“这可真是我见过的最难以置信的事情。”阿尔夫继续说道。他爬上椅子，摆出了范娜的封面造型，“她就坐在窗台上，差不多就像这样?然后探出身子，好像在看天气怎么样?只不过她没穿裤子!”

“这不可能。”克拉克说。

我们三个住在同一个街区，在过去几年里，我们早就知道阿尔夫容易夸大其词。就像他曾声称约翰·列侬[1]是被机关枪扫射身亡的，地点就是帝国大厦楼顶。

“我拿我妈的命发誓，”阿尔夫说着举手冲天，“要是我说谎的话，就让她被拖拉机挂车碾死。”

1　约翰·列侬，甲壳虫乐队主唱。

克拉克猛地把他的胳膊拉下来，“你别再说那种话了，”他说，“你妈还能活着可真是她的运气。”

“好吧，你妈就像麦当劳，”阿尔夫回敬他，“她让上亿人都满意。”

“我妈？”克拉克不解，“你为什么要把我妈扯进来？”

阿尔夫继续奚落他：“你妈就像个冰球守门员，三局过后她就要换护垫了。”他有一大堆关于“你妈”的笑话，只要稍稍被激怒就能马上解锁这些玩笑，“你妈就像个日本牛排店——”

克拉克丢过来一只枕头，枕头飞过客厅，不偏不倚砸到阿尔夫脸上。这下可惹怒了阿尔夫，他以两倍的力量把枕头给砸了回去，没砸到克拉克，却砸翻了我杯子里的百事可乐。滋滋作响的泡沫和苏打水全都泼在了地毯上。

“妈的！”阿尔夫大叫一声，赶紧过来收拾残局，“抱歉啊，比利。”

“没关系。”我说，“拿点纸巾来就行了。”

对这种事没有小题大做的必要，我也不会因为这个就抛下阿尔夫和克拉克，去寻找新的更亲近的朋友。九个月前，我们三人上了高中，眼睁睁看着身边的同学们投身于运动、社团和学业当中。不知道为什么，我们总是游走在他们边缘，格格不入。

我是九年级最高的男生，但不是那种健康的高。我在学校里走来走去的样子就像一只幼年长颈鹿，四肢瘦长，身体的各个部分都好像在等着被慢慢填满。阿尔夫又矮又胖，浑身臭汗，因为和电视上特别有名的外星人同名而被调侃嘲讽——那是一个三尺高的木偶，在 NBC[1] 拥有自己的情景

1　NBC，全国广播公司（美国）。

喜剧。阿尔夫和他有着相似的怪异外表。两个阿尔夫全都长了副魔发精灵的模样，大大的鼻子，小而圆的双眼，还有一头棕色的乱发，连老师都开玩笑说他们俩是双胞胎。

纵然有着如此明显的缺陷，我和阿尔夫都清楚，我们俩的情况还是要比克拉克好得多。每天早上他都像《心跳老虎》[1]杂志里的大众情人一样潇洒下床。他很高，肌肉发达，有着波浪般的金发，深邃的蓝眼睛以及完美的皮肤。学校走廊里的女孩们发现克拉克走来时，全都会张大嘴巴、目不转睛地盯着他看，就像他是瑞凡·菲尼克斯[2]或者基弗·萨瑟兰[3]，然而，一旦她们近距离看到了他的“爪子”，就会迅速把目光挪向别处。克拉克的左手因为先天缺陷，手指全都粘连在一起，活像粉色的螃蟹钳子。这只手根本毫无用处——他倒是能够张开手、握上手，却拿不起任何比一本杂志更大更重的东西。克拉克发誓说，等到他十八岁的时候，就去找个医生把这只手切了，哪怕花上一百万也在所不惜。到目前为止，他人生中的每一天都抬不起头来，他把爪子塞进口袋，以免惹人注目。我们都清楚，克拉克注定要孤身一辈子——他从来就没交过一个真实的、有血有肉的女朋友——所以他比任何人都需要《花花公子》上的范娜·怀特。

“她在中间的插页上吗?”他问道。

“我不知道。”阿尔夫回答，“泽林斯基把杂志放在了收银台后面的架

1　《心跳老虎》，一本针对青少年女性读者的偶像杂志。

2　瑞凡·菲尼克斯，美国著名男演员。1988 年，因出演《一事无成》获得第 46 届美国金球奖、第 61 届奥斯卡金像奖最佳男配角提名。1991 年因出演《不羁的天空》获得第 48 届威尼斯国际电影节最佳男演员奖。

3　基弗·萨瑟兰，加拿大籍演员，因在美国电视剧《24 小时》中饰演杰克·鲍尔而闻名。

子上，就在烟旁边。我根本无法靠近。”

“你竟然没有买？”我问。

阿尔夫冷哼一声：“行行行，我就直直地朝泽林斯基走过去，说要买《花花公子》，还有六罐啤酒，还有一根吸白粉用的管子，因为我没有理由不买？你们有病吧？”

我们全都明白买《花花公子》这种事根本就不在讨论范围内。现在连买张摇滚乐唱片都已经够困难了，因为杰瑞·法威尔[1]警告大家提防撒旦的邪恶影响，而蒂帕·戈尔[2]也提醒家长要弄清楚那些歌词的含义。所以在美国，没有哪个店主会把《花花公子》卖给一个十四岁的小男孩。

“霍华德·斯特恩[3]说那些照片简直不可思议。”克拉克解释说，“他说你能看到两只乳房的超级特写，奶头，奶鸭，类似这种。”

“奶鸭？”我问道。

“乳导管[4]，是有字母T的那个词。”克拉克立即纠正。

“就是乳头外面那一圈红晕。”阿尔夫解释道。

克拉克连忙摇头：“那个叫乳晕，蠢蛋。乳导管是乳头上的小孔，奶就是从那里喷出来的。”

“乳头又不是个孔。”阿尔夫说道。

“当然是，”克拉克说，“所以它们才那么敏感。”

阿尔夫猛地拉起他的T恤，露出了他松松垮垮的前胸和小腹，“那

1 杰瑞·法威尔，美国基督教福音派牧师、电视布道家，是首位以电视从事宣教，并透过他所创立“道德多数”组织对美国政治产生重大影响的保守福音派基督教领袖。

2 蒂帕·戈尔，美国作家、摄影师、社会活动家。

3 霍华德·斯特恩，美国编剧、制片、演员、导演。

4 鸭子的英文复数是ducks，乳导管的英文复数是ducts，读音相同。

我们的呢？我的乳头也是有孔的吗？”

克拉克闭上眼睛，“给我遮起来。求你了。”

“我的乳头绝对不可能是有孔的。”阿尔夫坚持。

他们总是争相证明自己对女孩子更为了解。阿尔夫自称权威，理由是他有三个姐姐。而克拉克的知识全都来自于《爱情百科》，那是一本非常奇特的丹麦性爱手册，是在他老爸的内衣抽屉底下发现的。我无意与他们俩一争高下。我所知道的一切就是，我什么都不懂。

终于过了七点半，《幸运之轮》开始了。阿尔夫和克拉克依然在为乳导管吵个不停，所以我把电视声音直线开大。因为我们完全独享整栋房子，因而可以大声喧哗，尽情吵吵闹闹。

“快看演播室，奖品全都那么棒！全都那么赞！都是让人热血沸腾的好东西！”每一集都是以这样的方式开头，主持人查理·奥唐奈[1]提前介绍当晚最大奖：“一次环球旅行，一块高级瑞士腕表，一台全新的波浪式按摩浴缸！总价值超过八万五千美金的大奖在《幸运之轮》节目里等待被胜利者拿走！”

摄像机扫过塞满了游艇、行李和食品加工机的演播室，以突出这些商品就是大奖。而范娜·怀特呢，她身高一米七，体重一百一十五磅，身穿价值一万两千英镑的龙猫[2]皮毛大衣。阿尔夫和克拉克停止了争吵，我们仨全都凑到了电视机跟前。毫无疑问，范娜绝对是全美国最漂亮的女人。当然了，你可以争辩说米歇尔·菲佛[3]的眼睛更好看，凯瑟琳·特

1 查理·奥唐奈，美国演员。

2 龙猫，又名南美洲栗鼠，野生龙猫因皮毛需求而灭绝，目前作为宠物在全球被广泛饲养。

3 米歇尔·菲佛，好莱坞知名女星。

纳[1]的腿更有料，希瑟·拉克里尔[2]拥有最棒的身材。但是我们全都将邻家女孩奉上神坛。范娜·怀特所拥有的纯真无邪让她超然众人。

克拉克转过脸来，往我跟前靠了靠，用他的“爪子”轻拍我的膝盖，“我明天要去泽林斯基的店里，”他说，“我要亲眼看一看那个封面。”

我说：“我和你一起去。”说话的时候我依旧目不转睛地盯着屏幕。

1　凯瑟琳·特纳，美国女演员。

2　希瑟·拉克里尔，美国女演员，曾获得金球奖题名，经常在肥皂剧和电影里演出。

02

```
200 REM *** ESTABLISHING DIFFICULTY ***
210 PRINT "{CLR}{15 CSR DWN}"
220 PRINT "SELECT SKILL LEVEL"
230 PRINT "EASY - 1   NORMAL - 2   EXTREME - 3"
240 INPUT "YOUR CHOICE? ";SL
250 IF SL<1 OR>3 THEN GOTO 200
260 IF SL=1 THEN PK=10
270 IF SL=2 THEN PK=15
280 IF SL=3 THEN PK=20
290 RETURN[1]
]■
```

我们住在威特布雷治，地处斯塔滕岛以西五英里，这里是新泽西最肮脏的地区，像个丑角一样广为人知。我们有许多工厂和燃料炼化厂，有污水横流的河道与混乱不堪的交通，还有密密麻麻的独栋住宅，以及数不清的天主教堂。如果你需要买什么东西的话，就得去“市中心”，那地方毗邻火车站，跨越两个街区，全都是夫妻共同经营的店铺。“市中心”有一家自行车行，一家宠物店，一家旅行社，以及六家服装店。

1　本段代码为确定游戏难度，运行后电脑屏幕上将显示以下信息：“选择游戏难度，简单-1，普通-2，困难-3，你的选择是？”第250行到290行为内部判断，如输入的数字小于1或大于3，则重新选择难度，如果输入数值为1，则pk值为10，如果数值为2，pk值为15，如果数值为3，则pk值为20。

所有这些店铺在五六十年代都相当兴旺，然而到了 1987 年，它们效率低下，因循守旧，完全跟不上商业发展，来自新兴购物中心的竞争将它们挤垮了。大多数日子里，我都沿着人行道，自由自在地骑着我的自行车，因为再也不会有购物者挡住我的去路了。

泽林斯基的打字机及办公用品商店是镇子里唯一售卖《花花公子》的地方。商店就在市场大街上，正对着火车站，是一栋两层的砖块建筑，橱窗里陈列着老式打字机。门上的遮雨棚打着广告，“手动＊电动＊色带＊维修”，不过泽林斯基大部分的生意都来自于一进门的报纸杂志。他售卖香烟、报刊和热咖啡给那些一大清早匆匆忙忙赶火车的人。

我们把自行车随手扔在人行道上，三辆车叠在一起，克拉克走进店里去确认阿尔夫说的是不是真的。不一会儿他就出来了，双颊通红，看起来非常迷茫。

“你看见了没？”我问他，“你还好么？”

克拉克点了点头，“那本杂志就在收银台后面的架子上，就和他说的一样。”

“她的屁股就在封面上。”阿尔夫补充道。

“没错，她的屁股就在封面上。”克拉克承认。

我们紧紧挤在一张长椅上商量把杂志搞到手的策略。现在是下午三点半，身处室外感觉很舒服。到目前为止这是今年最暖和的一天，夏天转瞬将至。

“我有办法了，”阿尔夫说道，他环顾四周，确定坡道上没有人，“我们可以雇个人来买。”

“雇个人？”我反问他。

“一份杂志要四美金，我们需要三份，所以总共就是十二美金。但是我们可以付给什么人二十美金来帮我们买到手。我们拿到《花花公子》，他们拿到八美金跑腿费。我们就是为了能买到杂志啊!”

阿尔夫说得好像这是个多么了不起的主意,仿佛他搞出了一个从诺克斯堡[1]里偷出黄金来的计划。然而当我和克拉克环顾整条主路时,能看到的只有妈妈们推着折叠婴儿车,还有一些老人在等公交。

“这里没人能帮到我们。”我说。

“当然不是这些人,”阿尔夫纠正我,并且强调了“这些”两个字,“我们只要耐心地等着合适的人走过来就好,范娜行动所需要的就是耐心。”

在我们干过的所有大坏事里,阿尔夫都是军师,比如“狼吞虎咽行动”(我们用从7-11弄来的饮料杯偷走了商店里的音乐卡带),“垃圾场行动”(我们用M-80烟花毁掉了一个学校的厕所)。他惯于从打破规则与挑战权威中获得刺激,一旦他下定决心瞄准某个目标,只要未达目的,他就能以坚韧不移的决心坚持好几个星期。只是时间问题,我妈妈曾经预言,阿尔夫迟早会被送进监狱或死掉。

此刻我们歪七扭八地挤在长椅上,看着汽车在市场大街上川流不息,仔细打量每一个路人。需要找个男人,在这点上我们达成了共识——可这恰恰是问题所在,下午三点半的时候,根本就没有男人在威特布雷治附近闲逛,所有男人都正忙着上班。而且,每次一有个男的走过来,我们总能找到理由把他排除掉:

“他看起来太年轻了。”

“他看起来太老了。”

“他看起来像个吝啬鬼。”

---

1 诺克斯堡,美国黄金储备最大的存放地,也是美国陆军装甲兵司令部的所在地。

"他看着像个卧底的牧师。"

这理由又是阿尔夫提出来的——他的家人全都信奉天主教，他总是警告我们要小心卧底牧师，这些神职人员会穿得和普通人一样，在威特布雷治微服私访，寻找惹麻烦的家伙。克拉克和我都告诉他这根本就是胡扯，无论是字典还是百科全书，或者其他任何一本图书馆里有的书上，都没有"卧底牧师"这么个词。但阿尔夫坚决相信这个秘密阴谋的存在，他声称卧底牧师生活在阴影之中，没有姓名，严格服从梵蒂冈教廷的命令。

我们在长椅上足足坐了一个多小时，克拉克渐渐失去耐心。"根本就没戏。"他说，"我们去录像城吧。我们可以租一盘《克雷默夫妇》[1]。"

"不想再看了。"阿尔夫反对。

"那总比干坐在这里强吧。"克拉克说。

录像城要查身份证，并拒绝出租 R 级[2]电影给十七岁以下的未成年人。但是克拉克仔细研究了他们的目录，发现了很多 PG[3]电影，里面竟然充斥着大量女人的裸体镜头：《乱世儿女》《太空英雄芭芭丽娜》《沼泽怪物》。其中最棒的就是《克雷默夫妇》，这部影片斩获了 1979 年的奥斯卡最佳摄影奖，领衔主演是达斯汀·霍夫曼[4]和梅丽尔·斯特

1 《克雷默夫妇》是 1979 年美国哥伦比亚影片公司出品的电影，导演是罗伯特·本顿。

2 R 级，美国影片分级制度中的一级，属限制级，17 岁以下必须由父母或者监护人陪伴才能观看。该级别的影片包含成人内容，里面有很多的性爱、暴力、吸毒、裸露、诡异等场面和大量脏话。

3 PG 级在美国电影分级制度里属于普通级，主要针对 13 岁以下未成年人定的级别，建议在父母的陪伴下观看，有些镜头可能让儿童产生不适感。该级别的电影基本没有性爱、吸毒和裸体场面，即使有，时间也很短，此外，恐怖和暴力场面不会超出适度的范围。

4 达斯汀·霍夫曼，美国演员、导演。1967 年主演了电影《毕业生》，并凭借该片获得第 25 届美国电影金球奖最佳男新人奖、第 40 届奥斯卡金像奖最佳男主角提名。1980 年，在《克雷默夫妇》中扮演泰德·克雷默一角为他揽获第 52 届奥斯卡金像奖最佳男主角奖。1989 年，出演剧情片《雨人》中的自闭症患者，并凭借该片获得第 61 届奥斯卡金像奖最佳男主角奖，同年获柏林国际电影节终身成就奖。1996 年，获得英国影视学院颁发的终身成就奖。

里普[1]。整个故事无聊透顶，就是两个成年人闹离婚那点事，我们每次看的时候都要快进到第四十四分钟，达斯汀·霍夫曼身材火辣的一夜情对象下床去浴室。紧跟着就是长达五十三秒的正面全裸镜头，而且是多角度拍摄，令人目瞪口呆。我们借这部电影十几次了，但是从来没有看它超过一分钟过。

“我已经看腻《克雷默夫妇》了。”阿尔夫说。

“我已经在这条长椅上坐腻了。”克拉克寸步不让，“这里根本没人会帮我们。范娜行动根本没用。”

“车变多了。”我指出来，“我们就再多等一会儿。”临近傍晚，火车开始每隔一刻钟依次进站，放下一打又一打年龄符合我们需求的男乘客，他们当中的大多数人都拿着外套和公文包。这些人排着队在出站后从泽林斯基商店门前走过，有些人会进店买香烟或者刮刮乐彩票。可我们一言不发地看着他们从眼前走过，就是做不到开口求助。他们看起来都太正直了。

“或许我们应该放弃。”我建议。

“谢谢你。”克拉克附和。

但是阿尔夫已经指着街对面的火车站说，“那儿，”他说，“那个家伙。”

从一大群穿着西装打着领带的人中间冒出一个年轻人来，他穿着牛仔短裤，红色法兰绒衬衫，架着一副雷朋太阳镜。我觉得之前好像见过他，可能是在威特布雷治酒水超市附近的停车场。他有一头酷似比利·爱多尔

1 梅丽尔·斯特里普，美国著名好莱坞影星，分别凭借《猎鹿人》《克雷默夫妇》《改编剧本》和《魔法黑森林》四度入围奥斯卡奖最佳女配角奖，1980 年凭借《克雷默夫妇》中的表演夺得第 52 届奥斯卡最佳女配角奖。

的头发[1]，漂染成白色，中间尖尖的，头发粘在一起，直直地立在头顶上。

“他看起来……有点可疑。”我说。

“可疑就对了。”克拉克说，“我们要的就是这种。”

“打扰了，先生！”阿尔夫喊道。

那家伙一点也没迟疑。他转向我们，那样子就好像自己总是被十四岁的小男孩拦下来一样。反光的太阳镜让我们没法看清他的表情，但至少，他是在微笑的。

“怎么了，伙计们？”

阿尔夫递上了二十美金：“你能帮我们买几本《花花公子》吗？”

他笑得更开了些，“范娜·怀特！”他心领神会地说，“我听说这些照片了！”

“三本杂志是十二美金，”阿尔夫解释道，“你可以留下找零的钱。”

“说什么屁话呢，伙计，你们没必要付我钱。我什么都不要，就帮帮你们。”

我们难以置信地盯着他。

“你是说真的？”阿尔夫问道。

“当然，我就是在这附近长大的。我的名字是杰克·科迈罗，就和那车[2]的名字一样。”他同我们每个人握了手，仿佛我们早就是朋友了一样，“很高兴我能帮上忙。你们几个还要别的什么吗？《藏春阁》[3]？香

1　比利·爱多尔，英国歌手。
2　科迈罗，美国雪佛兰汽车公司旗下的分支品牌。
3　《藏春阁》，美国男性成人杂志，只能在色情书店里销售。

烟？或者来点巴特尔斯和詹梅斯？[1]”

阿尔弗雷德数了十二美金放到他掌心，“只要三本《花花公子》。”

“我们真的太感激了。”我对他说，“谢谢你。”

“三本《花花公子》，”杰克·科迈罗重复了一遍，“没问题。你们就在这里等着。”

他走进泽林斯基的商店，我们仨就在身后紧紧盯着他，目瞪口呆。这情形就像是我们召唤出了一个魔法妖怪，绝对服从我们的任何怪念头和无理要求。不一会儿杰克·科迈罗就从店里出来，回到了我们身边，手里依旧握着那十二美金。

“我刚刚有个疯狂的想法。”他说，“你们几个确定三本就够了吗？”

“三本刚好。”我答道。

“我们每人一本。”阿尔夫补充道。

“听我说，”杰克·科迈罗说道，“我打赌你们学校里肯定有一大堆想看这些照片的色鬼。如果你们多买两本杂志，就可以随便卖什么价钱了。”

我们自然都明白这个计划的绝妙之处，于是每个人都开始七嘴八舌起来。班上绝大多数男生都会乐颠颠地花上十美金、十五美金，甚至二十美金来拥有属于自己的范娜·怀特的照片。杰克·科迈罗建议我们留出几本“出租”，这样可以租给每个人看，按照每晚一到两美金的价格出租，就像录像城出租电影一样。

“你真是个天才！”克拉克大喊。

杰克·科迈罗耸了耸肩：“我是个企业家。我找的就是机会。我们把

1　巴特尔斯和詹姆斯（Bartles & Jaymes），美国的一个果酒品牌。

这叫作供求关系。”

我们几个人全都把口袋翻了个底朝天，把剩下的钱集中起来——又多出了二十八美金。杰克·科迈罗可以用四十美金买十本杂志，不过我们坚持要他留下一本杂志作为服务费。

“你们真是太慷慨了。”他说。

“这是我们应该做的。”阿尔夫坚持。

他拿着我们的钱进了商店，我们则返回长椅上，未来似乎瞬间有了生命力，充满了希望和无限可能。在杰克·科迈罗的帮助下，我们都能成为企业家。

“还能赚大钱！”阿尔夫高声说道。

“放轻松，”克拉克对他说，“我们别太激动了。”他劝我们保持理智，并且将利润投资给更多的杂志——不仅仅是《花花公子》，还有《藏春阁》《好色客》《画廊》和《是的》[1]，“我说的可是几百本。要是我们有详细的目录，就没有任何限制了。”

阿尔夫宣称他的计划是要买一辆福特野马，克拉克说他要花钱做手术切掉自己的“爪子”；而我则打算帮妈妈还账单，这样她就不用时时刻刻处在焦虑中了。

这些梦想持续了六七分钟之久。

“肯定要花点时间的。”克拉克最后说。

“现在正是高峰期，”阿尔夫解释，“店里人很多。”

然而我们的目光就没有离开过商店门，并没有别的顾客进出过这栋

1 《好色客》《画廊》《是的》，这几本全都是针对成年男性的色情杂志。

建筑。

“他搞不好是个卧底牧师，”我猜测，“他很有可能正和泽林斯基一起打电话给梵蒂冈那边。”

阿尔夫转向我，气呼呼的，“真的发生了，比利！你之所以没听说过是因为卧底牧师并不希望自己被公之于众，但是这事已经发生了！”

“放轻松。”克拉克温吞吞地说。

在打发克拉克去商店里看看情况之前，我们足足数够了一百秒。克拉克答应绝对不说不做任何事打乱原定计划，他就是去看看杰克·科迈罗的位置，然后回来汇报。于是他穿过商店门口消失了。阿尔夫和我一动不动地待在原地。我的斯沃琪手表上的分针走满了整整一分钟，又一分钟，再一分钟。我们没有动弹，就死死盯着门，等着克拉克回来。

“有点不对头。”阿尔夫说。

“确实不对头。”克拉克说。

他瞬间就站在了我们面前，像道格·汉宁[1]或者大卫·科波菲尔[2]逃出上了锁的箱子一样神奇。

阿尔夫绕着他转了一圈：“这是什么鬼把戏？你是怎么——”

“店里有个后门，蠢蛋。你也能跑到商店后面去。”

“所以，杰克·科迈罗在哪儿？”我问道。

我的问题悬在半空中，因为答案早已揭晓。杰克·科迈罗早就跑了，赚走了四十美金。我们关于成为企业家以及发大财的美梦像冲厕所的水一

1 道格·汉宁，加拿大魔术师，逃脱大师。
2 大卫·科波菲尔，著名美国魔术大师。

样急转直下。眼下，我们三个人身上总共就剩下 1. 25 美金，刚好够租个电影看。

“《克雷默夫妇》?”克拉克问。

我们就这样迈着沉重的步伐走向了录像城。

03

```
300 REM ***  TRANSFER CHARACTER SET ***
310 PRINT "SETTING UP THE GAME... "
320 PRINT "PLEASE WAIT... "
330 POKE 56334,0
340 POKE 1,51
350 FOR ADDRESS=2048 TO 6143
360 POKE ADDRESS,PEEK (ADDRESS+51200)
370 NEXT ADDRESS
380 POKE 1,55:POKE 56334,125
390 RETURN
]■
```
[1]

在我继续讲故事之前，我得先停下来，跟你说说《克里斯蒂·布林克利脱衣扑克》。这是个可以在我的康懋达 64 电脑上玩儿的游戏，是个模拟的梭哈[2]比赛，真人对抗超模。电脑扮演的是克里斯蒂·布林克利[3]，在范娜·怀特横空出世前，她就是全世界最美的女人，整个游戏过程中她都站在屏幕最中间。每次她输了一手，她的上衣或者短裙或者胸罩就会消

1 本段代码是用来传输角色设定，运行后电脑屏幕上将显示以下信息：“游戏配置中，请等待……”下面几行为数据传输过程。

2 梭哈是扑克游戏的一种。以五张牌的排列组合、点数和花色大小决定胜负。

3 克里斯蒂·布林克利，美国知名演员、模特。

失；游戏规则就是在她赢走你的全部衣服之前先赢走她的。《克里斯蒂·布林克利脱衣扑克》这个游戏最值得注意的一点是，你在任何商店里都不可能买到。我和我的朋友们是唯一玩过这个游戏的人。是我往电脑里输入了上百行 BASIC 代码，创造出了这个游戏。

阿尔夫喜欢嘲笑这个游戏操作简单，我就会拿克里斯蒂·布林克利的形象来说明，那是用 ASCII[1] 字符做出来的——是标点符号和数字符号的混合体——所以她也只能是个曲线构成的图画。

我知道我还没能创作出蒙娜丽莎，但我真的为这个游戏感到无比骄傲。我花了好几个星期时间，努力教会电脑弄清对子、三条和皇家同花顺之间的区别。我还发现了一种可以随机把牌打乱的方法。阿尔夫压根不懂得欣赏这些，他只知道抱怨电脑版的克里斯蒂没有阴毛，甚至连腕

1　ASCII，美国信息交换标准代码，是基于拉丁字母的一套电脑编码系统，主要用于显示现代英语和其他西欧语言。它是现今最通用的单字节编码系统。

关节都没有。

“还有她的腿也不够长。”阿尔夫继续抱怨，“她一点也不凹凸有致。”

“你的意思是身材比例均衡?”我问。

“是的！这副样子也太糟糕了!”

我努力不让自己觉得阿尔夫的批评是针对我的。我提醒自己，他根本就不懂做一个电脑游戏都需要干些什么——我的那些同学里也没有一个人知道。我们学校的高中部里有一个实验室，里面全都是崭新的 TRS－80 电脑，但现在是 1987 年，我们的老师里没有一个人知道该怎么操作这些电脑，他们只会用这些电脑来打字和做词汇练习。

大部分孩子的家中也还没有电脑。我则是为数不多的幸运儿。我妈妈赢得了威特布雷治房屋互助协会的竞赛，奖品就是这台康懋达 64 电脑。当她第一次把电脑带回家时，我以为那就是个神奇的游戏机——一个升级版的雅达利 2600[1]。然而，当我把所有零部件拼凑起来并看了用户手册之后，惊讶地发现康懋达 64 可以让用户创立自己的游戏——太空历险、幻想战争、赛车，你想发明什么就发明什么。我就这样沉迷其中，难以自拔。

在老师们不停灌输数学公式和美国大革命时，我坐在教室后排，偷偷看《康懋达程序员参考指南》，在方格纸上打八位图像的草稿。我订了很多给业余爱好者看的杂志，里面密密麻麻全都是 BASIC 编程代码（FOR X = 1020 TO 1933 STEP 3），读者可以直接把这些代码输入自己的电脑。我经常熬夜输入电脑程序，搞到凌晨一两点。这是一项缓慢而

1 雅达利 2600，是雅达利（Atari）在 1977 年 10 月发行的一款游戏机，在当年风行一时，成为电子游戏第二世代的代表主机。

枯燥的工作，但是每个程序都能教给我一点新东西，有时我还会照抄一些补丁代码放进自己的游戏里。阿尔夫和克拉克是唯一玩过这个游戏的人，《克里斯蒂·布林克利脱衣扑克》是迄今为止我最得意的作品——自主设计并赢得了他们的认可。

“她的乳头都是零蛋。”阿尔夫还在嘟嘟囔囔，“那简直是最可怕的部分。谁会想和一个乳头是零蛋的克里斯蒂·布林克利玩梭哈啊？你就不能把它们给美化一下吗？”

这是杰克·科迈罗事件过去几天之后，我们仨围在我卧室的电脑旁，大口喝着皇冠可乐，觉得无聊透顶。

“我可以把它们换成星号，”我提议，但是阿尔夫和克拉克都认为星号看起来只会更糟。

“就这样吧，比利，”阿尔夫说，“我们玩点别的。”

他从磁盘驱动器里退出了软盘，我试图在他看到软盘标签之前就给抢过来，可是我不够快。标签上写的是：

克里斯蒂·布林克利脱衣扑克

设计者威廉·马尔文

1987年版，版权归星球希望软件所有

阿尔夫把标签念了出来，嗤之以鼻。

“威廉·马尔文？”他问。

我唰地一下脸红了：“是我的名字。”

“那什么，就像威廉·莎士比亚？”

克拉克凑过来看：“星球希望软件是什么？”

“我的公司。”我说。

阿尔夫笑得更大声了：“你的公司?”

有些想法如果不被人大声说出来，其实并不显得那么愚蠢。

“别在意。”我说。

但是阿尔夫并没有就此作罢。他抬手在我逼仄的小卧房里比画了一圈，最后指向了墙上的海报，有斯帕德·麦肯齐[1]和一些穿着比基尼的超模：“这些就是你的合伙人吗？我能当CEO吗?”

“那只是个玩笑。”我告诉他，“我之所以写在标签上只是为了好玩。”

阿尔夫似乎并不相信，所以我连忙拿起了手边最近的娱乐杂志——1987年《体育画报》的泳衣版——随手扔到他膝盖上：“看看九十八页。凯西·爱尔兰在丛林藤蔓上荡秋千，像人猿泰山那样。”

策略生效——阿尔夫翻开了杂志，停止取笑我——我顿感如释重负。尽管他和克拉克是我最要好的朋友，但我还没有向他们透露过长大以后要以做电脑游戏为生这个秘密计划。我想成为下一个马克·赛尔尼，他是个传奇游戏设计师，十七岁时就进了雅达利。我想成为弗莱彻·马利根那种梦想家的同伴，他是“数码艺术”的创始人，我还想拥有自己的软件公司。然而这些愿望被大声说出来以后都显得那么不切实际——就好像宣称你要成为一名宇航员或者美国总统。每当大人们问我这辈子想干什么时，我都只是耸耸肩，含糊地说：“我不知道。”

阿尔夫把脸埋进杂志里，使劲闻着凯西·爱尔兰的气息，但是克拉克

1　斯帕德·麦肯齐是一支广告中的虚拟狗角色。

依然用他的爪子捏着那个软盘，就好像他抓住了什么非同寻常的好主意。

“星球希望是真正的生意。”他说。

“那就是个玩笑。”我坚决否认。

“但是它可以成真。”他解释道，“确实有十几岁的孩子制作电视游戏并且出售。他们就是这样在车库里建立起真正的生意，而且他们从泽林斯基那种商店里购买办公用品。”

克拉克打开我的衣橱，开始挪动那些我好几年都没穿过的衣服——六年级毕业时候的运动外套，圣诞节和复活节时穿着去教堂的宽松长裤，已经穿不进去的磨坏了的黑色鞋子。

“把这些穿上。”他跟我说。

“你在说什么?”我不解。

“范娜行动，第二次，”他说，“我有了一个更好的主意，这次肯定能行。”

04

```
400 REM *** PLAY THEME MUSIC ***
410 L1=54272:POKE L1+18,128
420 POKE L1,75:POKE L1+5,0
430 POKEL1+6,240:POKE L1+14,12
440 POKE L1+15,250: POKE L1+24,207
450 FOR L=0 TO 25:POKE L1+4,17
460 POKE L1+1,PEEK (L1+27)
470 FOR T=0 TO 100:NEXT T
480 NEXT L:POKE L1+4,0
490 RETURN
]■
```
[1]

每个人都知道，必须得满十八岁才能合法购买《花花公子》，但我们始终怀疑这个法律到底是州法律、联邦法律或地方性法规，还是政府出于责任感而强制实行的[2]。

克拉克坚持我们可以乔装打扮一番。他说一件合适的外套和领带可以让任何人看起来都像十八岁。

“可是这些只能让我看起来像十五岁。”我说，“十四岁加上十八个

1 本段代码用来播放主题音乐，运行后电脑屏幕上不显示信息。

2 美国的法律体系中除了联邦宪法，联邦和各州都自成体系。联邦除在国防、外交和州际商业等方面外，无统一的立法权。刑事和民商事方面的立法权基本上属于各州。而政府又有颁布行政令的权力。

月就是十五岁，顶多十六岁。”

“那就差不多了。”克拉克信誓旦旦，“我们即将拥有很多娱乐杂志，泽林斯基不会深究的。”

我的衬衫太小了，鞋子也小，挤得脚痛，每走一步都是煎熬，摇摇晃晃的样子活像个穿高跟鞋的女人。克拉克的问题则刚好相反，他穿的湖蓝色涤纶衬衫足足大了两号。自从他爸爸出门工作以后，他再也不用穿那些佐治亚州的奇怪亲戚们寄来的旧衣服。这些旧衣服全都放在一个黑色的垃圾袋里，每年寄来一次，散发着樟脑球的刺鼻气息，标着一些我们从来没有听说过的诡异牌子：优男、自力更生、摇摆肯塔基。

阿尔夫是我们这条街上唯一常穿新衣的孩子。他的父母全都工作——爸爸贴墙纸，妈妈则是房产办公室的秘书——所以他们家日进斗金。在去往泽林斯基商店的路上，阿尔夫穿着最新款的衣服，灵感来源是最近上映的电影《迈阿密风云》——白色亚麻裤，淡紫色夹克衫，蓝色T恤，不系腰带也不穿袜子。我们要扮演的是在曼哈顿度过了漫长一天的生意人，此刻刚下火车，可是阿尔夫的打扮看起来就像随时准备从哥伦比亚的毒枭手里抢过可卡因来。

“关键就是要自信。”阿尔夫对我说。

“确实，”克拉克接着说，“只要你表现得年龄足够大，泽林斯基就会认为你足够大了。”

他们说起来倒容易。虽然是克拉克想出了这个计划，阿尔夫又是我们当中年纪最大的，可是他俩全都认为我看起来是最老的，有相当高的概率买到杂志。下午四点钟，我们来到泽林斯基商店，此时学校早已放学，下班的晚高峰还没到来。一个空无一人的商店对于我们的计划来说至关重要。我很清楚，要是排在长长的顾客队伍之中，我一定会失去勇气。

“准备好了吗?”克拉克问道。

“把钱给我。”我说。

阿尔夫把一叠皱巴巴的钞票塞到我手里。这些现金是从他的大姐贾尼丝的梳妆台抽屉里偷来的，贾尼丝所有的个人时间全都花在了帮别人照顾小婴儿上。“这是三十七块钱。”他说，“要确保我们没有给人留下印象。”

当我推开商店大门时，一个小巧的铃铛响了起来。打从第二次世界大战开始，泽林斯基商店就以这样或那样的形式存在着，所以跨进商店就好像跨进了历史，空气沉重，能够闻到烟丝、新鲜的雪松和墨水的味道。你率先注意到的一定是那面巨大的墙体，架子上摆满报纸杂志——从《华尔街日报》[1]到《家政》[2]，应有尽有。接下来你会注意到的就是商品周围的那些警示，全都是用记号笔手写的，看起来很愤怒：

上课时间未满十八岁不得入内！

学生注意：这里不是你们的地方图书馆！！

我们不卖连环画，所以不要再问了！！！

萨尔·泽林斯基站在收银台后面，他今年五十岁，皮肤红润，剃着美国海军式的平头。他穿了件短衫，套着一件满是墨水污渍的脏围裙，正用一柄长长的螺丝刀刺穿 IBM 打字机的背面，散落在他周围的全是油腻腻的开关、杠杆和钥匙。他看起来就像是在屠宰那个打字机，把肠子什么的全

1 《华尔街日报》创刊于 1889 年，以超过 200 万份的发行量成为美国付费发行量最大的财经报纸。

2 《家政》是一份略偏保守的妇女杂志。

都扯了出来。

铃铛的声响说明我们来了，泽林斯基用黑乎乎的指尖调整了一下他的双光眼镜[1]，打量着我们几个的面庞，皱了皱眉头。他的前额动脉突出，从发际线一路蜿蜒到右眼部，一跳一跳的，就好像刚跟人掰完腕子，看上去怒气冲冲到了极点。

“要帮忙吗?”他问道。

“我们需要点东西。”我开了口，强迫自己说出后面的话，因为克拉克坚持认为这些话至关重要，“……为我们的办公室买东西。”

“你们的办公室。”泽林斯基说出这句话的口吻，是别人可能会用来说“你们的海盗船”或者“你们的航天飞机”那种口吻。越过他的肩膀，就在收银台的后面，我看见范娜·怀特在一个标注着“成人专区”的杂志架子上，并且，千真万确，她的屁股就在封面上。我的心脏怦怦直跳。

“就是要点零碎的东西，”我说道，但是说得非常含糊。

泽林斯基把电动打字机面朝下放好，再一次刺穿了它的底部，“这里可不是玩具商店，”他说，“去拿你们想要的东西，然后离开。”

“好的。”我说。

“没问题。”克拉克说。

“明白。”阿尔夫说。

我们勉强往里走，其实我已经想打退堂鼓了，但是阿尔夫和克拉克却抓住购物筐，继续讨论计划如何进行。我只好抓着自己的筐子，跟在他们

---

1 当一个人由于年龄增长而眼调节力减弱时，就需要对视远和视近分别作视力矫正，这时往往需要配两副眼镜分别戴用，但会很不方便，因此产生了将两种不同屈光力磨在同一镜片上，成为两个区域的镜片，这种镜片就称作双光镜或双焦点眼镜。

身后。

我在泽林斯基商店买过几十次东西，但是从来没有冒险打过杂志架的主意。在收银台后面，商店被切分成三条长长的过道，摆满了办公用品：日历和文具，订书机和订书器，记号笔和信封，还有其他数不清的便宜货。我们分散开来，各自去买东西。

克拉克的计划是用很多又大又便宜的东西来塞满购物筐。我拿了一个三孔活页夹，一排 A13 电池，一大堆胶水。要是这些东西不足一两美元，我就把它们都买下。根本没有其他顾客，商店里静悄悄的，只有收音机的声音。菲尔·科林斯重复着《无形的触碰》那渐渐变弱的副歌部分。这首歌一结束，又马上莫名其妙地从头开始循环起来。

商店最里面是一个大型陈列室，设计成办公室的样子，摆着办公桌、转椅、打字机、挂钟和文件柜。每样东西都有价签，整个陈列室里的东西都可以购买。

有个胖姑娘坐在一张办公桌边，在一台康懋达 64 电脑上打字。

显示器上满满的都是代码，可我还远远没有能力看懂，但是我能听到代码的成果从扩音器里流淌出来：一个混合版本的《无形的触碰》，略显刺耳，正是收音机上放着的歌。旋律并不是很准确——有好几个音节不对——但是作为一份复制品，已经算是相当接近了。

女孩抬起头来，“需要帮忙吗？”

我连忙抓起货架上离自己最近的东西——它看起来像个白色的纸质冰球——把它丢进了自己的篮子里。

“不用，谢谢。”

我转向了下一条过道，但是能感觉到她的目光一直在跟着我，这些货架都不到我的肩膀高，而陈列室里的办公桌则能让她将整个商店尽收眼底。我拿了一些二号铅笔，然后用那种又旧又笨重的打字机色带填满了购物筐。这些色带在搞特价，每个只要五十美分。阿尔夫在隔壁的过道，正往一个塑料袋里装塑料泡沫。克拉克腋下夹着一打文件夹从他身旁走过。他们已经拿了很多我们拎都拎不回去的东西。

我蹲下身去抓了一把橡皮擦，那个胖姑娘突然出现在我身边，将一个便利贴的样品摆正。她压低声音耳语道："我爸爸会报警的。"

"什么?"

"他绝不允许店内偷窃。"

说完她指了指墙上的警告：

我们绝不允许店内偷窃！

我们会报警的！

"小偷将被拒于天国之外。" ——哥林多前书，6：9，10

"我什么都没偷。"我说道，但我的脸还是红了，因为我们确实有其他罪过。

她把手伸进我的篮子里，指了指那些电池："这些是助听器上用的。还有这个，"她说着抓起了那个冰球一样的纸制品，"这些是给收银机用的收据带。你买的所有东西之间都八竿子打不着。"

她是身子前倾小声跟我说的，我能闻到她身上的香水味，新鲜又洁净，就像沐浴时的肥皂。她穿了一件大码的创世纪乐队[1]演唱会T恤，

1　创世纪乐队，二十世纪七八十年代英国最成功的摇滚乐队之一。

长长的黑发垂过肩膀，手腕上套着紫色的果冻手镯，脖子上挂着一枚小小的金色十字架。

“那是你的 64 电脑吗？”我问道。

“是店里的。严格说来，是用来卖的，不过老爸允许我用。”

“我家里有一个。”

她看起来并不相信：“磁盘驱动还是磁带存储？”

“磁盘。”我答道，允许自己的声音里浮现出那么一丝丝的优越感。为了省钱，程序员可以用磁带来存储数据，但是这个过程很缓慢，并且不太稳定。我指了指隔间里的立体声音响——她似乎有了一次无形的触碰，是啊——问道，“这首歌是在你电脑上放的吗？”

“是啊，我正用波形发生器做合成。SID 芯片有三个声道，但是要很好地完成这首歌，你得有四个声道才行。这就是为什么你听不到鼓点。”

哪怕她用日语回答我，我都不会比现在更惊讶，“你用你的 64 电脑设定了程序去播放《无形的触碰》这首歌？”

“我做的《簌簌迪欧》[1] 要更好一点。我把菲尔 · 柯林斯所有最棒的单曲都编码进了这台 64 电脑里，这样我就能在电脑上听了。”

“你是个音乐家吗？”

“不是，我就是特别喜欢菲尔 · 柯林斯。英国乐队是最棒的，你知道吗？”

我不知道。我周围的大部分人视“美国制造”这个词为忠诚的象征，“那范 · 海伦[2] 呢？”我问，“你能做范 · 海伦的歌吗？”

---

1 《簌簌迪欧》（*Sussudio*）是歌手菲尔 · 柯林斯在 1985 年创作的一首歌曲，这个单词是菲尔发明的，他在哼唱旋律时脑袋里冒出了这样一个词，于是就即兴用作了歌名。

2 范 · 海伦，二十世纪七十年代后期到八十年代末世界上最受欢迎的美国摇滚乐队。

她耸了耸肩，“也许可以？吉他有点难搞。”

这是我第一次见到其他程序员，所以我还有更多问题想问：她是用BASIC语言、PASCAL语言还是别的什么语言来编程呢？每首歌都是一个单独的程序吗？存入一首歌需要多长时间？可是在商店的另一头，阿尔夫已经在瞪我了。这可不在计划之内，我们本来的计划是快速果断地行动，范娜行动就这样跑偏了。

“你在威特布雷治高中念书吗？”我问。

“在圣阿加莎高中。”她说，“我爸想让我成为修女。”

“她们教你怎么编曲吗？”

她大笑起来：“要是你想看一些滑稽的东西，真应该来趟我们学校，看看修女是怎么教电脑课的。我们花了整整一个冬天来学怎么画十字。没有函数，没有计算，没有动画制作。仅有的制图也是为了传播神圣福音。”

“但至少你在编程啊，”我对她说，“我们学校是让一个打字老师负责电脑实验室。我亲眼见过她斜着插软盘。”

“那怎么可能插进去？”

“当然不可能，除非你特别用力。”

她哈哈大笑：“你在开玩笑吗？”

“我对上帝发誓这是真的，”我一本正经，“她弄坏了磁盘和光驱。”

阿尔夫和克拉克来到了女孩身后，进入了我的视线。他俩暴躁地打着手势，挥舞着他们的购物篮，指着收银台。

“那你呢？”她问道，“你也编程吗？”

我想到了《克里斯蒂·布林克利脱衣扑克》，“我上个月做了个扑克牌游戏，梭哈。真人对抗电脑。”

“你教会了你的64电脑玩牌？”

"但是不太理想。它只有一半时间能赢。不过我确实教它怎么作弊了。"

现在她看起来颇为激动:"这绝对不可能!"

听别人这么说，感觉相当不错。因为"这绝对不可能"!我花了一整个冬天在这个游戏上，煞费苦心地教我的64电脑识别出顺子、同花和同花顺之间的区别——结果得来的只有阿尔夫的嘲笑，因为数码制作的克里斯蒂·布林克利没有那么多阴毛。

"你是我见过的人里第一个用过64电脑的，"我对她说，"而且你还是个女孩。"

"很奇怪吗?"

"我觉得女孩子不喜欢编程。"

"编程实际上就是女孩子发明的。"她说，"琼·鲍尔蒂克、马琳·威斯科夫、弗兰·比拉斯——她们全都为ENIAC[1]做过编程。"

我完全不明白她说的话。

"也别忘了玛格丽特·汉密尔顿。是她编写的程序让阿波罗11号登陆月球。"

"我是说编游戏程序。"我解释道。

"唐娜·贝利，《大蜈蚣》。布兰达·罗梅罗，《巫术》。罗伯塔·威廉姆斯，《国王密使》，她是在厨房的桌子上设计出自己第一个游戏的，我去年在学校里采访了她。"

"真的吗？你和罗伯塔·威廉姆斯说了话?"

---

1 ENIAC是世界上第一台计算机，编程是由六位女性完成的，前文提到的即是其中的三位女性。

“当然，我打了长途电话到加利福尼亚给她，她和我聊了有二十分钟。”

《国王密使》是一个里程碑式的电脑游戏，是毫无争议的杰作，于是现在，我有了更多的疑问。可是阿尔夫正大声清喉咙，听上去他就像快要窒息了。“你看，我得走了。”我对她说，“我的朋友着急了。但是这些东西我们全都会付钱的，我保证。”

她又看了一眼我的购物篮，很快意识到我说的话里有什么不妥。“随你便吧。”她说：“和你的助听器电池玩儿去吧。”

我跟着阿尔夫和克拉克来到了商店前面，把购物篮里的东西一股脑倒在收银台上。看到我们确实是来花钱的，泽林斯基的心情立刻变好了。他推开那些油腻腻的打字机零件，为我们的东西腾出地方：“好的，先生们，你们需要小票吗？要一起结算吗？”

“最好一起。”我说着掏出了皱巴巴的三十七美金来。

泽林斯基一边把东西装袋，一边往收银机里输入价格。那是一个很漂亮的黄铜盒子，印着花，按键都是机械的，又大又笨重，和大食界里那种电子设备完全不一样。

“你们这些家伙肯定是在做什么生意吧？”他问道， “是什么样的生意？”

“电脑软件。”我解释道，“我们自己做游戏。”

“不错的想法嘛。”泽林斯基说着，眼都没眨一下，就把我的助听器电池放进了袋子里，“你们不想做打字机生意，我可得告诉你们，现在所有人都在从字词处理技术中赚钱。还有激光打印机。你们见过激光打印机吗？它们就像魔法一样。”

收银机上的合计价格一点一点攀升——23.57 美金，24.79 美金，

28.61 美金——我担心我们当中有人超支了。等所有物品都结算完毕后，总价加上税已经有三十美金了——正是我们希望的价格。

“还要点儿别的吗？”泽林斯基问道。

现在才是真相到来的时刻，为了这一刻，我和阿尔夫还有克拉克已经排练了一遍又一遍。他们训练我说出下面那句话时保持平常的声调，就像我经常会说的“再来些嘀嗒糖[1]”一样，我开口道：“再来一本《花花公子》。”

“等一下，”那个胖姑娘喊道，一路小跑着来到商店的前面，手里挥舞着一张纸，“这个月有一个有奖竞赛，是针对高中生程序员的，凡是十八周岁以下的都能参加。”

我没有动。我们三个都没动。

“一等奖是一台 IBM PS/2 电脑，”她继续解释，“有十六位的中央处理器和 1M 的内存。你应该拿你的纸牌游戏去参赛。”

我无法直视女孩，也不敢看泽林斯基，所以我只能去看那张纸。她是在电脑服务论坛上看到这个的，然后用一台点阵打印机给打了出来，窄窄的牵引纸穿了孔，还挂在那张宣传单旁边。

“评委是来自数码艺术的弗莱彻·马利根。”她继续说道，“他要从加利福尼亚远道而来做这场竞赛的裁判。”

“真的吗？”我马上问道。那一瞬间，我完全忘记了杂志这回事，“弗莱彻·马利根要来这儿？”

弗莱彻·马利根在电脑程序员当中可谓上帝一般的存在。我的同学们

1 一种铁盒装的小颗粒清凉糖。

都崇拜卡尔·瑞普金和迈克尔·乔丹这样的运动员，但我少年时代的偶像却是数码艺术的创始人，全世界最厉害的游戏设计师。我经常做白日梦，梦想能去加利福尼亚见见他，却从来没有想过他竟然会到我们这里来，到新泽西这个奇怪的小角落来。

泽林斯基清了清喉咙，女孩似乎发现自己好像闯进了某种尴尬之中。

“怎么了?”她问道。

“没怎么，”泽林斯基说道，“我正在问这些生意人还要别的什么东西。”

他额头上的青筋依然像疯了似的突出，他的语气则很清楚地说明，当着她女儿的面要一本《花花公子》是一件非常可怕的事情，就像拉开我们的裤子拉链或者脱光衣服一样可怕。阿尔夫和克拉克正一点点往门口挪，随时准备冲出去，泽林斯基一瞪着他们，他们就像小兔子似的僵在原地了。

“所以，回答我的问题吧，”他开口，“还要点儿别的吗?”

“不要了。”阿尔夫答道。

“我也不要了。”克拉克说。

“再来个嘀嗒糖就行。”我说。

泽林斯基气势汹汹地把一盒橘子味的薄荷糖扔进袋子里，拿走了我的钱，找了零。

“好吧，截止日期就在两周以内，要是你感兴趣的话。”女孩继续说道：“这些 PS/2 看起来太棒了。它们有二十兆的硬盘。二十兆!”

“我会考虑看看的。”我说。

泽林斯基把袋子塞进我的怀里，“去别的地方考虑去。”

我们一来到人行道上，那两个家伙就开始指责我。

“你为什么要付钱给他?”阿尔夫问道，“我们应该停止行动，比利。你应该拔腿就跑！要是他吓了一跳，你正好完全可以扔掉这些没用的垃圾，成功跑掉!”

“可我没看见你们跑。”我指出来。

“我动不了!”阿尔夫说，“我被你的愚蠢震惊到瘫痪了!”

我扯下领带，塞进了裤子口袋里，而后脱掉了运动外套，搭在肩膀上。自行车商店门口站着两个十几岁的女孩，都穿着无袖的针织背心和牛仔短裤。我们走过去的时候，她们全都追着克拉克看，最后爆发出了咯咯咯的笑声。注意到她们的取笑，克拉克非常低落。

“我们要把范娜·怀特带回家。”克拉克说道，“结果却弄回来三十美金的烟斗通条和图钉。我们要拿这些垃圾怎么办?”

我们三个都同意，唯一合适的行动就是“铁路献祭”了。我们穿过火车站，直奔站台的最西边，跳过栅栏，沿着铁轨一直走，走了大约半英里左右，来到一片小树林。这里没人会打搅我们，于是我们把大采购的所有东西统统倒在了铁轨上。我们实在不需要打字机带子和计数单，但我们至少能够从两百吨重的火车头把一切碾碎之中获得些许乐趣。我们直接把个头最大的东西放在铁轨上，用埃尔默胶水把它们粘住。

“你应该按计划行事的，”阿尔夫还在说，“‘进去买完，马上出来’。我们都说好了的。结果你呢，却跟一个‘两吨泰西[1]’聊得不亦乐乎。”

“她以为我们是去打劫的。”我解释道，“她早就看穿整个计划了。”

1 “两吨泰西”是一首歌曲的名字，用来讽刺那个胖姑娘。

阿尔夫把一整袋塑料泡沫倒在了铁轨之间，把它们整齐地码成一堆，“对你来说那姑娘很火辣吧，伙计?”

“没有，才不是。”

“‘哦，比利，你应该来参加这个比赛!’”他用高亢的假声模仿她说的话，而后把双手放在了屁股上，用力摇摆：“‘等我们搞定了，你就可以脱光我的衣服，和我生一堆小猪崽儿!’”

“她从来没说过那些。”

“她就是那个意思。”克拉克说。他正跪在铁轨旁边，用透明胶把助听器电池绑在一段铁轨最上面。夕阳低低地悬在天上，已经快到晚饭时间了。我已经厌倦了他们的揶揄，想要回家。

“我们聊的是电脑。”我坚持，“她用 SID 芯片在 64 电脑上做流行歌曲。”

“她爱上你了，先生。”克拉克说。

阿尔夫点头：“她得有三百磅重。”

“她没有三百磅。”

“你在开玩笑吗?”阿尔夫反问道，“她那么肥，雷达都能探测到她。”

“这是实话。”克拉克接着说，“她太胖了，她的血型肯定是肉酱型!”

他俩占了上风，来来回回拿那些直击要害的话攻击我。

“她太肥了，动物园会去找她的!”

“她太肥了，她的身体比例显示她还会更肥的!”

“她太肥了，连她的衣服都有肥胖纹!”

“她太肥了……”

要不是开往费城的火车突然出现，他们会一直这么挤兑下去。火车尖声鸣笛，以每小时 125 英里的速度奔驰而去。它的突然驶过，将我们三个人全都震得一屁股坐在了地上。我双手抱头蜷在铺路石上，不敢睁开眼，害怕看见尺寸巨大的车轮从我鼻子前面碾过。火车声音太大了，我清清楚楚地感觉它好像是从我身上压过去的，而我已经做好准备去承受那剧烈的疼痛，当然这疼痛最终并没有到来。

火车驶离很久之后，我的耳朵还一直嗡嗡作响。最终，地面停止震颤，我才敢睁开双眼。我们周围，只有寂静的树林。克拉克坐了起来，从头发上掸掉砂石。阿尔夫吐出了一些泥和碎渣，然后说完了他先前没来得及说完的话：“她太肥了，她棒球衫上的那匹马跟立体的似的。”

我们起身去检查那些残骸。粘在铁轨上的东西全都不见了，七零八落的，消失得无影无踪。唯一留下来的，就是一把塑料泡沫。

幸存的还有《年度高中生电脑程序员游戏大赛细则》，它被我安全地收在了裤子后面的口袋里。

05

```
500 REM *** INTRODUCE VARIABLES ***
510 SCORE=0:LEVEL=1
520 LIVES=3:TIMER=300
530 HX=24:HY=50:AA=1:BB=256
540 W1=54276:W2=54283
550 W3=54290:H1=54273
560 H2=54280:H3=54287
570 L2=54279:L3=54286
580 V=53248
590 RETURN
]■
```
[1]

那天下午我回到家，匆匆忙忙钻进卧室，开始翻找我保存的那些软盘，想找出一个有资格吸引弗莱彻·马利根看一眼的游戏。《克里斯蒂·布林克利脱衣扑克》完全不用考虑，弗莱彻是不会对一个简单的扑克牌游戏留下什么深刻印象的。我需要一些更大手笔的东西，一个更具野心的游戏——一个真正能够让他震惊的游戏。

他的公司，数码艺术，以能够在 64KB 的内存中构筑一个庞大完整的真实世界而闻名。每一款游戏都能将玩家带入崭新而惊奇的世界：埃及金

1 本段代码为引进变量，运行后电脑屏幕无显示内客，内部变量值为分数 0，等级 1，生命 3，时间 300。

字塔，外太空行星，海盗船，还有哥特式宅邸，全都是以块状的八位制图来呈现，美轮美奂。弗莱彻从不做重复的游戏，也从不抄袭热点。无论何时，只要你在外包装上看到数码艺术的商标，你就能知道，你买下的是绝对独创新潮的东西。

不幸的是，大部分我自己炮制的游戏，都是从经典街机游戏那儿剽窃过来的。我给它们起的名字都是《贪吃脸》（抄的《吃豆人》），《可怕青蛙联盟》（抄的《青蛙过河》），《猴王康》[1]（你知道是哪儿来的）。我通过制作这些游戏学到了很多东西，但是我做不到拿它们去参加竞赛。

我还有一打没做完的游戏，它们永远也做不完了。我之前着手做了一个叫《归零》的游戏，因为我喜欢“归零”这个名字，但是一直没能搞定标题画面。我还试着改编斯蒂芬·金的小说《狂犬惊魂》，在游戏中你要扮演圣伯纳犬，尽可能多地去咬人——但是克拉克提醒我斯蒂芬·金很有可能会告我侵权，于是我就没再继续了。

这些半途而废的游戏当中，最好的一个叫《不可能的堡垒》。我是在看了一个叫做 M. C. 埃舍尔[2]的家伙画的画之后有了灵感。他所创造出的疯狂城堡里满是长廊和楼梯，这些长廊和楼梯可以实现自身的头尾相连。我的点子就是在埃舍尔这种模型里建立一个跳跃和攀爬类的游戏。玩家有三百秒的时间来攀爬高山，而后进入一个巨大的堡垒，堡垒的中心躲着一位公主。整个堡垒里都密布着守卫或者守卫犬，要是他们与玩家相撞，或者时间用尽，玩家就会永远被囚禁在堡垒之中。要赢得游

---

1 《猴王康》（Monkey Kong），来自著名游戏《大金刚》（Donkoy Kong）。

2 M. C. 埃舍尔，荷兰版画家，因其绘画中的数学性而闻名。他的主要创作方式包括木板、铜板、石板、素描。他用多样化的角度和精确的细节创造出了不可能在现实中存在的神奇的建筑景观。

戏，他们必须解救公主，然后跟随她离开城堡，来到安全地带。

我用了六种不同样子的动态来让英雄的形象生动起来。这种绘图方式并不复杂，重点是在他跑起来时膝盖和手肘要弯曲，这样才能让动画看起来更为逼真：

唯一的问题就是：所有我设想中的绘图和动态对于一台 64 电脑来说都有点难以负荷，所以这个游戏只能一点点痛苦地推进。英雄在屏幕上笨拙地移动，守卫吃力地在他身后追，就好像是在泥泞之中艰难跋涉。玩儿这个游戏就如同在一个转速 33 的硬盘上去听一张需要 45 转速的唱片——你能够辨认出基本旋律，但是只需一分钟，它就会让你抓狂。

我知道，只要升级速度，我就能做出一款相当不错的游戏来。然而，当我打开 64 电脑的电源键时，什么都没有发生。于是我跪在地上，研究书桌下面那团乱七八糟的电线。电脑插头没插到墙上的插座里，更确切地说，是整个电源都不见了。这只能说明一件事。

我在厨房里找到了妈妈，她正在烤奶酪三明治给我当晚饭。她已经穿好了大食界的白色工作服，再过二十分钟她就该去上班了，但是不知道为什么，她并没有急着冲出门去。

“你看到我的电源盒子了吗?”

她并没有回答，只是用铲子把三明治按在平底锅里。

“样子就像个黑色的砖头。”我解释道，“有电线从里面出来。”

我又仔细观察了一下她，发现她很沮丧。看起来她是在把自己的怒气发泄在三明治上，她按着铲子的样子是那么用力，我感觉她的手可能都要断了。

“我在你卧室里看见了，”最终她开了口，“在你电脑桌下面。”

“但现在它不见了。”

“你他妈说得太对了，是不见了。”

她把三明治快速倒在一个盘子上，然后端上了桌。我这才发现我的成绩单和其他的每日邮件一起躺在那里。成绩单长这个样子：

姓名：威廉·马尔文　　年级：9　　出生日期：1973 年 4 月 27 日

课程概况	四个学期				最终成绩
	1	2	3	4	
数学概论	C	D	D		
基础阅读	C	C	C-		
简明历史	C	D	D		
体育运动	C	C	D		
岩石和溪流	C-	D	F		
木工	B-	C	D		

第三学期平均成绩：
0.83

“我可以解释的。”我说。

“说说吧，”她说，“跟我说说体育课你是怎么得了个 D 的。再跟我说说你是怎么败给了一个叫岩石和溪流的课程的。”

“对不起。”我说

“别对我道歉。你又没有伤害我。三个月前，我们坐在这张桌子旁边，你向我保证会做得更好。但是看看这些分数。你直接从D变成了F。你居然会在岩石和溪流课上成绩这么差！”

在初中一年级伊始，我妈就把我拖进了校长办公室，对我的新课表提出抗议。她的理由是我根本就没有必要学习什么基础阅读课程，“比利知道该怎么阅读，”她说，“他应该上的是优等班，而不是学这些蠢了吧唧的课程。”

校长希伯先生笑着点了点头，充满了已然听过一千遍这抱怨的耐性。等我妈终于讲完了以后，他便将她的注意力转移到我的八年级成绩单上（全都是C和D）和对我的整体评估上（倒数百分之二十五）。他建议适当的一些补习有助于提高我的成绩，并做出承诺：“等第一学期结束的时候，我们会研究比利的成绩。要是他在任何课程里拿到了B+或者更好的成绩，我们会让他升到普通班，要是他在普通班也表现良好的话，我们就把他升入优等班。”

我妈跟他握手，非常满意地觉得自己解决了问题。她坚信我将会在九年级的学期中间升入所有课程的优等班，为此她感到非常骄傲。回家路上我们在DQ冰淇淋店门口停下了，妈妈买了冰淇淋。我坐在本田车的引擎盖上，舔着软绵绵的甜筒冰淇淋，她则在停车场里走来走去，愉快地和我说了一些计划：“我们会证明给希伯先生看的，对不对？等你拿到那张成绩单，我们就马上杀回他的办公室去。我迫不及待想看到他脸上的表情了！”

第二天我回到学校，决定让她高兴高兴。我希望带一张让她欣慰的成绩单回家，就是能让妈妈们把成绩单贴在冰箱上那种欣慰程度。我削尖了所有铅笔，整理课堂笔记，让它们全都物尽其用。

可是每一次，只要我一走进教室，我的意志力就顷刻土崩瓦解。我努力把注意力集中在老师身上，我试图专心听讲，认真记笔记。可是最多五分钟或十分钟，我就开始心不在焉乱涂乱画，最后我的涂鸦就会变成一个小精灵，他的动态是由 21×21 的坐标上的 504 个字节构架出来的。要么我就是草草写下几行代码，打算回家以后在电脑上试一试。我精通于把课外书藏在笔记本下面偷偷看，这样同学们都在练习口语或者纠结公分母的时候，我就能研究《康懋达程序员指南》。由于我一直坐在教室的最后，并且安安静静的，老师们都很开心地忽视了我的存在，也不知道我同样完全无视了他们的存在。

而现在，我败在了岩石和溪流上。

“这些老师们全都觉得你是个白痴，”妈妈对着我说，“而你做的事情则是在证明他们没错。”

“我会学得好一点的。”我保证。

“没错，你会的。我会帮你保管那个电源盒，直到你成绩好一点。你玩游戏玩太多了。”

“我没有在玩游戏，”我抗议，“我是在‘做’游戏。”

“那也不能做了。除非等你成绩提高。”

我开始感觉到紧张了。通常她都懒得跟我争论，但今天晚上，她看起来打定了主意战斗到底。

“这样吧，妈妈，我答应你拿到 A 和 B，行不行？我真的很需要电脑。弗莱彻 · 马利根就要来新泽西了，他可是电脑游戏的裁判——”

“我说了，别再想什么游戏了！你已经十四岁了，比利。你不再是个小孩子了。”她看了一眼表——现在她是真的要迟到了——而后抓起了车钥匙，急匆匆地冲向前门。“为了照顾你，我努力工作，”她说，“我给你做饭，给你洗衣服，还给你零花钱。可是你却没能遵守诺言。”

她说得没错，我知道她是对的，我感觉很糟糕。我的妈妈比学校里其他的妈妈都要年轻，她只有三十三岁。她那头棕色的长发斑驳地夹杂着灰发。她做的所有事情就是照顾我和这栋房子。她从来不出去找乐子，也没有真正的朋友。不上班的晚上，她就看《达拉斯》和《豪门恩怨》，和格雷琴姨妈在电话上聊些有的没的。姨妈嫁给了曼哈顿了不起的房产经纪人，每个月都会寄支票来接济我们。

“对不起，”我对她说，“我一定会学得更好的。”

她实在是太生气了，连再见也没说就冲出了家门。我看着她把车从路边开走，随后就钻进了她的卧室。家里大部分地方都整洁有序，除了她的卧室，她给自己的卧室保留了乱七八糟的特权。床也不铺，地板上全是脏衣服，烫衣板打翻在地，整个房间就像龙卷风过境一般。

我打开她的衣柜，开了灯。我越过那些她至少有十年都没穿过的鞋子和拖鞋，一直摸索到最里边，抓到了保险箱的把手。那是一个非常重的白色大箱子，有一个四位数的密码锁。我把数字转到了 1129，早在几年前我知道了我爸的生日是 11 月 29 号之后，就猜出了密码。我从来没有跟爸爸说过话，他在我出生之前就离开了威特布雷治，据说是去阿拉斯加操作油井那种东西。他从不打电话，不写信，也不寄钱来，妈妈几乎从不提起他，但是那个生日密码却从来没有变过。这件事让我疑惑过，他是否有朝一日会回到我们的生活中来。或许他会突然出现在我们门口，捧着鲜花，带着钱，以及对自己缺席了十四年之久的一个合理解释。我确信他一定会有一个很棒的解释。我很愿意听一听。

不过眼下这段时间，我们还是只能依靠自己。

我打开了保险箱的锁，掀开盖子，我的电源盒果然在那里，躺在一些退税单和银行单据上。我把它拿回了卧室，连上了我的 64 电脑，开始工作。

06

```
600 REM *** INSTRUCTIONS ***
610 PRINT "SAVE THE PRINCESS! SHE IS"
620 PRINT "IMPRISONED IN ADANGEROUS"
630 PRINT "FORTRESS. YOUR MISSION IS"
640 PRINT "TO AVOID THE GUARDS, ENTER"
650 PRINT "THE FORTRESS, AND FIND THE"
660 PRINT "PRINCESS BEFORE TIME RUNS OUT."
670 PRINT "HIT ANY KEY TO BEGIN."
680 GET AS:IF AS="" THEN 680
690 RETURN[1]
]■
```

接下来的几个晚上，我都是把电源盒从妈妈卧室的保险箱里偷出来，睡觉之前再偷偷摸摸地放回去。是的，这确实不太光明磊落，以及，没错，撒谎的感觉很不好受。但是我清楚地知道，赢下价值四千美金的 IBM PS/2 电脑，比去学习什么岩石和溪流对我的未来更为重要。如果我真的要做星球希望软件，那我绝不可能一直用一台 64 电脑来工作的。新的电脑能提供更好的存储空间和绘图技术，康懋达 64 再过一两年就该被淘汰了。我需要在技术上扩展升级，而这个比赛，就是我的绝佳机会。

1　本段代码运行后电脑屏幕显示“营救公主！她被囚禁在危险的堡垒中。你的任务是避开守卫，进入堡垒，并且在时间用完前找到公主。敲击任意键开始”。

为了阻止阿尔夫和克拉克再到我家里来，我推说自己因为成绩太差而被禁足了。但他们还是照来不误，我妈一去上班，他们就打开了纱门，提议看《百战天龙》或者玩棋盘游戏，要么就去教室里给女孩子打骚扰电话。我找理由说妈妈拜托了邻居帮忙盯着我，就是街对面的迪格比太太，她正隔着蕾丝窗帘监视我呢，所以我必须得关上门。

我整晚都忙于写代码，白天的时候就在课堂上编辑打印出来的资料。我做的改动一点用也没有，《不可能的堡垒》依然慢如龟速，令人抓狂。我已经想尽办法，黔驴技穷了。我把代码弄得尽可能短小精悍，重新编排了子程序，删除了无关痛痒的部分，还去掉了指令之间的空白。在极度绝望的一瞬间，我甚至把键盘的每个缝隙都清理了一遍，万一是灰尘让电脑速度变慢了呢？

而且，我还有好多次想过再回泽林斯基的商店，找那个女孩求助。我知道一个能够在一张 SID 芯片上编出菲尔 · 柯林斯歌曲的人，一定会有很好的办法来提升动态速度。她看起来古怪而聪明，还有点酷，我确实需要那么点帮助。但我也知道，阿尔夫和克拉克一定会开些很愚蠢的玩笑，那些小崽子们的玩笑，无外乎是她实在太肥了之类的损话。他们绝对能一直说下去，我永远也别想听不到。

所以我只能独自攻坚，每天晚上都要熬夜，结果却越来越泄气。到了周五晚上，我已经打算放弃了——忽然，我听到窗外响起了短促的自行车刹车声，那声音再熟悉不过。我透过窗帘往外看，看见阿尔夫和克拉克骑上了我家门前的车道。他俩全都穿着黑色衣服，就像罗伯特 · 帕尔默[1] 视

1 罗伯特 · 帕尔默，著名英国歌手，在他《为你疯狂》这首歌的 MV 中，动用一群美女参演，造成轰动，成为史上最成功的 MV。

频里那些女孩子一样，就差个烈焰红唇了。

“怎么穿成这样？”我问道。

“范娜行动。”阿尔夫说。

“第三次。”克拉克说，“我们有了个新计划。”

我明白过来，他们还在说《花花公子》的事情，还惦记着范娜·怀特的照片。而我完全沉浸在自己的游戏世界里，几乎忘掉了这件事情。

“你们俩还真是鬼迷心窍了。”我说。

克拉克表现出被我伤害了感情的样子：“你也说过你想看的啊。你说过她是全美国最美丽的女人。”

“我知道。”

“你说她简直完美。”

“我知道。”

“所以你为什么没兴趣了？”

因为我满脑子都是弗莱彻·马利根，是价值四千美金的 IBM PS/2 电脑，是我那一塌糊涂的糟糕游戏仍旧需要做大量的工作，“因为我被禁足了，忘了吗？我妈妈让迪格比太太监视我。”

克拉克的目光越过街道，落在迪格比太太有着两间卧室的精致平房上。门廊是空的，窗户里黑灯瞎火，“那位老太太三个小时前就上床睡觉了，她永远也不会知道你溜出去了。”

“而且你绝对不想错过这个，”阿尔夫保证道，“我们去得越早，就能越快有钱。”

这句话预示着出现了无数次的警钟又要被敲响了。在过去的几年当中，我已经吸取了足够多的教训，对阿尔夫的快速致富计划保持警惕。就像有一次，我们花了整整一星期时间，推着一个小拖车走遍了威特布雷治，搜集铝制的罐头包装来卖，因为阿尔夫不知从哪儿看到废弃金属回收厂会以每个罐子十美分的价格购买。我们收集了八百多个罐子，然后发现阿尔夫根本不知道怎样读小数点后面的数字，结果真正的价格是每个罐子一美分。

“什么主意?”我问道。

“非常简单，”阿尔夫答道，“你知道耶稣和鱼的故事吗?”

我盯着他，如坠云雾，试图理解一个圣经故事和范娜·怀特有什么关系。

“是这样的，”阿尔夫继续道，“耶稣去了一个加利利的集会，或者别的什么地方，有五千个人出现了。每个人都饿得不得了，这是一个沙漠腹地，而他们有的只是一条鱼。一条骨瘦如柴的鲈鱼躺在盘子上。但是耶稣却说，不用担心，伙计们，你们就传着吃，这鱼足够你们每个人吃。他说得没错，这是个奇迹，他们就这样传着盘子，结果每个人都能吃上。他用一条鱼就喂饱了五千个人。故事就是这样的。现在，该问问你自己了，要是耶稣管他们收鱼的钱呢？要是他有一台神奇的机器，能够把一条鱼变成五千条鱼，然后每条鱼收两美金呢？这就是我要说的，比利。这个神奇机器是存在的！是真实的!”

我转向克拉克：“能给我翻译成英语么?”

克拉克递给我一张纸，我把它举到门廊上的那盏灯下，借着昏暗灯光看了看。上面是阿尔夫脸部的照片，脸上架着一副眼镜。他的眼睛没有睁开，一束刺眼的灯光照亮了他额头上的青春痘。他就像是拿复印机复印了自己的脸——不同的是这张图是彩色的，就像铜版纸印刷的杂志内页。我之前从来没有见过这种。

“你是怎么做到的?”我问道。

“彩色复印机。我妈妈的办公室刚买了一台。可以复印一切彩色的东西。”

瞬间我就明白了。

“你是想复印范娜·怀特的照片？”

“说对了！”阿尔夫说。

他递给我一张索引卡，上面列着价格：

毫无保留！范娜·怀特！毫无保留！

1 张图片—2 美金

3 张图片—5 美金

全部 10 张图片—10 美金

你从没见过这样的美国情人

“今日开始预订”

“我真不想承认，”我对阿尔夫说，“但你真是个天才。”

阿尔夫微微鞠了一躬，“谢谢。”

整整一个月，那些通俗小报和电视节目上都在谈论范娜·怀特的照片。每个八年级和九年级的男孩都会排着队把自己的午饭钱交给阿尔夫。他只需简简单单花四美金买本杂志，然后把它复印成庞大的财富。而问题只有一个。

“杂志在哪里？”

“我们今晚就能弄到。泰勒·贝尔会帮忙。”

我想我肯定是听错了。泰勒比我们大三岁，是个高中生。他是镇子里唯一拥有摩托车的孩子——那是一辆破旧的哈雷 1968，有鲨鱼头引擎。冬天里他穿皮衣，夏天穿牛仔，一年到头他穿的T恤都是重金属风：铁娘子乐队[1]、金属乐队[2]、麦格蒂斯乐队[3]、杀手乐队[4]。他的裤子全都破破烂烂的，别着安全别针，靴子也总是磨得厉害，因为他从来不换。

“所以我们从什么时候开始和泰勒·贝尔成了朋友的?”我问道。

“他真的是太酷了，”阿尔夫说，“关于他的那些故事大多都是谣言。”

“除了他确实和某个老师做爱了是真的。”克拉克指出来，“和费尔南德兹夫人。这个故事绝对是真的。”

和我听到的传闻相比，跟老师做爱这种事根本就是小菜一碟。据说泰勒在周末的时候骑车去纽约，和一个重金属团体的头目打了起来，还在时代广场和妓女做爱。令人惊讶的是，所有这些传闻都无法阻止班里那些女孩子们为他疯狂。每当泰勒大摇大摆地走过她们的储物柜时，这些女生就会激动万分，就像他是从禾林出版社[5]的言情小说封面上走下来的一样。他上辈子很可能是个海盗或者维京人。

“泰勒为什么要帮你?”我问道，“他又是怎么知道你名字的?”

“体育课结束的时候我和阿尔夫正在穿衣服，”克拉克说起来龙去

---

1 铁娘子乐队是一支英国经典摇滚乐队，1976年建立。

2 二十世纪八十年代后期，欧美摇滚乐坛上“重金属”音乐正在鼎盛时期，而此时出现的Thrash Metal（激流金属）像一股洪流一样冲击着乐坛。这种流派的创始者就是1981年在美国洛杉矶组建的金属乐队Metallica（金属乐队）。Metallica无疑是从上世纪八十年代至今世界上最杰出和最有影响力的重金属乐队。

3 麦格蒂斯乐队是开创美国激流金属的重要乐队之一，在全球卖出超过2 000万张专辑，连续5张白金销量专辑以及7次格莱美提名。

4 杀手乐队是美国著名速度金属乐队。

5 禾林出版公司是全球最成功的浪漫小说出版商。

脉，“我们在更衣室里说起了泽林斯基，泰勒偶然间听到了我们的对话。他说给他二十美金的话，就能帮我们弄到杂志。”

“然后你们给他钱了?”

“不，还没有。”阿尔夫说，“我们现在就是要去火车站见他。”

“我不希望你觉得自己被排除在外了。”克拉克解释道，“当我们看到那些图片时，我想你肯定也希望自己在场。”

克拉克总是那么体贴。每次他只要一有好运气，马上就会分享给别人。在我对他最初的记忆里，我们还是小孩子，在一场暴风雪中从幼儿园回家。克拉克偶然得到了一块新的好时巧克力。任何一个孩子都会把这样的糖果揣进自己的兜里。但是五岁的克拉克在雪中跪了下来，小心翼翼地打开了巧克力包装纸，用他的爪子把巧克力均匀地分成了三块。巧克力已经冻得硬邦邦了，还沾上了美丽的白色雪花，那或许是我吃过的最干净最美味的东西。

“我马上就出去。”我说。

我们来到市场大街时，已经接近十一点钟，所有的商店和餐厅都已经打烊了。人行道上空空荡荡，路上只有零星几辆车驶过。在阿尔夫的指挥下，我们把自行车扔在银行背后，因为走着去见泰勒的话会显得更酷。毕竟摩托车那么有个性，脚踏车实在太小孩子气了。

泰勒无精打采地坐在火车站前的一条长凳上。他穿的 T 恤上画着一个抽水马桶，还有一柄匕首从马桶的水里刺出来，有一行用撒旦体（Satanic typeface）写的标语，“武装到屁股。”我们到来时，他一句话也没有说，只是站了起来，在火车站旁边走来走去。这个火车站是威特布雷治最高的建筑——是一栋三层建筑，有许多个尖顶、山形墙和阳台做装饰。

泰勒停在了建筑物的阴影里，那是垃圾箱和铁丝围栏之间的一个狭窄缺口。

“这家伙是谁?”他问道。

我意识到他问的是我。

“这是比利,”阿尔夫说,“他很酷。”

泰勒似乎有点犹豫。“你看起来有点面熟,”他跟我说,“我怎么会认识你呢?”

“我的储物柜就在你旁边。你是A29，我是A28。”

“你在耍我吧。真的吗?”他难以置信地摇摇头，“无意冒犯，不过我一直以为那个柜子是空的。”

我并不介意。因为在泰勒·贝尔那种人身边时，我总是努力让自己显得不存在，看来我似乎是成功了。

阿尔夫递上了一张二十美金的钞票，“杂志呢?”

泰勒把钱塞进口袋，但是无视了这个问题：“如果有任何人过来，我希望你们几个散开，每个人都要往不同的方向跑，警察是不可能抓到我们四个人的，明白了吗?”

不，我不明白，一点也不明白。火车站空无一人。售票处也关闭了。站台上没有一个在等车的人。

“钱都给完了,”阿尔夫说,“你只要给我们杂志就行了。”

泰勒怒气冲冲地皱起眉头：“我可从来没说过把杂志带给你们。我说的是，我会告诉你们怎么弄到它。”

“那是什么意思?”

“看好，学着。”

泰勒跳上了铁丝网，把靴子楔进网眼里，开始往上爬。以他的身高和体重来看，他爬得可谓相当轻巧优雅，就像蜘蛛侠一样在铁丝围栏上如履平地。离地有八英尺高的时候，他的腿在顶部的横梁上摇晃着，跨坐在上面。他抓住一根伸过来的树枝，让自己站起来，像个空中飞人一样在铁丝网顶端保持平衡。

“你在干嘛？”阿尔夫问道。

泰勒紧紧抓住树枝让自己站稳，沿着围栏的顶端往前走，一直走到了火车站的屋顶上。

“上来吧，女士们。”他说，“我们动起来吧。我可不是整晚都有空。”

阿尔夫根本不需要他再说一遍就已经跳上铁丝围栏，想要模仿泰勒优雅的姿态，可惜他完全不具备泰勒的协调能力。他剧烈地摆动着，完全无法自控，就好像是被铁丝网给电到了一样，所以我和克拉克不得不推着他的屁股帮他爬到了顶上。

“我来。”克拉克主动请缨。

“该死的，我们到底在干什么？”我咒骂道。

“就是为了酷啊。”他对我说，“泰勒可不是整晚都有空。”

克拉克把他的爪子挤进铁丝网，固定住左半边身子，然后利用健全的手臂来攀爬。在过去这么多年里，他已经学会了怎样克服自己的缺陷。他每晚都做俯卧撑，保持体形匀称，并且轻轻松松就成为我们这个小团伙中最强壮、最善于运动的那一个（当然这并不能说明什么问题）。他本应该是赛跑、足球、网球、摔跤甚至篮球队的主力队员——然而因为那只爪子的困扰，他从一开始就被各种选拔赛拒之门外。他痛恨一切会让人注意到他的手的活动。

一个接着一个，我们全都加入了泰勒的队伍，爬上了火车站屋顶，跟在他身后爬上了一个消防梯，来到了第二高的屋顶上。在这个屋顶上，我们靠着手和膝盖攀爬那陡峭的山形墙。就这样，我们来到了火车站的最高点——一个小小的屋檐，可以俯瞰整个市场大街。我们离地有五十五英尺高，屋顶的瓦片上布满了裂纹，斑斑点点地沾着鸟屎，排水槽里都是积水，奇臭无比。

“这地方太棒了!”阿尔夫低声惊叹，“你是怎么发现的?”

泰勒耸了耸肩，“我哥哥带我来的。我们偶尔会带妞来。”

“来做爱?”阿尔夫问道。他那垂涎三尺的样子也太明显了。

他的问题令我尴尬，但泰勒只是哈哈大笑：“我在这个屋顶上享用过的屁股将比你们这辈子见过的都多。”说罢他指向了夜空，“女孩们看着满天繁星，她们的腰带就像自己开了一样。”

我往前探了探身子，越过排水槽向外看去。火车站的顶端提供了一个鸟瞰附近一切建筑物的视野。

“所以杂志在哪里?”我问道。

“看看街对面。”泰勒答道：“你看见左宗棠[1]了吗？就是拐角处的那家中餐厅。”

“左宗棠的珠穆朗玛峰”是镇子里最美好的餐厅，因为它是唯一一个你没有私家车也能带女孩去的地方。菜单上的每一样菜品都能提供小份或者四分之一份大小。

“餐厅后面有个火灾逃生梯，”泰勒解释道，“你们需要做的就是从梯子爬上屋顶。你们得非常安静，因为经理就住在餐厅上面，他在二楼有一间公寓。”

“等一下，”我打断他，“我们到底在说什么？我们爬上那里要做

1　左宗棠鸡是美国家喻户晓的中国菜，所以这家中餐厅叫左宗棠。

什么？”

泰勒长长叹了口气，而且非常大声，就好像他对我的担心得到了印证。

“我们先听他说完。”克拉克说。

“没错，继续，泰勒。”阿尔夫恳求道。

泰勒继续说着，克拉克开始记笔记。他拿出了一杆铅笔和一张纸，画了一张市场大街边上建筑的草图。从我们的视角看过去，它们看起来全都那么小，那么好爬，就像游戏里的障碍物。大部分商店都肩并肩挤在一起，唯有左宗棠餐厅和它的相邻商店之间有一条小巷。

“你们得跳过这条小巷，”泰勒解释说，“这样你们就能到自行车商店顶上。他们把二楼作为库房，所以你们可以想多大声就多大声。然后你们就接着往东走。自行车商店，旅行社，泽林斯基商店。他也是把二层作为库房，都是旧的打字机和其他乱七八糟的东西。所以你们也不用担心弄出动静来。”

我转向阿尔夫，低声说道：“他怎么知道这些的？”

“我去年夏天在那打工，”泰勒解释道，“现在你们看到屋顶上凸起的那个部分了吗？一个小小的方形盒子。那是个安全出口。泽林斯基从里面把它给锁上了，但那整个门早就没用了。木头全都烂透了，铰链也锈坏了。你们可以赤手空拳、轻而易举地把那个门给撬掉。用个铁撬棍的话，就是两秒钟的事儿。”

到这里我终于明白了，他描述的是一次夜间盗窃：“你开玩笑的吧？你们这些家伙想偷杂志？”

沉寂了片刻，没有人吭声。

“这个嘛，”克拉克想了想，“严格说起来，要是我们付了杂志钱的话，就不能算是偷。我们可以把钱留在收银台上。为我们拿走的那本杂志付四美元。”

“然后出来的时候把门修好。”阿尔夫接着说，“我们带个螺丝刀来，把铰链给安回去。”

“不行，”我说，“门儿都没有。”

“为什么不行?”泰勒反问。

“因为阿尔夫给了你二十美金。你为什么不能直接走到商店去，把杂志买给他?”

“那样不合法。”泰勒答道。

“这才是不合法，”我说，“你是在教唆我们闯进泽林斯基的商店，然后偷杂志。”

我不知道自己哪来的勇气敢和泰勒·贝尔吵架。他看上去几乎已经准备好随时把我从屋顶上推下去了。但是必须得有人出面把话说出来。他的计划太荒谬了，根本就是《碟中谍》里才有的桥段。

而我的伙伴们全都上钩了。

“只要你付了钱就不是偷。”克拉克又重复了一遍。

“是偷，就是偷。”我说。

“没有人会知道的，”阿尔夫说：“泽林斯基会在收银台上发现一些额外的钱，而我们呢，把范娜·怀特带回家。这是双赢。”

“确实如此。”泰勒煽风点火。克拉克完成了他的草图，举起来仔细端详。泰勒看了一遍那张图，点头表示没问题，“计划就在这儿了。简单的三步。”

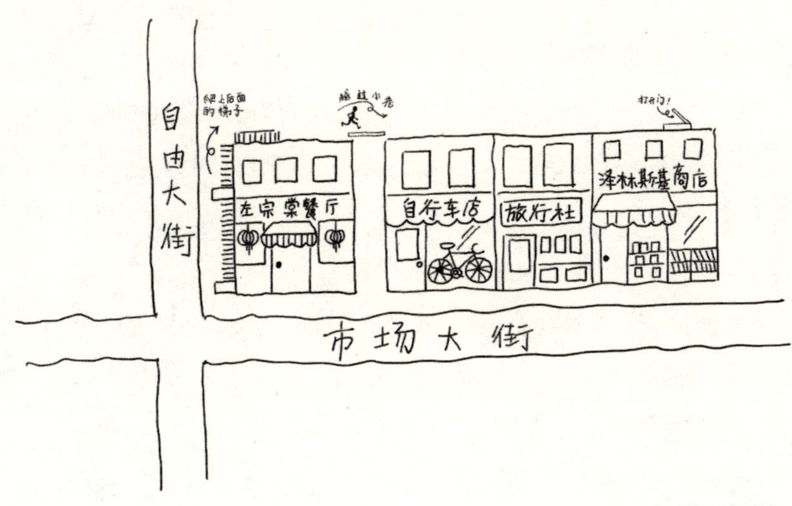

插图：邹思志

我转向泰勒，做出最后的恳求，拜托他理智一点：“你看，这对你有什么好处呢？你为什么要在大周五的晚上和三个低年级学生满世界晃荡？”

克拉克深深吸了口气，好像我的问题说不出有多粗鲁：“上帝啊，比利，当然是因为他善良啊。”

泰勒似乎并没有被冒犯，“我只不过是打发时间而已，长官。我和朋友们约了十一点半见面，我觉得可以在等朋友的时间里帮你们一个忙。”他说这些的时候很平静，但这个解释却让我不再害怕了：泰勒·贝尔也太酷了吧，居然要到夜里十一点半才开始他的夜生活！

“不过你们几个要是不需要我帮忙的话……”

“我们要，我们要！”克拉克坚持。

“我们现在就出发，”阿尔夫说，“我们今晚就干！”

“只有一个问题，”泰勒说道，“泽林斯基给整个商店都装了警报器。前门，窗户，还有屋顶的出入口。所以只要你们一打开它，警报就会接通。你们只有六十秒的时间来关上它，否则整个商店就会像七月国庆日那天一样灯火通明。警报，信号灯，所有的一切都会开始运转。”

在我们脚下，有一个巡警在市场大街上懒洋洋地巡逻。尽管他看不见我们，我们还是自觉闭嘴，直到他远远走开，走到我们觉得安全的距离才又七嘴八舌起来。

“我们怎么才能关掉警报?”阿尔夫问。

“前门附近有个键盘，上面写着‘安世科安防’。你得输入密码才行，而这就是问题所在，我不知道密码。”

“谁知道?”

“只有泽林斯基。还有他女儿，玛丽。”泰勒转向克拉克，“这时就该你登场了。”

克拉克疑惑地眨着眼睛：“我?”

“你得用花言巧语哄骗他，小帅哥。让她信任你。”

尽管此刻的火车站屋顶上伸手不见五指，我也知道克拉克脸红了，“我没法对任何人花言巧语。”

“你当然行。你可是个好看的家伙。穿得也不错。很有礼貌。要是你能再有点儿自信的话，就能收获成吨的阴道。”

克拉克举起了他的爪子：“那这个呢?”

“那可是你的秘密武器!”泰勒说，“你只要一有机会就把那个难看的蹼给她看，这样就会让那个肥婆信任你，明白吗?这会让她有安全感。”

克拉克根本就没有这种才能，他面对女孩的时候太害羞了，他宁肯穿过一条街也不愿意从任何女孩身边走过。

“听我说，”泰勒继续道，“每天下午玛丽都在店里工作。这小妞的欲望就像狒狒一样强烈，知道吗?我得拿棍子才能把她赶走。她的手就没办法从我身上拿开。她饥渴得不得了。”

“我不——我不想和她发生关系。”克拉克说。

“就是装装样子，”泰勒说，“和她聊聊天，说点笑话，做出你觉得她很有趣的样子。带她去看电影，玩弄她的头发，吻她——”

“我才不会吻她呢，”克拉克连忙说，“我想要杂志。真的，我是很想要。但我不会亲她的。”

“那就没得谈了。”泰勒说着站了起来，“感谢你们浪费我的时间。我还以为你们几个是认真的呢。”

“我们是！”阿尔夫说，“我们非常认真！”

“但是你们需要密码。”泰勒坚持。

在这一瞬间，我无比希望自己从来没有离开家。泰勒的计划荒谬绝伦，能够奏效的几率为零。任何一个能够在一台康懋达 64 电脑上编辑出《无形的触碰》这首歌的女孩，都绝不可能愚蠢到交出爸爸店里的安全密码。我们一路爬到了火车站顶，结果什么也没得到。

“我是不会干的。”克拉克坚持，“非常抱歉。”

“那我来，”阿尔夫勉强开了口，“我反正是不会享受这个过程，而且我肯定得做一辈子噩梦。但是为了那个更大的利益，我愿意承受这一切。”

泰勒摇摇头：“她是胖，但又不是瞎。我们得要个布莱恩 · 亚当斯[1]。”

克拉克根本就不知道什么布莱恩 · 亚当斯，但我明白泰勒的意思。布莱恩 · 亚当斯生来一副好皮囊，是你在演唱会舞台上渴望看到的那种面孔。可是阿尔夫呢，看起来则像是在演唱会的小卖部里打工的甜美男孩，卖椒盐卷饼和波兰香肠。”

1　布莱恩-亚当斯，歌手，外表英俊帅气。

“我是不会干的。”克拉克拒绝。

他们就这样来来回回吵个不停，但我知道克拉克是不会让步的。他可能会想抢劫商店，但他太善良了，绝不会冒险去伤害别人的感情。我想从屋顶上下去，然后回家。我想回去设计我的游戏。也就是在这一刻，我有了个好主意——正是这场愚蠢的讨论酝酿出了这一整出悲伤的故事。

“我来做。”我说。

“你?”泰勒难以置信。

“真的吗?”克拉克问道。

“没错，我可以的。”我说，“我会弄到密码的。”

这句是假话。我不认为有谁能弄到那个密码。我甚至连试都不打算试。但是假装这么干，就能够给我一个正当的借口去商店，把《不可能的堡垒》给玛丽看。或许她知道怎么解决这个游戏的问题。在比赛报名截止之前，我还有十五天时间。

泰勒似乎充满怀疑，所以我就说了些大男子主义的废话：“但是我需要一些时间。我不可能直接走进商店，抓住她的乳头不放。我需要一到两周时间。很有可能是两周。”

克拉克惊讶地望着我。他当然知道，我是绝不可能碰任何人的乳头的，因为我连一垒都没冲过[1]，“你是认真的吗，比利？你真的要亲她?”

“亲它，摸她，如果有必要的话就剥光她。”我说，“在我和佩吉小姐[2]交好的时候，你们几个给我好好计划其他细节。”

1　用棒球比喻性爱已经成为经典比喻，一垒指的是接吻。

2　佩吉小姐（Miss Piggy）是以一头猪为原型设计的美女形象，她的形象曾被许多设计师引为灵感来源。

这是整个晚上以来第一次，泰勒很郑重地看着我，甚至还有点钦佩。他拍了拍我的肩膀，“你看！这就是我说的了。这就是不达目的誓不罢休!”

07

```
700 REM *** DRAW HERO SPRITE ***
710 POKE 52,48:POKE 56,48
720 FOR HE=0 TO 62:READ H
730 POKE 12888+HE,H
740 NEXT HE
750 POKE 2040,192:POKEV+21,1
760 POKE V+39,1
770 POKE V+0,180
780 POKE V+1,120
790 RETURN[1]
]■
```

众所周知，1987 年互联网还不存在，但是人们愿意支付三十九美金的会费和每小时十二美金的费用来使用 CompuServe[2] 的在线信息服务，这在当时算是近乎完美的事情。如果说今天的互联网是一条浩瀚银河，充斥着数以亿计的博客，那么 CompuServe 在线信息服务则更像一个小型且私密的社交俱乐部。那里的聊天话题是有限制的，而且只有很少量的游戏，所有一切都被 CompuServe 公司所掌控，也只有在线信息服务

1 本段代码用来绘制英雄子画面，运行后电脑屏幕不显示任何画面。

2 CompuServe，美国最大的在线信息服务机构之一。

的会员能够进入。

那时候没有视频、动画和音乐，甚至连颜色都没有。我们那三百波特的调制解调器勉强能够支持 ASCII 人物动起来，屏幕上的文字出现得特别慢，一次只……能……出……现……一……个……字……母。每个字母的出现都好像是等待拍立得照片成像一样。登录网站之后，我还得足足等上一分钟，等待主菜单加载出来：

CompuServe 信息在线服务

东部标准时间 23：12　　1987 年 5 月 15 日，星期五

1. 报纸
2. 金融
3. 娱乐
4. 社区
5. 信息在线服务使用指南
6. 电子邮件

键入你选择的数字，或者输入 H 获得更多信息。

> ___

我选择了 6，电子邮件——这是和玛丽联系的最简便方式，既不用去商店，也不用面对泽林斯基。那个竞赛规则来自于 CompuServe 的一个用户组，玛丽的会员编号就印在那张纸的页眉处。CompuServe 上的所有电子邮件最多只能有十二行字，所以我尽量简明扼要地发了信息。

致：59453，1

来自：38584，8

1：嗨，你是玛丽·泽林斯基吗？

2：我的名字是威廉·马尔文。

3：我之前去过你家商店。

4：你跟我说了罗格斯竞赛的事情。

5：你打算参加吗？

6：我想参加……但是我做的游戏太差劲了。

写完之后，我敲下了回车键，CompuServe 向我展示了一个子菜单：

选项

1. 使用文本编辑器检查
2. 修改
3. 发送

输入数字选择，或输入 M 返回菜单，或输入 H 进入帮助。

> ____

我选择了第三个选项，CompuServe 承诺将在四到二十四小时内送达邮件。随后我便迅速退出登录，以免我妈信用卡上有更多扣费。我祈祷她在收到信用卡账单时，早就忘记禁止我使用 64 电脑这件事了。

第二天晚上我又检索了一下 CompuServe，还没有回复，对此我并不惊讶。CompuServe 太贵了，很多人（尤其是小孩子）都只能偶尔用上一下。鉴于传递速度如此之慢，你就能理解为什么电子邮件的往来往往需要几个星期甚至几个月的时间了。这就如同把信息封存进一个瓶子里，然后没有任何办法知道她何时才能收到这个瓶子。

但是星期一早上，我刚到学校，就发现有人把一张 5.25 英寸的软盘插在我储物柜的缝隙里。贴在软盘正面的是一张小小的白色标签，上面写着我的名字。我翘了第一堂课（简明历史），去了学校的计算机实验室。实验室里有学生正在上课，我躲在教室后面的最后一个空位上。显示器非常大，足够将我的脸在格雷可夫人的眼皮子底下藏起来。格雷可夫人就是教打字的老师，她一直在教室前面走来走去，反复报着让学生们输入的字母："A，A，A，A……S，S，S，S……D，D，D，D……"

我把软盘推进驱动器，点开了目录。里面只有一个文件夹，命名为"玩我吧"。于是我把它下载下来，并且点击了运行。屏幕转黑，然后出现了文字：

你正站在威特布雷治市中心的泽林斯基打字机及办公用品商店门口。你拿着一盏黄铜灯和一张软盘。地上是一块助听器电池。

我意识到这是个游戏，至少是个迷你小游戏，是仿照《魔域》[1] 做的

1 《魔域》是电子游戏历史上最早的一款文字冒险游戏。

文字冒险游戏。玩家输入指令，游戏本身用文字而非画面去推进故事。我开始试着输入：

> 捡起电池

游戏界面的回应是：

你向下移动，并捡起了助听器电池（因为你似乎有需要用到助听器电池的东西。这很奇怪。）你的分数提高了五十点。

我受到了鼓励，俯身在键盘上，继续玩了下去。

> 进入商店

你进入了商店。萨尔·泽林斯基就站在这里，修理一台打字机。在北边，有一条深入商店的通道。

> 往北走

萨尔跳了起来，堵住了你的路，“需要帮忙吗？”

> 向萨尔问玛丽的事情

萨尔斜了你一眼，把塑料助听器塞进了自己的右耳：“很抱歉，年轻人，我听不见你说什么。你能再说一遍吗？”

> 向萨尔问玛丽的事情

他摇摇头，“很抱歉，我没法明白你说的话。我的听力不行了。”

> 把电池给萨尔

萨尔高兴地接受了你的礼物。（你的分数刚刚提升了五十点！）他把电池放进自己的助听器里，“啊，好多了！”他惊呼，“你刚刚说了什么？”

> 向萨尔问玛丽的事情

“她在商店后面！”他说着让出了你的去路。你这才意识到，要是你和他很熟的话，就知道他是个非常好的人。他表现得态度非常强硬只是为了吓唬潜在的小偷。

> 往北走

你来到了商店后面，发现玛丽正坐在一台电脑前。她正在听菲尔·柯林斯超棒的独唱专辑《无需外套》，并且看起来不太开心。“天呐，”她惆怅地说，“真希望能有个好玩的电脑游戏可以玩。”

> 检查装备

你有一盏黄铜灯和一张软盘。

> 给玛丽软盘

“谢谢你。”玛丽说道。她把软盘放进电脑，你的游戏实在是太棒了，她被震惊了。天花板爆破成蝴蝶，天使们从天堂而来，唱着和萨那[1]，从此你过上了幸福的人生。

结束。

满分一百，你的得分为一百，向你致以崇高敬意。

（说真的，放学后来找我，把你的游戏一起带过来——玛丽·Z）

一个颤抖的音符从电脑音响里传了出来，我意识到这是范娜·怀特在《幸运之轮》里的开场曲，忍不住哈哈大笑起来。看来要在64电脑上做出范娜·怀特来也是可能的。

格雷可夫人中断了她的打字课，冲我咆哮道：“比利·马尔文！你在后面鬼鬼祟祟的干嘛呢？你根本就不应该出现在这节课上！”

我抓起软盘，一溜烟蹿出门去。后来在吃午饭的时候，我用了学校实

1 和萨那，赞美上帝之语。

验室里的一台电脑更为仔细地检查了一遍程序。尽管游戏本身确实非常简单，但是代码却相当复杂。玛丽为这个游戏预先设定了几十个我并没有尝试过的指令和回应。这些代码比我所有发烧友杂志里的程序都要复杂精致得多——而且她还只是用了一个周末的时间就写出了所有的东西来。

那天下午我回到了泽林斯基商店，过道上并没有助听器电池，我也没有拎着一盏黄铜灯，但我确实拿了一张软盘，萨尔·泽林斯基则等在大门里面，叼着个烟斗，看着《华尔街日报》。

“需要帮忙吗？”

“玛丽在这儿吗？”

他放下烟斗，合上报纸，打量起我来，“你上周来过这里。”他说着眯起眼睛，“胡扯说要开什么软件公司。”

“那不是胡扯。我确实是在做游戏。”

“我为什么要相信你？”

我把软盘给他看。正面的标签上写着：

《不可能的堡垒》

游戏制作：威尔[1]·马尔文

版权归星球希望软件所有，1987版

泽林斯基捏着软盘一角将它举起来，从各个角度研究了一番，就像在检查假钞一样，“这只不过是个标签而已，”他说，“任何一个骗子都

1　威尔，比利的大名，英文中的Will，也有希望之意。

可以把自己的名字写在标签上。”

我同时还带了一份打印出来的代码——足足八页，单倍行距，点阵字体。泽林斯基随手翻了翻，并没有真的去看，显然这些东西对他来说就是天书，“这些东西你全都明白？所有这些指令和不知道是什么的玩意儿你都懂?”

“差不多吧。”

他随便指出一行：“这是什么？‘POKE SC comma L’?”

“这是改变了 SC 的数值，屏幕颜色就会改变。如果 L 是 0，屏幕就变黑。”

“那‘DS equals PEEK JY’又是什么?”

“那个检测的是操纵杆的记录，是为了看它指向的是哪条路。如果你往上推，数值就是 3。要是你往下推——”

他把复印件还给了我，“不要把苏打水弄到桌上，”他说，“我希望一滴水都不要洒出来。我还希望你在七点钟的时候离开，她有作业要做。”

商店前面的门铃响起——新的顾客到来，是两个穿着大衣、打着领带的男人——泽林斯基转而去欢迎他们。看来我可以自由行动了。我赶忙在泽林斯基可能变卦前冲进了商店里面。

小隔间的迷你功放里正放着慢摇——是霍尔与奥兹二重唱[1] 的《你让我梦想成真》。我发现玛丽还在商店后面的陈列室里，和上次一样。她坐在椅子上，身子前倾，眼睛离屏幕很近，就像在数像素一样。电脑声音开得太大了，我都能从她的耳机里听到菲尔·柯林斯的歌声。桌上的

---

1 霍尔与奥兹二重唱，来自美国费城的音乐人组合。

64 电脑旁边是一罐打开的百事可乐。

她看见了我，于是摘下耳机。

“你看到了我的消息。”她说。

我点点头：“你是怎么找到我的储物柜的?”

“我就住在阿什莉·阿普尔怀特隔壁。她说她知道怎样找到你。”

我惊讶于阿什莉·阿普尔怀特竟然知道我的名字。因为她是那种集所有荣誉于一身的女孩。她的爸爸是整个威特布雷治学校系统的管理人。

“我真的很喜欢这个游戏。”我对她说，“范·海伦乐队[1]的歌做得太像了。”

玛丽耸了耸肩，说没什么大不了的：“我猜你想要的应该是以前的范·海伦，不是新的范·海伦。”

我惊讶于她竟然知道这其中的区别：“都喜欢。”

她穿了件黑衬衫，一条黑裙子，一双黑袜子，还有黑鞋子，很容易把她误认为是那种阴郁的哥特女孩。在学校里，那些女孩就是这样在艺术教室里晃荡。不过玛丽的脸色很明朗，哪怕她并没有在笑，看起来也像是微笑的。三百磅的说法实在是太夸张了，当然了，她是有点敦实，但绝不是特别胖的那种。玛丽将一把转椅拉到桌子旁边，这样我就能在她身旁坐下了。

“喝苏打水吗?”

“不了，谢谢。”

1　范·海伦乐队，1974年成立于美国加利福尼亚州，签唱于华纳唱片，从1972年活跃至今，曾是70年代中后期到80年代末世界上最受欢迎的摇滚乐队，在80年代末以后也一直是摇滚乐领域最重要的乐队之一。

“我们有百事可乐、司丽斯、胡椒医生和焦特可乐。你喝过焦特可乐吗？咖啡因含量是百事可乐的两倍。”

“你爸爸说桌上不能洒上苏打水。”

玛丽叹了口气，把百事可乐挪到了电脑显示器上面，用那么窄窄的平面来保持平衡：“他总是那么说，但是我从来没有弄洒过。”

那只罐子外有水滴，因此突然打了滑，往一边翻倒。我小腹一紧，连忙伸出手去，及时抓到了罐子：“或许我们把它放在地板上比较好。”

“随便吧，”她说，“我们来看看这个游戏。”

我把贴有星球希望标签的软盘递给她，做好准备接受来自阿尔夫和克拉克的那种惯常嘲讽。她看了看标签，笑了起来，“星球希望软件，挺不错的名字。”她评价道，“你注册商标了吗?”

“还没。”我甚至都不知道她说的是什么意思，“我应该注册吗?”

“当然了。都一年了，我一直想给自己的公司起个名字。到现在为止我能想到的最好的名字就是激进音乐了。”

“挺好的呀。”我说。

“星球希望更好！它很醒目，也很有趣，而且你的名字也嵌在了里面。你一定要把这个名字藏好，别让人给偷走了。”

玛丽把游戏加载进电脑存储器，点击了运行。不可思议的是，我的胳膊竟然在发抖，我真是太紧张了。我还从来没有同任何懂得编程的人分享过我的游戏——更何况是一个那么聪明的人，能在一个周末就设计出一款完整的游戏来。

标题页面出现了，是八位图画制作的一个阴森城堡。英雄和公主站在屏幕正中间，同时播放一小段主题曲，随后一个巨怪把公主扛在肩膀上带走了。

“这也太棒了！”玛丽尖叫道，“你是怎么画出来的？”

“Koala Pad[1]绘图板，”我解释道，“用涂鸦的方式来润色了一下。”

她凑近屏幕，仔细研究着每一个细节：“天哪，真希望我也能画这么好。她的行头可真好看。你还在她的帽子上加了流苏作装饰！”

我不敢相信她竟然注意到了。为了研究出那身打扮，我可是在图书馆里整整翻了一个小时的《百科全书》，研究了所有欧洲公主的肖像画，最后才找到合适的帽子。这种帽子叫做尖顶女帽，看起来像个尖尖的大锥子。

“继续看，”我对她说，“就是从这里开始全垮了。”

游戏开始了，勇敢的英雄在山脚下开始了自己的追寻之旅，周围布满了巨怪守卫。需要做的是引导英雄爬上高山，但是每一个动作都慢得让人头疼。那些角色看起来就好像是在零重力环境里动来动去，还像坚持重播永远没有尽头的超级碗。

这个瞬间，我只想尽可能离玛丽远远的。我为自己做了这么个东西感到无语，更无语的是竟然还拿出来给人看。星球希望软件！我都胡扯了些什么鬼东西？

可是玛丽看起来一点也不失望。如果一定要找个词来形容的话，她看起来更像是兴致盎然，就好像我在她面前铺开了一个值得去探究的问题。她点击“运行/停止”，输入“列表”，我的代码全都出现在了屏幕上。

玛丽快速浏览一行行代码，一边往下看一边点头，并没有在细读，

---

1 Koala Pad，1984 年首次在消费者平板市场获得成功的产品，允许小孩利用触笔或手指尖在家庭电脑的屏幕上画画。

但却非常有技术含量地评估了整体架构，这种感觉就像一个技工在围着一辆汽车打转，检查外观，踢一踢轮胎，然后再钻到引擎盖里。

有十分钟的样子，她没说话，把整个程序读了一遍又一遍，每次着重看一个子程序，嘴巴里念念有词，间或在一小片方格纸上快速做笔记。她一个问题也没有问我，因为她根本就不需要问。有时她会突然“哼”出一声，我就马上俯身过去看看她在哼什么，但她往往已经跑到下一个部分去了。除了坐在原地等待，我没有别的事情可做。

隔间功放里的音乐从霍尔与奥兹二重唱放到葛伦·麦德罗斯[1]再到霍华德·琼斯[2]，随后调频103.5来到了电台间歇时段，“广播之家为你带来所有深受喜爱的八十年代爱情歌曲。”那是我妈妈最喜欢的电台，我和阿尔夫还有克拉克则把它称之为“十首蹩脚歌曲大串烧”。布鲁斯·霍恩斯比[3]开始发起牢骚“就是这样”，与此同时，玛丽向后靠在了椅背上。

“我替这些音乐道歉，”她说，“我爸非要听。”

我意识到这可能是一种委婉的话题转移，想把话题从游戏上移开，“我跟你说过了，它很糟糕。”

“你确实没开玩笑。”她再次运行游戏，控制英雄穿过屏幕，一边推着他往前走一边抱怨：“你可以用这个游戏折磨囚犯，把他们绑在电脑前面，逼迫他们玩上几个小时。我做个电子表格也比玩这个痛快。”

我想让自己大笑起来，但冲口而出的却是啜泣。看吧，我就知道这个游戏真的很糟糕，根本就没法玩。简直一无是处！可是，尽管它有这么多

1　葛伦·麦德罗斯是一名创作型的美国歌手。
2　霍华德·琼斯，英国音乐家、歌手、词曲创作者。
3　布鲁斯·霍恩斯比，美国歌手、钢琴家、作曲家、演员。

缺点，这个糟糕的、没法玩的、一无是处的游戏确实是我做过的最好的游戏了。

“你想知道最糟糕的部分吗？”玛丽问道。

我不敢相信。还有更糟糕的吗？还有最糟糕的？

“最糟糕的部分就是，你的代码太完美了，连一个多余的指令都没有，每一行都填得满满当当。至于你为了使守卫的形象更生动而加入了妖怪的形象？这种方式真是棒极了。我很爱它。”

当时的情形就是这样。这十四年中，我踢球笨手笨脚，投不中篮，被球队除名；这十四年中，我成绩垫底，五音不全，品味堪忧。做了十四年这样的自己后，我完全不习惯听到褒奖。我的脸变得通红。我无法控制自己。我想冻结时间，慢慢品味她的每一个措辞：

完美。

棒极了。

我很爱它。

“你唯一的问题只是速度。”她继续说着，“你需要用机器语言[1]把它重新写一遍。”

我笑起来。她绝对是在开玩笑。机器语言是计算机与生俱来的语言——比BASIC语言快上几百倍，由于它太快了，所以程序员们常常做出一些人工延迟，好让游戏里的动作不要那么快。但机器语言是出了名的难学。我学习过书里和杂志里的篇目，这种语言太晦涩、太复杂了。

---

1 机器语言是用二进制代码表示的计算机能直接识别和执行的一种机器指令的集合。它是计算机的设计者通过计算机的硬件结构赋予计算机的操作功能。机器语言具有灵活、直接执行和速度快等特点。不同型号的计算机的机器语言是不相通的，按着一种计算机的机器指令编制的程序，不能在另一种计算机上执行。

BASIC 语言使用的是“PRINT（打印）”和“NEXT（退出）”这样的英文单词，而机器语言使用的则是非常复杂的首字母缩写：ADC，CLC，SBC，TSX。数字输入也是用的十六进制格式，所以 11 就是 0B，144 就显示为 90。这种语言完全脱离常规，无法用常识去理解，它要求使用者必须像机器一样去思考和表达。

“你知道机器语言？”我问玛丽。

她耸耸肩：“我一直都想学。”

“截止日期就是下周五。”我提醒她：“我不可能在短短十二天里学会机器语言。”

玛丽又快速拉了一遍程序，让一行行代码如瀑布般从屏幕上划过去，最后停在了七个巨怪守卫的部分，而后她用铅笔敲了敲屏幕，“这是整个程序里最慢的部分。这五十行代码是你用来移动所有守卫的。要是你用机器语言来写这个部分呢？不是写整篇，是只写这一小部分？”

我真不知她到底哪来的自信。这就好像在说：“我们不用学会所有的中国话。我们只需要能把《葛底斯堡演说》[1] 翻译成中文就可以了。”玛丽似乎相信，只要我们愿意尝试，没有什么是做不成的。

“你疯了吧，”我对她说，“我可没那么了不起。”

“我会帮你的。”她说，“放学以后我们可以在这儿工作。等你赢了 PS/2 以后——”

我又笑了：“我不可能赢到 IBM PS/2 电脑的。”

“等你赢了 PS/2 以后，”她又重复了一遍，“你就把你那台旧的 64

1　葛底斯堡演说是美国前总统林肯最著名的演说，也是美国历史上为人引用最多之演说。

电脑给我，这样我就能在家里有个自己的电脑了。还算公平吧？”

她伸出手来要和我达成协议。玛丽的每一个指甲上都涂着不同的颜色，上面画了很多0和1——一条二进制数字组成的彩虹贯穿了她的双手，01111101010。我们为达成协议握手，突然间好像有一阵静电穿过我们俩。

“十二天的时间可不多。”我说。

“我有一本很厉害的书，我们能用得上。”她跳了起来，从架子上抓过一本很沉的大部头，然后给我看封面：《三十天如何学会机器语言》。

“三十天？”我问道。

“我们可以很快读完它。”她解释道。

08

```
800 REM *** DRAW GUARD 1 SPRITE ***
810 POKE 52,48:POKE 56,48
820 FOR GU=0 TO 62:READ G
830 POKE 12352+GU,G
840 NEXT GU
850 POKE 2041,193:POKE V+21,2
860 POKE V+40,2
870 POKE V+2,6X
880 POKE V+3,6Y
890 RETURN
]■
```
[1]

泽林斯基在七点整的时候把我赶出了商店，这样玛丽就能接着做她的作业。阿尔夫和克拉克就等在商店外面，靠在脏兮兮的自行车上，在一个油腻的纸盘子上分着吃披萨。

“可出来了！”克拉克叫道。

“你弄到密码了吗？”阿尔夫问。

我早就把自己的任务忘到九霄云外去了，“还没。我跟你们说了得要点时间。”

1　本段代码用来绘制守卫 1 子画面，运行后电脑屏幕不显示任何画面。

克拉克提醒我，说我可是一放学就冲进商店去了，然后在陈列室里待了将近四个小时，“你们两个在后面究竟在搞什么鬼?”

“弄电脑。”

阿尔夫咧嘴笑起来，以为这是性爱活动的委婉说法：“你给她看你的‘操纵杆’了吗?”

“没有……”

“你捏她的‘软件’了吗?”

我试图去解释，但是阿尔夫偶然发现了这口技术类暗讽的深井，在把水打空之前他是绝不会停止的。就在五分钟前，我有一个那么好的机会去了解十六进制，但是现在，我觉得我所有的知识都不翼而飞，好像是阿尔夫的表现把我变蠢了。

“你感受她的Q伯特[1]了吗?”阿尔夫问。

克拉克也一起取乐：“她爱抚你的‘空间逃脱[2]’了吗?”

“这一点也不好笑，”我对他们说，“你们只不过是用街机游戏的名字来代替身体部位而已。”

可他们并不在乎，两个人疯了似的笑个不停，喝醉酒一样在人行道上跌跌撞撞。在我们周围，所有从火车站里出来的乘客都对我们敬而远之。阿尔夫抓住路灯谨防自己跌倒，很快我就和他们笑作了一团。我实在忍不住，这些家伙太有感染力了。

“不是我吹牛，”我对他们说，“但我确实往她的累加器里加载了不

1 Q伯特是《跳方块》里的主角形象，是个橙色的圆球，这里暗指乳头。

2 “空间逃脱”是一款早期的射击类游戏，这里暗指男性生殖器。

少字节。”

阿尔夫不再大笑：“什么?”

“我没明白。”克拉克问。

“是个机器语言的玩笑。”我解释道，“累加器就是你储存材料用的记录器。”

“别管这些，”阿尔夫说道，忽然就变得正经起来，“我们在范娜行动上出现了一个问题。”

我们沿着主路往西走，路过了旅行社和自行车商店，最后来到了我们的目的地：左宗棠的珠穆朗玛峰餐厅。招牌上的名字仿佛预示着餐厅的富丽堂皇，但其实里面就是个普通的中餐厅，铺着红地毯，摆着油腻的面条盘子，餐垫上是十二生肖的说明。

透过橱窗我们能看见“左宗棠”，他穿着每天都穿的无尾礼服，引导客人们去餐桌就坐。他是餐厅的所有者、领班[1] 及主厨，他一年工作 365 天是绝对没问题的。几年前我知道了他的真名是启，出生在俄勒冈州，他和妻子都是日本人。

阿尔夫和克拉克走在前面，我们一起穿过了将左宗棠餐厅和隔壁自行车商店隔离开的那条小巷。房子后面的空间很小——只给店员们留了一些停车位，一条逼仄的岔路，还有一片停车场，给往返的上班族使用，这个停车场要大得多，是一片自行车和老旧摩托车的海洋。我们躲在一辆林肯大侯爵后面，开始研究左宗棠餐厅背后的情况。

整栋建筑的底部有一个巨大的金属废料箱，还有一个进货用的后

1　原文为法语。

门。二楼则是两扇挂了窗帘的窗户，窗户之间有一条生了锈的消防梯去往楼顶。正是日落时分，但是天光依然明亮，足够把一切东西都照得清清楚楚。

“昨天晚上，我和克拉克试着爬了一下梯子。”阿尔夫解释说，“我们想了解地形，检查屋顶，或许还能近距离看一下那个逃生口，看看能准备点什么工具。”

“本来谁都不会发现我们的，只是，”克拉克补充道，“我们才刚爬了五步，施瓦辛格就叫起来了。”

“阿诺德·施瓦辛格？”我问道，“《终结者》？”

阿尔夫把望远镜塞到我手心里，“二楼的窗户，”他说，“看一下。”

我把望远镜贴在脸上，搜索目标建筑物，但是我能看见的只有描画着金龙的红色窗帘。

“我什么也看不到啊。”

“另一扇。”克拉克提示，“看左边的窗户。”

我把望远镜转了一英寸。左边窗户上也挂着同样大红大金的窗帘，但是两片窗帘之间蹲着一只黑白相间的小狗，穿着丝绸的衣服，咬牙切齿的。它正怒视着我，就好像我们真的直接目光相接一样。即使远在五十英尺之外，这只狗也意识到了我来者不善。

“那是阿诺德·施瓦辛格？”我问道。

“老板的狗。”阿尔夫解释道，“他是个狮子狗。在中国话里的意思就是小狮子。”

那头小狮子叫了一声以示警告——就像一声短促而尖厉的鸟鸣。他叫起来与其说是像狗，倒不如说更像个侦测器。那声音实在是太刺耳了，越过两层楼，穿透停车场，钻进我们耳朵里，又高亢又清晰。施瓦辛格不停地叫，直到我放下了望远镜。

“所以昨天晚上我们正在爬梯子，”克拉克解释道，“简直就是隐形人，超级安静，一丁点儿动静都没弄出来。但是我刚一爬到窗户那儿，那只狗就开始发飙，摇头晃脑地叫啊叫啊叫个不停。”

“地狱的守卫犬。”阿尔夫说。

我又拿望远镜去看。施瓦辛格站在一张枕头做的小床上，一边狂吠一边着急地原地打转，就好像他记得昨天晚上的阿尔夫和克拉克。

我们沿着街区走来走去，研究街道结构，寻找其他能够抵达楼顶的路线。在自行车商店和旅行社后面都没有其他消防逃生口和梯子，能够通往泽林斯基商店的唯一路线就是泰勒指给我们看的那条。从每个可能的角度仔细观察了所有建筑物后，克拉克从口袋里掏出一张用铅笔画的市中心商业街速写。他跪在人行道上，在左宗棠餐厅二楼的窗口画上了一只狗：

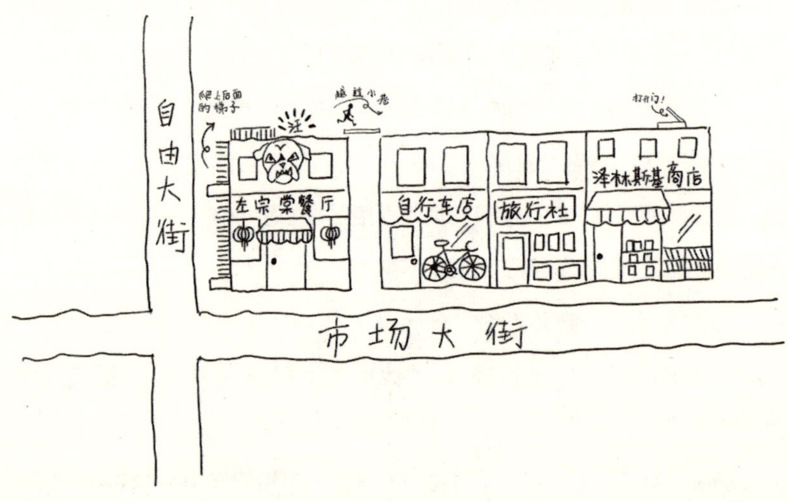

插图：邹思志

“我猜只有一个选择了。”克拉克说。

“绑架那只狗?”阿尔夫问。

“不行。”我立即反对，“任何人都不能去绑架任何东西。”

克拉克点点头：“我们得扰乱这只狗的注意力，把它的注意力引到别处去。”

“完美，”我赞同，“我们怎么办?”

“把这事交给我俩，”他说，“你就继续和玛丽的‘软件’玩儿吧，我们来搞定剩下的事情。”

09

```
900 REM *** CONTROL HERO ***
910 JS=PEEK (56321) AND 15
920 IF JS=7 THEN HX=HX+2
930 IF HX>255 THEN HX=255
940 IF JS=11 THEN HX=HX - 2
950 IF HX<24 THEN HX=24
960 IF JS=13 THEN HY=HY+2
970 IF HY>229 THEN HY=229
980 IF JS=14 THEN HY=HY - 2
990 IF HY<50 THEN HY=50
995 RETURN[1]
]■
```

第二天一早，我骑了三英里去最近的一家有 B. 道尔顿书店[2] 的商场，买了一本属于自己的《三十天如何学会机器语言》，这样我就能在上课的时候看了。等我到学校的时候已经十一点了，所以我直接去了学校办公室拿迟到的请假条。这么多年以来，我已经成为伪造老妈写的假条的高手。通常情况下学校秘书几乎不看这些假条，就是简单地在考勤

1 本段代码用来控制英雄，运行后电脑屏幕不显示任何画面。

2 B. 道尔顿书店（B. Dalton），美国最大的零售书店，建立于 1966 年。

网络上登记一下我的名字，就让我该干嘛干嘛去了。

但是今天有点不太一样。

“抱歉我迟到了。”我说着把请假条推过工作台，“去看医生了。”

秘书抬起眼睛：“在这等一下。”

她离开了办公桌，敲了校长办公室的门，而后消失在门口。过了一会儿，她回来了，“希伯先生想见见你。”

“我去看医生了。”我又重申了一遍。

她点点头：“你可以马上进去。”

新学年刚开始的时候，我妈把我拖进希伯先生的办公室，反对他对我的课程安排，自那之后，我就再也没有和他说过话了。我看见他坐在办公桌后面，带着一丝困惑的笑容在看我的请假条。他个子很矮，只有 5.4 英尺，由于他总穿高筒牛仔靴，说话夹杂南方口音，所以同学们私底下叫他“公爵”。他的墙上贴满了数不清的文书，还有一副裱起来的照片，照片里希伯站在肯尼 · 罗杰斯[1]旁边。

“别傻站在那儿。”他招呼道，“进来坐下，比利。我们在等你。”

我走了进去。坐在希伯先生对面的是我妈妈。她双眼红肿，手里紧紧握着卷成一团的舒洁面巾纸。希伯先生的办公桌中间放着个棕色的纸袋子，有一侧潦草地写着我的名字。这一刻我突然意识到哪里出了问题：由于我急着去商场，所以没带午饭就出门了。

办公室里唯一能坐的椅子就在我妈妈旁边，于是我坐下来，没有看

1　肯尼 · 罗杰斯，1938 年 8 月 21 日出生于美国德克萨斯州赫斯顿贫民区，乡村歌手、摄影师、唱片制作人、演员、企业家、作家，作品有《女士》《我不需要你》。

她。希伯先生戴上眼镜，大声读出了我的请假条："'请原谅比利的迟到，他和我们的医生约定好了要讨论一下持续发生的身体虚弱问题。'"读完后他靠在椅背上，点了点头："很不错的请假条，比利。有很多复杂词汇。"

我什么也没说。我清楚的是，沉默总能使一个生气的成年人感到满意。不管你说什么，都会让他们更生气，所以最好的回应就是没有回应。

"学校三个小时前就开始上课了。"希伯先生开口道，"那时你在哪里?"

"在商场。"

他点点头，好像这样很有意义。

"你为什么会在商场？有什么事情那么重要，值得你逃学去商场?"

"没什么事。"

我不敢提及那本机器语言的书，因为我妈毕竟已经剥夺了我的电脑使用权。

"没什么事?"

"我就是随便看看，然后吃点东西。"

他再次点头，仿佛这就是他所期待的完美答案。我可怜的妈妈长长重重地叹了口气。我的感觉已经这么糟了，我知道她的感觉肯定要糟糕一百倍。

"你的平均成绩是 0.8，是一个 D+ 的成绩。今年你一共迟到了十九次。你的老师反映说你无所事事，对什么都没有兴趣。你不想学习。也不喜欢学校活动。但是这些完全没问题，比利。"

我抬起眼睛，很是惊讶。完全没问题?

"学习并不适合于每一个人。并不是每个人都能上罗格斯大学或者宾夕法尼亚大学，甚至是社区学院[1]。这就是我去年秋天想和你妈妈说明的，就是在你们询问是否可以进荣誉班级的时候，很显然你并没有准备好。但这没什么问题。”

“这当然有问题，”妈妈说，“要是他能更努力一点，要是他把精力放在……”

希伯摇摇头：“‘你可以教一头大象跳踢踏舞，但你绝不会享受它的舞蹈，大象也同样不舒服。’”他说话的样子就好像这是经过了时间检验的箴言一样，但我妈妈非常迷茫地盯着他。

“我不明白这是什么意思。”她说，“这是一种比喻吗？比利就是那头大象吗？”

“这就是对他的测验评语，”希伯说罢将我的成绩单从桌上推了过来，“新泽西的每一个孩子都要接受这个测验。九年级的学生里有百分之八十三都比比利的考试结果要好。但这没问题。我们今天坐在这里的目的并不是要责怪比利的智力欠缺。”

我妈迷惑地盯着成绩单，就好像上面的文字都是外语一样，她仿佛完全看不懂那些字的意思。我向来都非常讨厌状态评估测试，上面全都是他们搞出来的愚蠢问题，以及那些等待填满的答案栏。在涂了一个小时的圆圈之后，我已经随时准备从窗口跳出去了——而这个可怕的测试居然要持续三天。

妈妈把成绩单推了回去：“所以现在要怎么办？”

---

1 社区学院，在地区、社区层次提供高等教育、职业教育和成人教育的教育机构。社区学院的学生，通常来自学校当地，一般获当地政府的财政支持。

“这取决于比利自己。”希伯转向了我，“三年之后你就要毕业了，孩子。离开高中之后你打算做什么？”

我耸了耸肩，目光越过他的肩膀，祈祷这一切快点结束。我是绝不会告诉他星球希望软件，也不会告诉他我的计划是成为一名像数码艺术的弗莱彻·马利根那样成功的程序员。我知道希伯肯定会捧腹大笑。

“回答问题，比利。”

“我不知道。”我答道。

“他才十四岁。”妈妈说。

“他需要有个目标，”希伯说，“没有目标的行动只是浪费时间，是做无用功。”

我试着想出一个纯粹胡扯的答案好让希伯满意，但无论如何也想不出。

“在我们找到一个目标之前，谁也不能离开这间办公室。”他说，“你想过参军吗？”

我摇摇头。我看过足够多的电影，我深信军队里全都是像希伯这样的男人，参军绝对是让人悔恨终身的丑陋遭际，就像此时此刻：“不想当兵。”

“大食界怎么样？”希伯问道，“你想和你妈妈一起在收银台并肩工作吗？”

“比利是不会干这个的。”妈妈说。

“他总要做些什么。”希伯说着说着提高了声调，“他在九年级的考评中不合格，按照规定我得让他留级，让他重新再学一遍所有课程。如果你希望我无视规则，让他继续升学，我就得知道他的方向，得知道他要去往何方？”

现在的情况比我想象的要可怕得多。我以前从来没有想过自己有重读一遍九年级的风险。在威特布雷治高中的升学中，从来没有人被留过级——哪怕是格雷戈·库巴也没有留级，他总是带个头盔来上学，牛仔裤里还穿着尿不湿。留级的威胁吓到了我，我不得不说出实情。

“我打算做电脑游戏。”我说道，“我要开自己的公司，只雇用很酷的人来工作。或者我就去给一些很酷的人工作也行，比如数码艺术的弗莱彻·马利根。他在加利福尼亚，我会搬到那里去工作的。”

我还没有说完希伯就已经笑出声了。我觉得自己还不如说想成为宇航员或者美国总统呢。“电脑程序员？那是在开玩笑吗？”

“他是认真的。”妈妈说。

“你数学不及格，比利。不是预备微积分，甚至也不是代数不及格。你是连C级数学都不及格！最基础的！饼状图和数轴你都搞不明白！”我感觉到自己的脸越来越红。我明白我应当闭嘴了，因为希伯真的非常夸张，“稍微想一想，比利。有哪个大学会教你这样的学生编程？”

他是对的，他当然是对的。我当然知道没有哪个大学愿意要我——但这没关系，因为我也同样不想要他们，“我可以自学。”

希伯将身子探过办公桌，陡然提高了声音，好像已经放弃理解我了：“那是行不通的。你认为脑外科医生能自学吗？律师也能自学吗？”他指向了自己桌上四四方方的TRS-80电脑，“我在这台机器上已经花费三年时间了，可还是没办法让它打印东西。所以我去了布朗大学，明白吗？最好的常春藤大学！有些东西不是你能自学的。”

我知道TRS-80电脑是出了名的难操作，我在那些发烧友杂志里了解了有关这个电脑的一切，读者们把这个电脑贬低为“垃圾80”。要解决希伯的问题似乎得用菊花连接法来连接外围设备——简而言之，要把打印机

连接到电脑上得通过独立的磁盘驱动器才行。操作起来其实并没有听上去那么困难或者复杂。但是我肯定不会告诉希伯这个奥秘。

“或许比利可以尝试上个编程课，”妈妈说道，“要是我们鼓励他这个兴趣的话……”

希伯还是摇头：“设备有限，所以名额有限，我只能把名额留给我们最好最优秀的学生，而不是那些连九年级都毕不了业的孩子，更不是那些逃课去商场的孩子。”

车轱辘话翻来覆去地说着，这场讨论似乎持续了好几个小时。每次我只要一开口，就是错的。突然之间，我妈就哭开了。她已经一整晚没睡觉了，一直在卖食物给失眠症患者，而这场争论占据了她的睡觉时间。要知道我才刚醒过来数小时而已，就已经筋疲力尽了，何况是她。于是我开始对希伯说的每句话表示赞同。我只想离开。等到最后，当他终于说“我想我有解决办法了”时，我差点就脱口而出，是的，随便吧，只要让我从这儿出去就行。

希伯从办公桌上推过来两张传单，给了我们一人一张。标题处赫然印着**“激动人心的事业——机械制造工艺”**，“九号线上的克斯麦克斯工厂需要一个暑期实习生。他们不付工资——你得志愿参加——但我希望你把它看作第一步。只要你不迟到，努力工作，给领导们留下好印象，那么你毕业后就能有一个体面的工作。他们付给全职员工每小时 7.5 美元。”

妈妈翻来覆去地看着那张传单，寻找一些自己可能漏掉的部分：“一家制造工厂？”

“是世界一流的工厂，”希伯说道，“运营经理是我姐夫。我已经去看过了。他们一小时之内就能制造出一万支口红。你能想象吗？”

传单上配了一些照片，里面的男男女女全都带着那种头套，站在装配线旁边，把精致的小镜子压进小巧的塑料模具里，全都笑得朝气蓬勃。实习项目要持续八周，每周工作四十小时。实习结束时我将收到一张特殊成就证书，“简历中有这张证书会很漂亮。”希伯补充了一句。

“我从来没听说过克斯麦克斯。”妈妈说。

“他们制造物美价廉的商品，像欧莱雅或美宝莲那种，但价格只有它们的一半。比利还可以享受百分之十的员工折扣。”他冲我妈妈使了个眼色，她则用双手捧住脑袋，似乎要整理一下自己的思绪。

所以这就是我能做的选择了：要么重读九年级，要么接受实习，升入十年级。而我从妈妈的啜泣中明白，重读九年级并不是一个可行的选项。于是我从希伯手里接过一支镀金钢笔，填了实习承诺表，答应在七月二十八号的时候去报到，做暑期志愿工，我妈妈也一起签了字。

我们填表的时候，希伯的眼睛就盯着我们动来动去的手看，“你们做了正确的选择。”他说，“所以我会把对你的处罚减轻为停课一天。”

“为什么处罚他？”妈妈问道。

“逃学。”希伯说着指了指我那装在棕色纸袋子里的午餐，“不记得了？”

妈妈语速很慢地开了口：“你要让他回家作为逃学的惩罚？”

“任何行为都有其后果！”希伯说，“如果你不把奶油打发，马尔文太太，你怎么能指望得到奶泡呢？”

我们就这样离开了学校，一路沉默地驱车回家。走上前门台阶的时候，妈妈被绊了一下，险些跌倒，“我得去睡觉了。”她自言自语，“再过三个小时我就得爬起来去上班。”

她走进自己的卧室，关上了门。我很高兴不用在停课时间内和她面对面干坐着。我可以读《三十天如何学会机器语言》，轻轻松松就打发掉下午的时间。但是很快她的卧室门就打开了，她拿着64电脑的电源盒走了出来。

“你真的知道怎么摆弄这台机器吗?”她问道，“你保证你绝对不是在玩《吃豆人》游戏?”

“我保证。”我说，“我向上帝发誓。”

她把电源递给了我：“那就去摆弄吧。”

想看得更清楚一点，结果却打不开。

“不能碰。”泽林斯基说，“不要碰任何你不打算买的东西。”

“对不起。”我向他道歉。

“你没必要道歉。”

“对不起。”我又说了一遍。

我把双手缩回口袋里，一动不动地站在原地。要是我不动，不碰任何东西，也不说话，应该就不会打扰到他了吧。但泽林斯基还是从他的打字机上抬起头来，恼火地说：“你能别站在那里吗？你挡在门口了。”

“那我需要在门外等着吗？”

泽林斯基点点头：“这样最好。”

就在我往门口去的时候，玛丽正好回来了，拿着药店里的棕色纸口袋，“嘿，”她招呼道，“你要去哪儿？”

“哪儿也不去。”我说着又转了个身回来，“我就是在等你。”

“太好了。我们开工吧。”

她把袋子递给泽林斯基，领着我穿过了商店。她走路飞快，仿佛迫不及待就要开始工作。收音机上放着霍尔与奥兹二重唱的《你让我梦想成真》。

“你可能不相信，”我说，“收音机里昨天放的也是这首歌。”

“不是收音机放的。”她说：“是一个混合磁带（mixtape），都是我妈最喜欢的歌。她从收音机里把这些歌全都录了下来。”我几乎要脱口而出一句自作聪明的评价来，但很庆幸我没说出来，因为玛丽继续说：“她在两年前去世了。胃癌。”

她说得非常平静，以至于我以为自己听错了：“你说的是胃癌吗？”

“是啊。1985 年 1 月 21 号。就在那个学期的最后一天。”

在这一刻之前，我一直都以为玛丽每天晚上和爸爸一起回家后，等待他们的是热腾腾的晚餐和其乐融融的房子，但玛丽却说，家里只有他们两个人。她很快就把话题拉回到混合磁带上："我知道这些歌很庸俗，但是我爸很喜欢，所以我也就忍了。"

"我并不觉得这些歌庸俗。"我说道，我本来是想说些更宽慰人心的话，但是霍尔与奥兹二重唱一直在"哦——哦，哦——哦"，玛丽捧腹大笑。

"这首歌比油炸玉米饼里的奶酪还腻人。"她说，"不过我很高兴你能对这首歌淡然处之，因为你还会听到它一百万次。音响被设定成自动循环播放了。"

来到陈列室后，我发现玛丽重新安置了家具，电脑旁边放了两把椅子。我把自己的《三十天如何学会机器语言》带了过来，这样我们就能齐头并进了。书里面满是需要键入并尝试的小程序，于是我开始往 64 电脑里输入。但是输入了几行后，我注意到玛丽在皱眉头。

"怎么了？"

"只是个建议，"她说，"如果你来把代码读出来，我来输入，你觉得怎么样？"

我花了一点时间来理解她的意思。

"你觉得我打得太慢了？"

"你打字的时候需要先找，然后一点点地打。你的手指离定位行太远了。"

"定位行是什么？"

"确切地说，"玛丽说道，似乎我的问题印证了她的看法，"本尼迪克特姐妹给我计过时，我一分钟能输入九十个单词。她说我的输入技能是个奇迹。既然这是一个修女说的话，那它总归说明了什么吧。"

我们解决争端的方式，就是又从库存里找出一台 64 电脑，将两台电想看得更清楚一点，结果却打不开。

“不能碰。”泽林斯基说，“不要碰任何你不打算买的东西。”

“对不起。”我向他道歉。

“你没必要道歉。”

“对不起。”我又说了一遍。

我把双手缩回口袋里，一动不动地站在原地。要是我不动，不碰任何东西，也不说话，应该就不会打扰到他了吧。但泽林斯基还是从他的打字机上抬起头来，恼火地说：“你能别站在那里吗？你挡在门口了。”

“那我需要在门外等着吗？”

泽林斯基点点头：“这样最好。”

就在我往门口去的时候，玛丽正好回来了，拿着药店里的棕色纸口袋，“嘿，”她招呼道，“你要去哪儿？”

“哪儿也不去。”我说着又转了个身回来，“我就是在等你。”

“太好了。我们开工吧。”

她把袋子递给泽林斯基，领着我穿过了商店。她走路飞快，仿佛迫不及待就要开始工作。收音机上放着霍尔与奥兹二重唱的《你让我梦想成真》。

“你可能不相信，”我说，“收音机里昨天放的也是这首歌。”

“不是收音机放的。”她说：“是一个混合磁带（mixtape），都是我妈最喜欢的歌。她从收音机里把这些歌全都录了下来。”我几乎要脱口而出一句自作聪明的评价来，但很庆幸我没说出来，因为玛丽继续说：“她在两年前去世了。胃癌。”

她说得非常平静，以至于我以为自己听错了：“你说的是胃癌吗？”

“是啊。1985 年 1 月 21 号。就在那个学期的最后一天。”

在这一刻之前，我一直都以为玛丽每天晚上和爸爸一起回家后，等待他们的是热腾腾的晚餐和其乐融融的房子，但玛丽却说，家里只有他们两个人。她很快就把话题拉回到混合磁带上："我知道这些歌很庸俗，但是我爸很喜欢，所以我也就忍了。"

"我并不觉得这些歌庸俗。"我说道，我本来是想说些更宽慰人心的话，但是霍尔与奥兹二重唱一直在"哦——哦，哦——哦"，玛丽捧腹大笑。

"这首歌比油炸玉米饼里的奶酪还腻人。"她说，"不过我很高兴你能对这首歌淡然处之，因为你还会听到它一百万次。音响被设定成自动循环播放了。"

来到陈列室后，我发现玛丽重新安置了家具，电脑旁边放了两把椅子。我把自己的《三十天如何学会机器语言》带了过来，这样我们就能齐头并进了。书里面满是需要键入并尝试的小程序，于是我开始往 64 电脑里输入。但是输入了几行后，我注意到玛丽在皱眉头。

"怎么了?"

"只是个建议，"她说，"如果你来把代码读出来，我来输入，你觉得怎么样?"

我花了一点时间来理解她的意思。

"你觉得我打得太慢了?"

"你打字的时候需要先找，然后一点点地打。你的手指离定位行太远了。"

"定位行是什么?"

"确切地说，"玛丽说道，似乎我的问题印证了她的看法，"本尼迪克特姐妹给我计过时，我一分钟能输入九十个单词。她说我的输入技能是个奇迹。既然这是一个修女说的话，那它总归说明了什么吧。"

我们解决争端的方式，就是又从库存里找出一台 64 电脑，将两台电脑并排放好，比赛输入用户手册第一段，要一字不落，没有错误才行。各就各位，预备，跑！我快如闪电，手指在键盘上翻飞，相当精确，就在我大喊完成时，“完成!”我听到玛丽和我同时喊了出来。我们同时完成，难分伯仲。

所以我们的比赛什么也没解决，但是我们往前推进的速度却快了一倍，因为玛丽使她爸爸相信，两台电脑让陈列室看起来更有说服力。“这就像是走进盖璞（Gap）商店，”她如此解释：“他们从来都不会只展示一件 T 恤。一张桌子上总要摆上六七件 T 恤。产品要成组出现效果才比较好。”

她的逻辑我肯定是完全不买账——因为 T 恤通常都是不同颜色的——但泽林斯基却跃跃欲试。“反正这个电脑在箱子里也没什么用。”他耸耸肩，“我们买进来这些该死的机器都三个月了，却连一台都还没卖出去。还说什么‘美国最受欢迎的家庭电脑’。”

他瞪着我看，就好像我该为电脑的滞销负责似的，仿佛是我亲自发明了 64 电脑，并请求泽林斯基囤了这些电脑。

“对不起。”我不禁说道。

他盯我盯得更用力了，眉毛史无前例地高高挑起：“你为什么一直道歉?”

“爸爸，我们的截止日期非常紧迫。”玛丽说道。

“我希望他在七点钟的时候出去。”泽林斯基说，“你还有作业。”

在接下来的三个小时里，我们尝试了一些补丁代码，朗读了《三十天如何学会机器语言》的内容。混合磁带里的歌从霍华德 · 琼斯（《无人可以责怪》）放到布鲁斯 · 霍恩斯比（《就是这样》）再到马歇尔 · 克伦肖（《某一天，某条路》）。很快就出现了某种情况：玛丽会把一些比较密集难懂的段落读出来，而我无法理解，于是她就会用自己的语言来解释这个概念，直到我们两个都能理解了为止。

这种情形出现得太过频繁，我很快就感到了尴尬。我很清楚，要是没有我的话，玛丽很快就能翻页，而我的“智力缺陷”（或者希伯说的别的什么）拖慢了我俩的进度。我坐在椅子里，身子前倾，咬着指甲，一边叹气一边看时间。但是玛丽看起来不慌不忙。她总是把自己说的内容重复上三四遍，一点也听不出不耐烦来。她表现得就好像我们拥有这个世界的所有时间一样。

“真抱歉，我太笨了。”我说。

“是这东西太难了。”

“但是你就能弄懂它。”

“因为我在给你解释，”她说，“大声说出来能帮助我理解。”

我们用书里的一个练习测试结束了今天的工作。我俩各自用机器语言里的制图方式编了一个迷你程序。我的是让“星球希望软件”这几个字呈现不同颜色的动画效果。玛丽的则是一对在跳舞的男孩和女孩，他们跳的有嘻哈、街舞和迈克尔·杰克逊在《摩城 25 周年》特别篇里跳过的太空步。我注意到男孩穿着白 T 恤和牛仔裤，女孩有着长长的深色头发。玛丽把他们做得像我们俩。

“你是怎么在四十五分钟里做出来这个的?”我问道。

“你的也很好。”她说。

最为疯狂的是，她的话听起来真的一点也不假。我把指令拉出来，学习她的代码，里面有大量我想都没想过的点子，以及从未尝试过的策略，完完全全是一种截然不同的编程方式。和她的代码比起来，我觉得我的代码就像巴勃罗·毕加索的抽象画。

11

```
1100 REM *** DRAW GUARD 2 SPRITE ***
1110 POKE 52,48:POKE 56,48
1120 FOR GU=0 TO 62:READ G
1130 POKE 12480+GU,G
1140 NEXT GU
1150 POKE 2043,195:POKE V+21,8
1160 POKE V+42,4
1170 POKE V+6,GGX
1180 POKE V+7,GGY
1190 RETURN[1]
]■
```

七点钟的时候，泽林斯基再一次把我踢出了商店。我出来时，发现阿尔夫和克拉克正跨在自行车上等着。阿尔夫的车把上栖息着他的怪兽——这是我们对他那个超大的索尼音响的昵称，那是一个巨大的录音机，有着同样巨大的扬声器、双卡式录音座以及上百个没用的灯和按钮。怪兽几乎有一吨重，不过阿尔夫在他的车把上装了小平台，这样我们就能在电影音乐的陪伴下骑车了。他看见我过来，便按下了录音机上的播放键。皇后乐队的《超级胖妞》从扬声器里喷薄而出，引来主路上

1　本段代码用来绘制守卫 2 子画面，运行后电脑屏幕不显示任何画面。

行人们的纷纷侧目。阿尔夫在人行道上表演起了哑剧，拿着个可口可乐的罐子假装麦克风——哦哦哦，今晚你不带我回家吗？——我连忙冲向怪兽，把声音调小了。

“你犯什么病？”我责备道。

“放轻松，”阿尔夫说，“她听不到的。”

他又把声音给调大了，这一次比之前还要大——超级胖妞，是你让这摇摆世界不停旋转！

我把磁带退出来，揣进了自己的口袋里。

“嘿，你怎么回事？”阿尔夫问道。

我走下人行横道，走进穿梭的车流里，一辆奥兹莫比尔的司机猛踩刹车，轮胎摩擦发出尖叫，车就停在离我膝盖只有几英寸的地方。我只是想让我们几个人能离商店远一点。在我们穿过市场大街来到拐角之前，我一刻也没停下脚步，一句话也没说。

而后我开始指责他们：“你们两个也太明显了！如果你们还继续在店门口打转，他们就会意识到有事情要发生。”

“你弄到密码了没？”克拉克问。

“当然，我就像这样问她，‘嘿，你老爸商店里的安全密码是多少？’于是她就告诉了我，因为她是个白痴。”

“要是你没在搞密码，”阿尔夫说，“那你是在那里搞什么鬼？”

“我们在弄一款游戏。”我解释道，“我跟你说过了我需要时间。”

“我的客人们已经快失去耐心了。”阿尔夫说。

“阿诺德·施瓦辛格怎么样了？”我问道，“我们该怎样穿过一只整晚都坐在窗前的看门狗？”

“我们正在想办法。”阿尔夫说，“我们已经有了不少办法，正在试验。”

七点钟，路上的车流已经很稀疏了——大部分人都已经在家中打发夜晚时光——所以当两个非常可爱的女孩沿着街区走来时，立刻吸引了我们的注意力。她们差不多有十五六岁，穿着超短裤，有一双细腿。我看见她们是从录像城出来的，就从我们总租电影的那家店里出来。克拉克把爪子收进口袋里，我则盯着自己的运动鞋，假装很忙，根本无暇注意她们的样子。阿尔夫把《壮志凌云》的原声带放进了卡座里，肯尼·罗根斯唱的《危险地带》从扩音器里传来。随后他从口袋里拿出一沓皱巴巴的钞票来。那是特别厚的一叠钞票，有一个冰球那么厚，女孩们打面前漫步走过时，他就漫不经心地数着钞票。

“你从哪儿弄来的这些？”我问道。

“我给了一个早鸟折扣。”他不无自豪地说。阿尔夫解释说，我们的同班同学中已经有十五人提前付费预订了范娜·怀特的照片，已经说好了照片他们会在月底之前拿到。

我转向克拉克：“你也觉得这样没问题？你也卖了早鸟票吗？”

他连忙摇头，“没有，我只是自己想要一份。”他温和地说，“但是我觉得没有什么不妥啊。”

阿尔夫拿着这些钱的样子，完全就是一个大财迷，好像他是机会卡上的地产大亨一样。他在我的眼前挥舞着这些钞票，“闻闻钱的味道吧，比利。”

我把钱打到一边，“别给花掉了，”我警告他，“一分钱都不能花。”

“为什么不能？”

“万一你得还回去呢？”我说，“万一出岔子了呢？”

“能出什么岔子？”他问道。

我还没有做好解释的准备。我没办法告诉他根本就不可能有机会搞到警报密码，至少现在还没有。我得继续努力，或者说假装努力，直到完成《不可能的堡垒》，把它提交给竞赛组。

“任何环节都有可能出问题。”我说。

就在这时，一个身穿制服的威特布雷治警官转过了市场大街的街角，朝我们走了过来。

“是泰克。”克拉克说，“把钱收起来。”

“在哪儿?”阿尔夫不明所以。

“千万别转身!”

泰克的本名非常长，相当优雅，根本没法念出来，所以我们都喊他泰克，因为他让人想起电影《初露锋芒》里初生牛犊、血气方刚的尤金·泰克贝利。他身高 6.4 英尺，是威特布雷治警察局里个头最高的警察。他每年要来我们学校两次，放映那些警惕毒品、酒精和共产主义的恐怖电影。他警告说《赤色黎明》那种电影“很可能变为现实”。当他没有在教育威特布雷治的孩子们时，他就穿着防弹背心在市中心巡逻，往汽车挡风玻璃上贴五美金的违章停车罚单。

“晚上好啊，小伙子们。”他一边打招呼，一边和我们每个人缓慢而若有所思地握了握手。他握手的力度让我觉得心虚而泄气，就像自行车轮胎一样，“今晚有什么麻烦吗?”

这是他和威特布雷治所有小孩子打招呼的惯用方式。泰克总是警告说有一个克隆道夫·龙格尔们组成的军队在时刻等待突袭我们的镇子，拥有爱国之心的美国年轻人则是最后一道防线。在十四岁这个年纪，我们都觉得这套骗人的把戏太小儿科，不过今晚，我们打算顺着他说。

“没事，先生。”我说。

“没有麻烦。”阿尔夫说。

“几英里之内没有俄国佬。”克拉克补充道。

“我并没有在说俄国佬。”泰克说道。他把我们仨围拢在一起，压低声音耳语道，“我可是非常认真的，小伙子们。市场大街上周发生了两起突然袭击，分别是宠物店和旅行社。所有商店的后门都有被撬棍撬过的痕迹，似乎有人想要弄断铰链。”

我们太过恐慌以致无法回应。我担心哪怕最轻微的语气也会暴露我们正在谋划的事情。那些现金在阿尔夫的百慕大短裤里形成了一个非常醒目的肿块，像是揣了个网球在兜里。

“昨天晚上，有人打破了录像城的一扇窗户，拿走了一台全新的录像机，还有一大堆空白的带子。你们几个听到什么风声没？”

“没有，先生。”克拉克说。

“没听说。”我说。

“但是我们会留意的，”阿尔夫保证，“要是我们抓到那个家伙有没有什么奖励？”

“我敢肯定他们是计划好了什么事情。商人协会现在非常恐慌。所以市议会让我们坚持夜间巡逻，直到‘犯罪浪潮’有所收敛。从黄昏到黎明，得加无数的班。”

“从黄昏到黎明？”克拉克疑惑。

“我们出现的意义，就是我们常说的威慑力。要是哪个坏家伙在凌晨四点的市场大街上看见一个警察走来走去，他可能就得三思而后行了。不管怎么说吧，这就是我们的对策。在这关键时刻，我们希望你们这些家伙都能保持火眼金睛，明白吗？如果看见了什么不正常的事情，就让我知道。”

我们全都承诺会保持警惕。泰克感谢了我们对公众事务的服务精神，在继续巡逻之前，坚持又和我们每个人握了一遍手。他沿着市场大街一直往前走，在火车站前面往左转，几分钟之后，就抵达了老佛爷百货，走了一个“8”字形，穿过了整个市中心的商业区。

“从黄昏到黎明的巡逻。”克拉克自言自语。

“先是阿诺德·施瓦辛格，现在又是泰克贝利，”我说道，“或许我们得重新考虑一下这个计划了。”

“我才不会重新做任何考虑呢。”阿尔夫说，“你不能在麻烦刚露头的时候就打退堂鼓。难道你想说你要放弃吗?”

“不是的，”我说，“我不会放弃的。”在截止日期之前还有十一天。有十一天时间来学习机器语言，并且让《不可能的堡垒》顺利运转，“但我需要更多时间。”

他俩似乎都放下心来。阿尔夫又把《壮志凌云》给倒回了第一部分，按下了播放键。肯尼·罗根斯的声音爆发出来，声音显示器的灯光都飙红了。“你只需要弄到警报密码就行了。”他说，“剩下的就交给我们。”

12

```
1200 REM ***ADVANCE COUNTDOWN ***
1210 TIMER=TIMER - 1
1220 PRINT "{HOME} TIME LEFT:"; TIMER
1230 IF TIMER=0 THEN GOTO 1600
1240 IF TIMER<25 THEN ER=25:RETURN
1250 IF TIMER<50 THEN ER=20:RETURN
1260 IF TIMER<75 THEN ER=15:RETURN
1270 IF TIMER<100 THEN ER=10:RETURN
1280 IF TIMER<150 THEN ER=5:RETURN
1290 RETURN[1]
]■
```

我开始每天都去泽林斯基的商店。我和玛丽一起从三点工作到七点，然后她爸爸就会毫不犹豫地把我踢出门去。起初我们什么进展也没有，全都是在不停犯错。学习机器语言是我尝试过的最困难的事情，要不是玛丽表现出了足够的信心，我肯定早就放弃了。她表现得就像我们绝对会稳赢竞赛，现在编辑游戏只不过是出于必要的礼节。其实我一直

1　本段代码为前进倒计时，运行后电脑屏幕返回主页，显示“时间剩余：××”，1230～1280 行代码为判断型代码，如果时间值为 0 时，跳至 1600 行代码；如果时间值小于 25，则 ER 值 = 25；如果时间值小于 50，则 ER 值 = 20；如果时间值小于 75，则 ER 值 = 15；如果时间值小于 100，则 ER 值 = 10；如果时间值小于 150，则 ER 值 = 5。

都暗自期待她对这个项目失去兴趣。每次我一到商店，都在期待着她告诉我她有了别的计划——比如说她打算去商场，或者给人看孩子，或者其他什么普通十四岁女孩会做的事情。但是玛丽从来没有放过我鸽子。每一个下午，她都早早等在陈列室里，随时准备开工。

我们形成了自己的一套模式，每个下午都是以一罐胡椒博士和一袋椒盐卷饼开始。五点钟的时候我们停下来，吃吃喝喝休息一下，因为能量用尽，需要补充糖分。她妈妈那盘混合磁带无止境地循环着，一成不变的十四首歌唱了一轮又一轮。很快我就完全记住了这些歌曲的播放顺序，总是静静等着我喜欢的歌被放出来。

在我们并肩奋战的第三天，玛丽说她妈妈是在病中的最后几天里做出了这盘磁带，歌曲目录是以诗的方式排列的。对此我并没有什么感觉，直到我看见按顺序写下来的曲目，是她妈妈纤弱的字迹，就写在磁带外面的标签上：

没什么能改变我对你的爱

无人可以责怪……就是这样了

某一天，某条路……尽管困难重重

一切都会越来越好

不要放弃……对自己好一些

我不会等你回来

跳舞到天明吧！

你知道我是爱你的，是吗？

（你一直）在我心里

你是那么美丽

你让我梦想成真

我能听见泽林斯基在收银台那儿嘟嘟囔囔的，抱怨那些古董打字机里倔强的齿轮，我完全无法相信他曾让一个女人爱上过他。尽管此刻就有一盘混合磁带，证明他被爱过。

我的注意力回到玛丽身上来："我能明白你为什么永远也不厌烦它了。"

玛丽却哈哈大笑起来："哦，我都快恶心吐了！但是我和我爸在任何事情上都无法达成一致。所以挑歌这种事向来都是我妈妈的工作。"

玛丽说她是在商店里长大的，父母翻修店面的时候，她就在坚硬的木地板上玩不倒翁和万能工匠，他们煞费苦心地切割、打磨、并安装所有的货架，手写了所有标签。自那时起，店里的生意繁忙了很多。玛丽解释说，因为很多常客都会进来待一会儿，只是为了和妈妈聊聊天，"这个商店就好像是这儿的《欢乐酒吧》[1]，有三百人来参加了她的葬礼。牧师说这是威特布雷治的最高纪录。至于我，当然是晕过去了。"

她压低了声音，变成了和我之间的窃窃私语。因为有两个女顾客在附近的文具区翻翻捡捡，比较两盒不同的象牙色亚麻布制的简历表，玛丽非常小心地不让自己的故事被听见。

---

1 《欢乐酒吧》是一部在美国全国广播公司（NBC）首播的长篇情景喜剧。本剧于1982年9月30日开播，1993年5月20日剧终，共11季270集，后以《欢乐一家亲》延续故事。故事背景设在马萨诸塞州波士顿的一个名为"Cheers"的酒吧里，那是一个当地人见面、喝酒、放松以及社交的去处。每个人都为生活挣扎，互相打趣鼓励。

“你是说晕倒吗?”

她点点头：“我们正在做弥撒，我就站在教堂的最前面。我做得挺好的。虽然哭了吧，但是并没有歇斯底里。然后我就犯了个错误，我真不应该去看我爸，因为他在哭，而且是放声痛哭。我从来没有看他哭过，从来没有。就是在那一刻，我什么都不知道了。我倒在了商人协会送来的一大束花上。我把花全毁了，还被铁架子划破了嘴唇。真是太糟糕了。”这段记忆让她懊恼不已，但很快她就摆脱了这种情绪，突然有些尴尬地说，“真对不起。我不知道自己为什么要跟你说这些。可能因为你是唯一一个问起这些蠢音乐的人。”

“一点也不蠢。”

玛丽转过身去背对我，俯身趴在显示器前，似乎是在努力让自己进到代码中去：“我们继续工作吧。”

我们打算让守卫的腿动起来灵活一些，这样他们就能在跑的时候弯曲膝盖了。但是不出几分钟，我发现我不由自主地对玛丽说起了我爸爸是怎么在阿拉斯加生活的，以及他压根就没和我妈妈结过婚，要不是有格雷琴姨妈，我们连那个破房子都住不起。这些是我压箱底的秘密，这些秘密我深以为耻，但我觉得我欠玛丽一个故事。

“我真想知道他为什么离开。”我对她说，“这是我一直无法理解的事情之一。”

她停止了输入，转过身来面对我，“总有一天他会回来的。”她说，“早晚的事，他会想要见你们的。”

我摇摇头：“我不这么想。”妈妈并没有说过更多有关爸爸的细节，但是她却花了几百个钟头和格雷琴姨妈讨论他，我都已经成了偷听她们电话聊天的专家了。妈妈把他描述为“冲动鲁莽且毫无责任感”“一个自恋狂”

和（最伤人的）“失败者”。她坚持说他永远也不会回来的，保罗·纽曼[1]出现在我家门口的概率都比他高。

“你妈妈错了。”玛丽说，“总有一天你爸爸会对你感到好奇的。这是一定会发生的。只是等他回来的时候，一切都太迟了，因为你已经生活在加利福尼亚了。”她用铅笔顶端粉色的橡皮点了点显示器，“只要弗莱彻·马利根看到这些代码，他一定非雇用你不可。”

我笑起来：“我不太肯定我妈妈会不会同意。”

现实逻辑并没能阻碍玛丽天马行空的想象：“一开始只会是个简单的工作邀约。他希望雇用你为数码艺术工作。等你一去工作，就需要一个地方住吧，他就会在自己的公寓里为你留一间房。你将会和弗莱彻夫妇住在一起，一起吃饭。一旦他们了解了你，就会坚持让你们生活在一起这件事变得合法。这样在他去世之后你就能继承整个公司。就像《查理和巧克力工厂》里那样。”

我觉得玛丽好像不知怎么就读懂了我心里的想法。我无法告诉你，每天夜里我躺在床上，就在快要睡着之前，有多少次曾幻想过同样的场景。

“你疯了。”我对她说，“你那些傻乎乎的想法都是从哪儿来的？”

“这会发生的，威尔。”她确定无疑地看着我，浑身上下散发着信心十足的光芒，和我认识的每个人都那么不一样，“你只要答应我有天能让我去参观一下公寓就行。你还得答应我你不会忘了我。”

1　保罗·纽曼，美国演员、导演、制片人。

13

```
1300 REM ***  ERROR BUZZER ***
1310 FOR L=0 TO 24:POKE S+L,0
1320 NEXT L
1330 POKE S+1,100:POKE S+5,219
1340 POKE S+15,28:POKE S+24,15
1350 POKE S+4,19
1360 FOR T=1 TO 1000:NEXT T
1370 POKE S+4,18
1380 POKES+24,0
1390 RETURN[1]
]■
```

玛丽和我有过一次争吵，那是在我们为游戏苦战的第四个下午。泽林斯基在收银台里，正同两个从费城来的收藏者聊古董打火机，而玛丽则在招呼一个看钢笔的客人，忽然间我发现陈列室里只剩下我一个人，霍华德·琼斯正在收音机里唱着歌，我仍旧忙着解决守卫的动作问题。当一个女孩来到桌子旁边，说了声“打搅了”时，我正在调整守卫的手臂动作。

她比我大两三岁——一个大三或大四的学生，一身朋克装扮，活像小

1　本段代码为错误蜂鸣器（提示），运行后电脑屏幕不显示任何画面。

麦当娜[1]，脚踩一双军靴，丝袜扯开了，穿着人造革的短裙。她的眼睛周围画了蓝色的眼影。“你在这儿工作吗？”

“不是的。”我说。

她耸了耸肩，似乎是不是都不重要。我弯腰驼背地伏在键盘上，被笔记本、复印件、荧光笔和糖果包装纸包围。就算我不是雇员，也八九不离十了。

“我爸让我来买磁盘。”她从裙子口袋里摸出了一张纸条，“他需要十张五-一-四-英寸的软盘。”

“是五又四分之一英寸的软盘。”我纠正她，“我可以指给你看。”

我们穿越过道，来到电脑产品区，我介绍了一下现有的选项：“他这里有富士和麦斯威尔。这两个价钱一样，不过麦斯威尔的软盘是黑色的，富士有很多颜色。”

“酷，”她说着就把手伸向了富士，“谢谢。”

她拿着软盘去了商店前面，泽林斯基把钱放进了收银机。我回到陈列室的时候，玛丽已经等在她的电脑旁了。她冲我笑道：“她也太风骚了，啊？”

“你是什么意思？”

玛丽用一种唱歌的声调吱吱呀呀地模仿那个女孩说话：“‘我需要五-一-四-英寸的软盘。因为我实在是太可爱了，所以根本看不懂分数！’”

“她并没有这么说。”

“她说话的方式就是这样的。就像她是某种无助的小动物。那是在调

---

1 麦当娜·西科尼，1958年8月16日出生于美国密歇根州底特律，美国女歌手、演员。

情，威尔。”

我脸红了：“那又怎么样呢？”

“哦，上帝，拜托你告诉我她不是你喜欢的类型。可千万别告诉我你喜欢这种眼影画得像浣熊一样的朋克摇滚小妞。”

“我没有什么喜欢的类型。”

“每个人都有的。”

“不包括我。我连女朋友都没有过。”

“但是你肯定有一个喜欢的类型。”她说，“深色头发，红头发，个子高的，个子矮的，哥特风，啦啦队长——”

“这些我都喜欢。”我说，“我看不出有什么区别。”

“每个人都知道有区别。”她说，“每个人都有自己的偏爱和喜好。这是人类的基本心理。”

我感觉自己是在希伯的办公室里——不作回答才能让她满意。

“那你呢？”我问，“你喜欢什么类型？”

“我喜欢自信的人。我喜欢那些知道自己要什么的人。”

“就像泰勒·贝尔那样的？”

我不知道自己为什么这样说。关于玛丽的事情，泰勒说的那些我一个字也不相信：**这小妞的欲望就像狒狒一样强烈，知道吗？我得拿棍子才能把她赶走。她的手就没办法从我身上拿开。**我很清楚玛丽永远不会倒在泰勒那种笨蛋脚下——但是这个瞬间，她看起来就像是被我打了脸一样。

“你知道泰勒·贝尔？”

“每个人都知道泰勒·贝尔。”

“你是怎么知道泰勒·贝尔的？”

“他在我们学校上学。他有一辆哈雷。”

"他对你说什么了?"

"什么也没说。我的意思是，我跟他并不熟，我只知道他在这里打过工。"

"泰勒·贝尔就是个混蛋。"她说，"是我们雇过的最差劲的人。"

"所以他不是你的菜?"

"并不好笑，威尔。别拿他来开玩笑。"

"怎么了?"

紧接着，泽林斯基来到了我们跟前，围裙上覆盖着潮湿的黑色油墨。那个时候，我不知道我们的对话有多少传到了商店前面去，但是回头想想，我很肯定他几乎全都听到了。

"一切都正常吗?"

他把这个疑问陈述得像个确定事实，分明是在强烈暗示，不，一切都不好。

"我们挺好的。"玛丽说。

"或许威尔现在该回家去了。"

"我们挺好的。"玛丽重申道，"我只想快点回到工作中去。"

泽林斯基犹豫了一下，随后转身回到了收银台。

接下来的一个小时，我大气都不敢出。我们各自看各自的书，分别在自己的电脑上输入。没有客人再来陈列室，唯一的声音来自"所有你喜爱的八十年代爱情歌曲——乔·库克[1]、威利·纳尔逊[2]和菲尔·柯林斯"。

1 乔·库克，出生于英格兰约克郡谢菲尔德，英国男歌手。

2 威利·纳尔逊，美国著名乡村摇滚运动的领头人，他代表了乡村音乐的主流，2000年获得格莱美终身成就奖。

我时不时去看玛丽，可她一直都在怒气冲冲地输入，避免和我目光接触。

大约在六点钟的时候我听到了鸣笛声，一个警察进来告诉泽林斯基，克伦肖的药店着火了。我们立刻从桌边起身，出去看看怎么回事。

有两辆救火车停在市场大街的中间，志愿消防员争先恐后地把救火设备弄下来，泰克贝利和另外两个警察正在疏导火车站周边的交通。克伦肖先生自己则是摇着头在人行道上来回徘徊。灰色的烟雾从药店二楼的窗户里涌出来，火似乎并不是从药店里烧起来的，而是从楼上的公寓里。我俩伸长脖子想看得更清楚一点，可惜站的角度不太好。

“过来，”玛丽说道，“我有办法了。”

我们回到了店里，穿过陈列室，来到了商店后面狭窄逼仄的楼梯处。我跟着玛丽上了二楼，进入了一个布满置物架和瓦楞纸板的迷宫。包围我们的全是箱子和货架。道路曲折，光线昏暗，不过玛丽显然对这里的一尺一寸都了如指掌。走着走着她停在了一块巨大的木头舱门下面，“只要打开它就行了。”她说道。

我眼看她从口袋里掏出了钥匙链。泰勒·贝尔一点也没有夸大这个木门的腐朽程度，这门就像你在沉没的海盗船上会看见的那种门一样。一条白色的线从门板底部探出来，延伸向天花板上的一个小裂缝，随后便消失在了墙缝里。

我指着那根线问道：“那是个警报吗？”

“没错，我爸简直是被害妄想症。你知道吗，他总觉得罪犯会爬上我们家的墙，然后偷走那些信封。”

木门实在是太沉了，我们两个人得一起使劲推才行。门是向外开的，上面拴着两个老旧的铰链，推开的时候发出刺耳的尖叫。随后我们踏上了三级陡峭的台阶，爬上了屋顶。屋顶宽阔平坦，但还是略微令人感到晕眩。从截然不同的角度去看市场大街和火车站，会让人一下子失去方向。夕阳正在沉落，天空映照出疯狂的粉色与橘色光线，仿佛在燃烧一般。站在屋顶上，空中的一切都似乎触手可及。

我们走到市场大街那一侧，停在了距离边缘四英尺的地方。这个新位置相当优越，足以让我们将克伦肖的整栋楼都尽收眼底。我们能看见消防员在窗户里来回穿梭，但是大家都不再匆忙。烟雾已经稀释了很多，看来这个戏剧性事件最糟糕的部分已经被控制住了。下面的大街上，有一大群孩子跨在满是泥垢的自行车上看热闹，我看见阿尔夫和克拉克就在他们当中。阿尔夫的车把上蹲着"怪兽"，他俩似乎都为损失不够大而遗憾。

"我为之前的事情道歉。"玛丽开口道，"关于泰勒的事情。我并不是故意凶你的。"

"没关系的。"我说。

"他从店里偷东西，或者是想偷，反正无所谓了。对我和我爸爸来说，他依然是个让人恼火的话题。"

突然之间，她的表现似乎还有更多的言外之意。

"他偷了什么?"

"你知道收银台旁边的那些古董打火机吧？有些值两三百块钱呢。泰勒想要偷，被我抓了个现行。"

"然后呢?"

"我爸简直气疯了。他向来很信任泰勒。我们都很信任他。所以他把泰勒给解雇了，就是这样。"她转过脸不再看克伦肖的楼，而是向西直直地看着落日的方向，那一边的视野更好："这些都是去年的事情了，就在刚开学那会儿。但是正如我刚刚说的，我们依然为此很生气，反正我是这么觉得。"

他们当然会生气了。这个版本的故事比泰勒那个色情传奇要可信得多。泽林斯基先生对店铺扒手零容忍，泰勒没被逮捕就应该很庆幸了。

“我一点也不了解那个家伙。”我说，“我是新生，他已经要毕业了。”

“我知道。”她说，“我相信你。”

“所以我们和好了？我和你？”

“当然，我们没事了。”

我伸出手去，我们握了握手。她的指甲是新画的，每一个指甲上都有一朵小巧的向日葵。

“我们回去工作吧。”我说。

她却摇了摇头：“我今天累了，想在这儿待上一会儿。”

于是我们就这样在这里伫立良久，看夕阳落下，讨论着那些永远也无法用八位字节去实现的东西该怎么办，64电脑是那么简单地定义了紫罗兰（CHR $(156)[1]）、橘色（CHR $(129)）和黄色（CHR $(158)），这肯定不行，毕竟还有那么多的颜色，成千上万种颜色，64电脑的硬件永远也匹配不了。

当天晚上，我回家以后其实还在担心玛丽并未消气，生怕她打算放弃《不可能的堡垒》，让我自己完成游戏，自生自灭。然而次日一早，我来到学校，储物柜里有一张新的软盘在等待我。我把它拿到了图书馆里唯一的一台电脑那里，检索了目录，发现里面是另一个迷你游戏。

你已经身处不可能的堡垒深处，站在一条狭长的走廊上，石头墙面

1　64电脑的色彩数值。

上排列着闪烁的火把。挡住北边去路的是一个巨大的食人魔。他正拿着一根棍子盯着你。口水从他的嘴巴里流了出来。

> 查看装备

你两手空空。

食人魔朝你靠近了一步。他比你大三倍。他看上去非常非常饿。

> 打食人魔

干得漂亮，威尔。你用尽力气打了食人魔，他退缩了。很好，他现在饥肠辘辘，并且火冒三丈。

> 踢食人魔

大失误！食人魔现在已经怒火中烧。他用拳头给你一记重击，你被打倒在地。食人魔将棍棒举过头顶，准备把你打碎。

突然间，墙上的一道密门滑开了！
生猛玛丽·泽林斯基出现，手里拿着大砍刀。
她杀死了食人魔，食人魔倒地而亡。

> 站起来

你站了起来，玛丽收起了她的刀，“很抱歉我昨天冲你嚷嚷了。”她说，“我希望我没有把事情给搞砸。你愿意接受这只死掉的食人魔作为我的道歉吗？”

> 说愿意

“谢谢你，威尔！”玛丽说道，（你的分数达到一百分，一级棒。）“放学以后见呀！”

游戏结束。

随后奇怪的事情发生了，在“游戏结束”这几个字下面，光标依然在闪烁，要我输入新的指令。

> 往北走

我跟你说过了，游戏已经结束了。

> 进入秘密通道

对不起，食人魔尸体挡住了你的去路。

> 跟着玛丽

可是玛丽就站在这里。玛丽穿着铁网式的盔甲和铁质胸甲，看起来非常迷人。

这肯定是个测试。要是玛丽不打算让我看见这些的话，她是不会花精力去编辑的。我一时兴起，尝试了一些疯狂的东西：

> 亲吻玛丽

你向前俯身，把手放在玛丽的腰上。玛丽踮起脚尖，闭上眼睛，把嘴唇贴在了你的嘴唇上。你的视线瞬间变得模糊，满眼都是烟花和闪烁的星星。你的分数上升到 50000000 分，授予你“我所认识的最酷男孩”荣誉。

随后游戏终于结束了。一位图书管理员从我身后经过，在她能够看见屏幕上的内容之前，我就迅速关掉了电源。她向我投来猜疑的目光——因为我面红耳赤的——不过她什么也没说就回到了办公桌边。

放学后我去了泽林斯基商店，看见玛丽就在陈列室里忙活着。她的脸离显示器很近，正专心致志地研究某个问题。我扔下书包，坐进椅子里。我的电脑旁边放着一袋椒盐卷饼和一罐冰镇胡椒博士，是刚从冰柜里拿出来的。

“谢谢，”我说，“也谢谢你的游戏。我通关了。”

她转过身来看着我，在我的脸上寻找着蛛丝马迹，我这才意识到自己说的话有点含糊。于是我深吸了一口气说道：“我拿到了五千万分。”

玛丽又将脸转回到了屏幕上。她用铅笔写下了一行代码，“这里的这个部分拖了很大的后腿。要是我们把它放在开头呢?”

我俯过身去，越过她的肩膀，想看得更清楚些，或许比我平时离她更近了一些，近到足以闻见她洗发水的味道，或者是香水的味道，或者其他让她闻起来很好闻的味道。我们的争执结束了，一切回归正轨。但是这种正轨和前一天略有不同。

14

```
1400 REM *** ASSIGN RANKINGS$ ***
1410 IF SCORE>=8000 THEN RANK$="FANTABULOUS! "
1420 IF SCORE<8000 THEN RANK$="AWESOME! "
1430 IF SCORE<7000 THEN RANK$="GREAT! "
1440 IF SCORE<6000 THEN RANK$="GOOD"
1450 IF SCORE<5000 THEN RANK$="AVERAGE"
1460 IF SCORE<4000 THEN RANK$="NOT BAD"
1470 IF SCORE<3000 THEN RANK$="FAIR"
1480 IF SCORE<2000 THEN RANK$="UGH! "
1490 RETURN[1]
]■
```

日子一天天过去，我和阿尔夫还有克拉克见面的次数越来越少。我们依旧每天早上一起骑车上学，但我不再和他们一起去自助餐厅吃午饭。取而代之的，我躲进了图书馆，把一切空闲时间都用在了《不可能的堡垒》上。竞赛截止日期迫在眉睫，我一分一秒都浪费不起，甚至连洗澡的时候也要带上一堆资料的复印件进浴室。

1　本段代码为指定排名，运行后电脑屏幕不显示任何画面，1410～1480 行代码是当玩家分数到达一定量时的变量值。如果分数≥8000，则排名为“极出色的!”；如果分数＜8000，则排名为“极好的!”；如果分数＜7000，则排名为“优秀!”；如果分数＜6000，则排名为“很好”；如果分数＜5000，则排名为“差强人意”；如果分数＜4000，则排名为“还好”；如果分数＜3000，则排名为“一般”；如果分数＜2000，则排名为“呃!”

星期五下午，我正坐在图书馆里，把二进制字符串转换成十进制数字，被数学弄得头昏脑涨。一个二进制字符串看上去就像是由许多0和1随机排列的组合——00100100——但是这个序列里的每一个数字都体现了不同的数值：128、64、32、16、8、4、2或者1。所以00010010的数值是18（0+0+0+16+0+0+2+0），而10000001的数值则是129（128+0+0+0+0+0+0+1）。玛丽是二进制字符串的行家，她看一眼类似00111111这样的数字，马上就能脱口而出“63”，而我还得用手写下来，用最古老的办法一点点算出来才行。

有人在我对面坐了下来，把一张皱巴巴的十美元纸币拍在了桌子上。我抬起头，看见了查德威克·麦伦，他是篮球队长，学生自治会的财务，是舞会之王的最佳候选人。他称得上是威特布雷治有史以来最著名的高中生运动员，并且收到了十一份不同的奖学金。我从来没有私底下和他说过话，却在无数集体活动和颁奖仪式上给他鼓过掌。

“你认识阿尔夫吧？”他问道，“阿尔夫·博伊尔？”

“怎么了？”

“告诉他查德·麦伦要十张照片。一整套的。”

我把钱从桌子上推了回去。我不知道自己从哪儿来的勇气，竟然敢反抗他，我猜可能就是因为他的突然打扰使我觉得恼火。

“自己去买。”我对他说，“杂志只要四美元。”

查德的笑容消失了，突然间我意识到，我可能是威特布雷治学校里有史以来第一个质疑他命令的人。他把钱塞进了我的上衣口袋里，用力压了压：“要确保阿尔夫知道这是我的钱。”

去上下一堂课的路上，我在自助餐厅门口停下脚步，我们仨平时吃饭的桌子上空无一人。后来我在学生吸烟区找到了阿尔夫和克拉克，那是一处很小的室外天井，满地都是烟头，就在教师吸烟区的顺风方向。阿尔夫穿了另一件《迈阿密风云》[1]的套装，而克拉克只穿了件纯白色的背心和牛仔短裤。他们正坐在一条长凳上，抽着我从来没有见过的极其瘦长的香烟。

"你们在抽什么?"我问道。

"卡碧 120s。"克拉克说，"是新货。"

阿尔夫把香烟盒丢给我，让我尝上一根："我们是在汽车站发现的。肯定是有人不小心落下的。"

我们三个都不习惯抽烟，然而，当宇宙提供了随便什么免费的东西时，我们都会立马接受。

"这些是女士烟。"我对他们说。

"哈?"阿尔夫轻呼。

"所以它们才这么细长啊。是为了配合女人的手。"

克拉克连忙甩掉了手里的烟，就好像那是只活黄蜂。"难怪我那么想吐呢!"他说。

阿尔夫又抽了一口自己手里的烟，仔细品味了一下，吐出来后评价道："我抽着还行。"

"那些卷烟纸上都会释放出激素。"克拉克提醒他，"是为了帮助女性减肥。你是在往自己的肺里填充雌激素。"

我把那十美金给了阿尔夫，并且同他说了查德威克·麦伦的事情。

---

1 《迈阿密风云》是一部动作电影，讲述了桑尼和里卡多以海上赛艇选手兼走私犯的身份渗透进一个庞大的毒品网络，在逐步接近幕后大佬蒙托亚的故事。

他竟然一点也没觉得这个要求有哪里不妥："我这周已经卖给了五个不同的高中生了。"他解释道，"我才不管他多大年纪呢，反正没有人愿意走进7－11去买一本《花花公子》。那就像在说，'我是来这儿手淫的。'"

我看着阿尔夫从口袋里拿出一个小小的账本，把查德威克·麦伦的名字列了上去。随后他掏出了那庞大的现金卷，把这十美金裹在了最外面。仅仅几天的时间，那叠钱就已经膨胀得像个葡萄柚那么大了。

"天呐，"我惊叹道，"这一共有多少了？"

"三百八十六美金。"他不无自豪地说，"不过别担心，比利，我是完全打算和你们分的。我们全都有份，你明白吗？"

"当然，当然。"我说。

"我们最终能弄到五百美金。"

"简直是奇迹。"我不禁感叹。

阿尔夫深深吸了一口他的女士烟，吞云吐雾起来，随后便盯着我看，仿佛是在等我说些什么："所以，现在，警报密码怎么样了？"他终于还是问了。

午餐结束的铃声适时响起，却没能拯救我，"我正在想办法。"我说。

我们身边其他抽烟的学生纷纷弄灭烟蒂，嚼起了嘀嗒糖。

"我们可没多少时间了。"克拉克说道，"今天已经是五月二十二号了，最多就只有七八天了。"

我把书包挂在肩膀上，急于回到图书馆去折腾我的游戏，"别着急，"我安抚他们，"已经快了。"

15

```
1500 REM *** BOOST SCORE ***
1510 IF LIVES=3 THEN SCORE=SCORE+50
1520 IF LIVES=2 THEN SCORE=SCORE+75
1530 IF LIVES=1 THEN SCORE=SCORE+100
1540 PRINT"{HOME}{CSR DWN} SCORE:",SCORE
1550 DG=DG+DX*.15
1560 IF DG>DX THEN DG=DX
1570 IF DG>50 THEN GOSUB 7000
1580 IF DG>100 THEN GOSUB 7500
1590 RETURN[1]
]■
```

泽林斯基从不跟我打招呼，也不曾试图跟我聊天，甚至连看都不看我一眼——除了七点钟的时候，他“咚咚咚”地走到陈列室后面，命令我滚出去。通常他会使用的准确措辞是：“出去吧”或者“现在就走吧”，就像是把一条狗从草地上赶下去似的。

“你爸爸讨厌我。”我对玛丽说。

“那只是表象，”她坚持事实并非如此，“他其实很喜欢你。他对你

1　本段代码用来进行分数加成，运行后电脑屏幕回到主页，显示“分数：××”。后台运算逻辑为：如果生命值等于 3，则分数加 50；如果生命值等于 2，则分数加 75；如果生命值等于 1，则分数加 100。

的职业道德印象深刻。”

“是他说的吗？”

“好吧，确切的原话不是我刚刚说的那些。”

“他真的说过吗？”

“他对你印象很好。”她说，“相信我。”

于是我试着去发掘他好的一面。我从来没有把空罐子或者苏打水留在书桌上（尽管玛丽总是这么做）。我始终小声说话，会用“请”和“谢谢”这些字眼，并且时刻谨记不要挡他的路。可是每次我一到商店，泽林斯基看起来都很不爽。

这个周五，我在陈列室里忙着工作，玛丽则在外面服务一个买打字机的客人。我又一次独自一人留在了商店最里面，突然有个不知从哪儿冒出来的小孩子从我面前跑过去。他似乎只有十岁或者十一岁，穿了一身灰色的牛仔服，从头裹到脚趾头，手里拿着超大杯的苏打水。他躲进放劲量电池的货架后面，从我的视线里消失了，我立刻意识到，那是个小偷。

过了一会儿他又回来了，依旧拿着那个超大杯，叼着吸管。装的不错嘛，孩子。

“需要帮忙吗？”我问道。

他摇摇头：“不用。”

我站了起来，跟着他来到商店前面。我会给他留面子：他很聪明地停在了收银台旁边，买了点东西——一包“早午餐牌”口香糖。

泽林斯基压根就没有注意到这孩子，他正忙着为一个普林斯顿的收藏者修理打字机，“只要口香糖？两角五分钱。”

那孩子回头看了看我。

“你不明白那种说法？两角五分钱？”他的脸上写满了失望，我太熟悉那种表情了，“是二十五美分的意思。”

那孩子隔着柜台递过去一张皱巴巴的一美元。

“你从哪儿买的超大杯饮料?”我问道。

“7－11。”他答道。

“市场大街上没有7－11，最近的一家在五英里之外。”

他皱了皱眉头：“你是，就是说，在这里工作吗，还是别的什么?”

“你在偷电池。”

我嘴里的话还没说完，这孩子就已经冲出门去了。泽林斯基在他身后大声咒骂，不过我告诉他不用担心。这孩子把饮料杯落在收银台上了，我打开杯盖，六节C号电池从那一点点温可乐里冒出头来。泽林斯基的目光一下就亮了，好像是我变了个戏法。

“婊子养的。”他骂道，“你是怎么知道的?”

我可不敢跟他说实话——我和阿尔夫也曾经干过这种拿超大杯偷东西的事情，我们用64盎司的杯子从山姆·谷迪的店里偷了玻璃纸包装的盒式卡带。

“我听见他在放电池的地方翻来翻去。”我解释道，“感觉他是想拿什么东西。”

那天晚上泽林斯基让我多留了半个小时，到点的时候，我几乎没能认出他的声音来，因为这回他说的不是“出去吧”或者“走吧”，他说的是：“我们明天见，威尔。”

玛丽用胳膊肘戳了戳我的胸口。

“看见没?”她说，“他正在被融化。”

16

```
1600 REM *** OUT OF TIME ***
1610 PRINT"{CLR}{12 CSR DWN}"
1620 PRINT"{12 SPACES} YOU ARE OUT"
1630 PRINT"{14 SPACES} OF TIME."
1640 PRINT "{2 CSR DWN}"
1650 PRINT" THY GAME IS OVER."
1660 FOR DELAY=1 TO 1000
1670 NEXT DELAY
1680 IF LIVES=0 THEN 3300
1690 RETURN[1]
]■
```

日子过得飞快，天气越来越暖，花朵次第开放，“阵亡将士纪念日[2]”宣告了夏天的正式开始。节假日期间泽林斯基一般都会关掉商店，不过这回他答应开着，这样我和玛丽就能在下午的时候一起工作了。我们的同学全都出门撒欢儿去了，不是去海边就是去看电影，要么就是去放烟花，而我们则把自己关在陈列室里专心工作。

参赛作品必须要在星期五，也就是五月二十九号之前提交——然而

1 时间结束代码，运行后电脑屏幕显示“时间到，你输了，游戏结束”。

2 阵亡将士纪念日是美国的“国殇日”。这一天很像中国传统的“清明节”，时间为 5 月最后一周的星期一。

在星期三的时候，也就是五月二十七号这天，游戏离完成还有十万八千里。我们已经创造出了完美的机器语言子程序，那是一个相当优美的循环，把守卫分散到各个方向——他们跑的时候膝盖会弯曲，会挥动手臂，还会舞动手里的长矛，那些动作真的栩栩如生，并且快如闪电。可是当我们试着把这个循环放到主程序上时，游戏就开始不停地故障故障故障。无论我们用什么方法，64 电脑始终反馈给我们错误信息：

错误下标

除数为零

路径错误

变量错误

公式过于复杂

无法继续

无法继续

无法继续

无法继续

无法继续

玛丽和我翻了又翻《三十天如何学会机器语言》，迫切想要找出问题所在，然而我们做的全都是正确的，每一个字都是按照指南来操作的。我身心俱疲，极度沮丧，突然间，“所有你喜爱的八十年代爱情歌曲”让我崩溃。菲尔·柯林斯正第一百万次地唱着《勇往直前》，而他的绝望与不顾一切就仿佛是在回应我的负面情绪。我们江郎才尽，并且没有时间了。

“完蛋了。”我说道，“我放弃了。”

玛丽并没有把头从书里抬起来：“我们已经很接近终点了。”

“不，我是认真的，我放弃了。”

“你今天要早回家吗？”

“我放弃整个游戏。我什么都不想做了。”

“你不能放弃，”她说，“你得赢下 PS/2，这样我才能得到你的 64 电脑。这是我们的约定。我们握手成交了。”

“我们是不会赢的。”我说道，“我们做了这本书教给我们的一切，可是根本没用。我的眼睛都快瞎了。我的手腕很疼。我的背也很疼。我们已经困在商店里‘A’天了，我累了。”

玛丽却大笑起来，就好像我刚刚说了个笑话。

“你就继续笑吧。”我对她说，“反正我不干了。”

“你知道好笑的是什么吗？你刚刚说的是‘A 天’，而不是‘10 天’。你满脑子都是十进制和十六进制[1]，威尔。”

我拒绝相信她：“我说的是 10。”

“你说的是‘A’。”她坚持，“那真的是个大进步。我们眼看就要打败这些难题了，我能感觉到。”

就在这时，灯全灭了。

电脑关机了，菲尔·柯林斯停止哭号，突然间，我们就陷入了彻底的黑暗之中。商店后面没有窗户，我甚至看不见眼前属于自己的那双手。

“停电了。”玛丽叹了口气，“每个夏天都得来这么一出，只要那些商

1　在计算机编程中，可以设定字母的数值，文中威尔想说的是十天，结果自动替换成了字母 A。

店一开空调就这样。”

没有电就意味着没有电脑。没有电脑就意味着没有进展。我站了起来，撞上了一个文件柜。

“别动。”她说道，“你要去哪儿?”

“这是个信号。上帝终止了我们的游戏。”

玛丽穿过黑暗，摸索到我的手臂，把我拉了回来。她的手指缠上我的手指，突然间，我就拉住了她的手。我一下迷失了方向——全部的重心似乎都转移到了胳膊上，身体的其他部分全都轻飘飘的，毫无重量，就好像是梅西感恩节大游行[1]上的一只大气球。我伸出手去想让自己站稳，结果却触到了玛丽的肩膀。

“对不起。”我连忙说，“我看不见。”

“稍微等一下就行。你的眼睛很快就能适应。”她的头发蹭得我的脸痒痒的，她的声音低低地吹拂进我的耳朵，“你现在不能放弃，威尔。我是不会让你放弃的。我们已经那么接近成功了。”

我向前俯身，紧紧贴在她身上。玛丽的头发很柔软，冰凉而光滑，我从来没有感受过任何与之相似的触感。商店里一片寂静，静到我能够听见她的呼吸声。我将双臂环绕过她的腰际，把她往自己这里拉了拉，沉醉在她身上新鲜而干净的味道里。

紧接着，一道微弱的亮光照进陈列室，玛丽突然从我怀里挣脱。原来是泽林斯基正拿着一把微型闪光灯在店里探查，就是在收银台旁边卖

---

1 梅西感恩节大游行，由美国梅西百货公司主办的一年一度的感恩节大游行，这一传统始于 1927 年。游行在感恩节上午九点开始，持续三个小时，数万人参加，声势浩大。

的那种小灯，一美元一个，只需要一节5号电池就能用，“你们还好吗，孩子们?”

“我们没事。”玛丽答道。

“呃——嗯。”我支支吾吾的。

他把闪光灯给了我们，随后提高了声调，冲着商店里的其他地方喊道：“那边还有其他客人吗？有人需要帮忙吗?”

一个微弱的声音从打字机过道那边传来——是个上了年纪的老妇人，停电的时候她刚好蹲下来，恐怕是伤到哪里了。泽林斯基帮她站起来，然后我们全都来到市场大街上。

那位客人怒视着泽林斯基，“你应该按时交电费。”她说，“我恐怕受伤了。”

“这可不是我们的错。”玛丽说道，但是泽林斯基马上用声音盖过了她：“给您造成麻烦了，我真是万分抱歉，杜伦太太。我希望明天您能回来和我们见面。”

“可别指望了。”她气呼呼地说。

这位老妇人沿着人行道一瘸一拐地离开了，泽林斯基随即转向玛丽：“顾客们总是对的。”他说。

“那个老怪物从来就没对过。”玛丽说道，“她把挑战者号[1]爆炸归咎于越南人。她管降落伞裤叫‘魔鬼的睡裤’。她的青光眼恐怕是已经扩散到脑子了吧。”

1 挑战者号航天飞机是美国正式使用的第二架航天飞机，于1983年4月4日正式进行任务首航。1986年1月28日，挑战者号在进行代号STS-51-L的第10次太空任务时，因为右侧固态火箭推进器上面的一个O形环失效，并且导致一连串的连锁反应。在升空后73秒时，爆炸解体坠毁。机上的7名宇航员都在该次事故中丧生。

玛丽说罢笑嘻嘻地看着我，等着我被她的玩笑逗乐，可我的思绪依然停留在陈列室里，我依然握着她的手，抚摸她的头发。我感觉到有些事情就在刚刚奇妙地发生了——而这种猛然回到现实的转变，给我留下了深深的后遗症。

市场大街沿线的商人们都把门口的牌子从“营业”翻转成“歇业”——除了左宗棠，此刻他正站在人行道上向行人分发百分之十五的折扣券，而他的服务员们则在餐厅里布置着好几百支许愿蜡烛。

“我想我们今晚可以结束了。”泽林斯基说道。可我几乎没听到他的话。我很肯定自己连一句再见也没有说，就跌跌撞撞地沿着市场大街跑掉了。

17

```
1700 REM *** HERO ATTACKS ***
1710 FOR I=0 TO 24
1720 POKE L1+I,0:NEXT I
1730 POKE L1+24,15:POKE L1+12,160
1740 POKE L1+13,252:POKE L1+8,80
1750 POKE L1+7,40:POKE L1+11,129
1760 FOR I=1 TO 100
1770 NEXT I
1780 POKE L1+11,128
1790 RETURN[1]
]■
```

阿尔夫、克拉克还有我，都住在山脚下的一条死胡同里，这条胡同叫波罗的海大街。同学们总是非常乐于提醒我们，波罗的海大街在大富翁游戏里可是最廉价的房产之一，租金只要四美金，简直就像个笑话。下雨天里，排水渠里的水会漫出来，淹没小路和人行道。所以我们不得不脱掉运动鞋，卷起牛仔裤腿，在门前跋涉——如果不想蹚水，就得穿过紧挨后院的一个古老墓地。那是新泽西最大的天主教墓地，墓碑足足绵延了十英亩，并且还在不断壮大，我们在每一块墓碑旁边都玩耍过。

---

1 本段代码用来完成英雄攻击，运行后电脑屏幕无显示，为后台运行。

我看到阿尔夫和克拉克正走在马路中间，低着头，像在数柏油路上的每一处裂缝和杂草。他俩看起来全都筋疲力尽。我骑车追到他们身边，刹了车。

“你这该死的家伙到底去哪了？”阿尔夫问道。

“在商店里，”我答道，“怎么了？”

“我也不知道是怎么了。”阿尔夫说。

“他把钱给弄丢了。”克拉克解释道。

“什么钱？”我刚问完，就立刻想到了答案，“就是那个钱的钱？”

“我没有弄丢钱。”阿尔夫说道，“就是不知怎么地，钱就从我口袋里不见了。”

“所以是钱的错咯？”克拉克反问，“我都说过可能会这样的！可你还是走哪儿都带着那些钱，一有机会就要拿出来炫耀。你简直就是‘重要先生[1]’本人。”

“一共多少钱？”我问道。

“四百六十八美金。”阿尔夫说。

“上帝！”克拉克尖叫道，“你也太稀里糊涂了！”

“放学的时候钱还在呢。”阿尔夫对我说，“钱肯定就在这里和我的储物柜之间的某个地方。”

“那可是一英里半的路啊。”克拉克说，“我们已经找了一路了，根本就没有那些钱的踪影。钱不见了。”

“我们再找一遍。”我虽然嘴上这么说，但还是觉得克拉克的判断是

1 《重要先生》是一首美国歌曲，歌词唱的就是一个非常爱炫富，以为用金钱可以得到爱的男人。

正确的。我们骑回学校的路上全都是汽车、行人、遛狗族还有自行车后座上的孩子，简直像一次热闹的旅行。那真是个美丽的下午，所有人都走出门来，享受着春日的空气。威特布雷治不可能有哪个人会对一捆拳头大小的现金视而不见。

我们沿着波罗的海大街走到头，穿过第二十五街，朝着水晶大街走去。

“或许有人捡到以后交给了警察。”阿尔夫猜测，“我们可以试着去要回来。”

“当然可以，”我接过话，“就让我们告诉那些警察，你兜售色情产品给未成年人，然后赚了四百美金。我打赌他们肯定愿意帮助我们。”

我们搜索了每一条排水沟和人行道，甚至直接跪下来，透过下水道的篦子往里看。我们费力地穿过草坪，踢开杂草，翻过石头，一直找到天完全黑下来，什么也看不见，可仍旧一无所获。钱是真的彻彻底底不见了。

返回波罗的海大街的路上，阿尔夫背诵着已经预付了范娜 · 怀特独家照片费用的家伙的名单。他把这些名字分为三类：(1)肯定会揍我们一顿的家伙；(2)有可能会揍我们一顿的家伙；(3)没有能力揍我们的家伙。不幸的是最后一类里一个名字都没有。

“一切都会好的。”克拉克安抚他，“我们还是会按计划进入商店。只是你没办法赚钱了而已。”

我可不想听到这种意见。

“那只看门狗呢?”我赶忙问道，“还有泰克贝利警官呢?”

“我们已经搞定了一切。”克拉克说，“等着瞧吧。”

我们走着走着来到阿尔夫家的后院，穿过防风门进入地下室。阿尔夫家的房子是波罗的海大街上最漂亮的——有两个浴室，一间起居室，一个家庭活动室——不过大部分时间我们都是待在他的地下室里。那是一个非常大的房间，铺着凉爽的混凝土楼板，墙上是通风良好的空心砖，光秃秃的房梁上吊着一个同样光秃秃的灯泡。地下室里堆满了废弃物：一个坐垫已经断裂的紫色沙发，一台破损的冰箱，还有一张东倒西歪的桌子，我们有时候趴在上面玩《大战役》。一台美泰克洗衣机在角落里温柔地嗡鸣，使得整个地下室都充斥着汰渍洗衣粉的味道。

在地下室正中间，是一大堆扔在锯木架上的胶合板。多年以来，这里都是阿尔夫的遥控汽车赛道，许多个雨天的下午，我们都是在这里度过的，不知在急转弯处撞坏了多少廉价的 F1 赛车仿制品。而今所有轨道不复存在，这些胶合板陈列着很大的威特布雷治市中心模型。有些建筑物是用硬纸板做的，都是用鞋盒还有牛奶盒剪出来的。其他的则是用乐高和林肯积木搭出来的。尤为引人注目的是每一栋建筑都有模有样。左宗棠餐厅，自行车商店，火车站，泽林斯基的办公用品店——每一间商店每一处标识都有一个微缩模型。还有小小的汽车，小小的行道树，小小的交通灯，甚至还有小小的出租车司机们在小小的出租汽车站里闲扯。

我围着这个模型转了一圈，万分惊讶："弄这个花了多久?"

克拉克耸了耸肩："四十个小时？或者五十个?"

"我们什么都没漏掉。"阿尔夫说，"检查看看。"

他摸出一个很老旧的变压器，轻轻弹开了开关。像施了魔法一样，一个微缩的迷你警察滑行过市场大街，转向了老佛爷百货，以"8"字形循环在附近巡逻。方方的下巴和平头，真是像极了泰克贝利。

"你怎么做到的?"我问道。

"遥控车轨道。"克拉克解释，"他们全都粘在胶合板下面。"

"我们已经看过他的路线了。"阿尔夫继续解释，"他每半个小时就要重复一遍这个‘8’字。在他经过左宗棠餐厅的时候，我们必须马上靠近目标。”

这个警察在围着轨道绕着曲线打转时会发出轻微的呼呼声。我蹲下来去看桌子底下，对整个工程叹为观止。无数条线路在胶合板下纵横交织，为所有建筑里的小灯泡输送电流。这是我见过的最棒的模型。

克拉克把一个火车头从火车站里推了出去：“最后一班从新泽西来的火车会在半夜到站，所以我们的行动将从十二点半开始。到时候整个城市都将在我们的掌控之中。”

“那阿诺德·施瓦辛格呢?”我问道，“我们爬梯子的时候会怎么样?”

“根本不是问题。”克拉克说，“我们会这样控制它。”他放了三个活动人偶在左宗棠餐厅后面的停车场里，“我是希曼[1]，你是蓝爸爸[2]，阿尔夫就是阿尔夫[3]。”

“我能当希曼吗?”阿尔夫问道。

克拉克无视他的问题：“十二点半的时候在左宗棠餐厅后面我们全体集合，就躲在那个废料箱的后面。等到泰克开启他的新一轮巡逻，就在那时，我们有足足三十分钟时间可以进出商店。”他说着敲了敲桌边放着的一个小小的数字秒表，红色的 LED 数字开始了三十分钟倒计时，“这远比我们需要的时间多得多。”他又补充道，“我们五分钟就能全部搞定。”

---

1 美国动画片《希曼》的故事发生在一片类似于“中土”的奇幻世界“埃坦尼亚”，那里有飞马、巫师等神奇的生物，亚当是这个世界的王子，他有一个秘密，那就是每次当他喊出咒语“赐予我力量吧！我是希曼!”后，他就会变身为“宇宙巨人希曼”与横行霸道的“骷髅王”作战。

2 蓝爸爸是动画片《蓝精灵》中蘑菇屋的家长，有一脸漂亮的白胡子，是唯一穿红衣服的蓝精灵，能配置魔药，懂咒语。

3 第一章里提到的 NBC 电视台的木偶人物形象。

“但是狗呢?”我又问。

阿尔夫笑了:“你会喜欢这个的。”

“没错，注意了。”克拉克说，“希曼和蓝爸爸开始爬消防梯的时候，阿尔夫沿着小巷狂奔。”他说着便让那个活动人偶沿着小巷一路狂奔到左宗棠餐厅前面，“这里有一个通往二层公寓的独立入口，有一个单独的门铃。”他们甚至真的在那个模型里嵌入了一个迷你门铃，克拉克用他的爪子摁响了门铃，一盏孤零零的圣诞灯点亮了左宗棠餐厅二层的窗口，一个小巧的声音芯片(应该是从什么动物玩偶里抠出来的)开始狂吠。

“我们昨天晚上实地检验了一下。”阿尔夫继续解说，“左宗棠花了三分钟下楼来，狗也跟着他一起下来了，晕头转向地一通乱叫。就在他迷惑的当口，我们爬上梯子，穿过了屋顶。”

“门铃战术?”我问道，“计划就是这个?”

克拉克耸耸肩:“有时候，最好的解决办法就是这么平淡无奇。”

“那小巷子怎么办呢?”我继续问道，“我们依然得穿过小巷啊。”

克拉克把一根木质的雪糕棍儿架在了两个屋顶之间:“我们会提前放一块四英尺宽两英尺厚的木板在左宗棠餐厅楼顶，可以把这块木板当做桥。只要跨到自行车商店，我们就如履平地了。”

我看着眼前的一切，心里涌起越来越强烈的恐惧感。在过去的两周里，阿尔夫和克拉克用尽全部力气和心思来推动这个计划，和我花在《不可能的堡垒》上的一样多。他们已经考虑了所有可能——唯独缺少最重要的那部分。

“警报密码。”阿尔夫说道，“你多快能弄到?”

“很困难。”我开了口。

“困难?”阿尔夫不解。

“哪里困难?”克拉克问道，“有多困难?”

“我真的尽力了。我按照我们计划好的，每天都去店里。可是她爸爸每天晚上七点准时把我扫地出门。我从来没看见他操作那个报警系统。”

阿尔夫皱了皱眉头：“你应该从她嘴里把密码套出来，记得吗?你已经上三垒了吗?”

“没有。”

“二垒呢?随便哪个垒呢?”

“她真不是那种人。”

“泰勒说过她可是比母狒狒还要饥渴。他说过他得用棍子才能把她赶跑。”

“泰勒就是满嘴喷粪。他说的那些故事全都是编的。你们真的相信他和费尔南德兹夫人做爱了吗?”

阿尔夫垂头丧气的，就好像我刚刚是在否认圣诞老人的存在：“我当然相信了。他说她是从西班牙来的。”

“他是在撒谎。他说的所有话都是骗人的。玛丽·泽林斯基特别讨厌泰勒。就是给她一百万年她都不会碰那家伙一下。”

“你怎么知道的?”克拉克问道。

“她跟我说的。泰勒试图从商店里偷东西。他们本来是可以让他吃牢饭的。”

阿尔夫不再听我说话，转而开始研究威特布雷治市中心的模型，把克伦肖商店的位置摆放整齐，他脸上一点血色也没有，一直在摇头：“没有警报密码，我们就完蛋了。有四十六个家伙已经准备好把我胖揍一顿了。你们得帮我渡过难关。”

“渡过难关?”

“弄到密码。”阿尔夫说，“如果你不行的话，就让我试一次。”

这个想法简直荒谬绝伦，我哈哈大笑起来：“你可不是她的菜。”

我能感觉到自己冒犯了他，伤害了他的感受，“哦，所以你就是她的菜了？她就喜欢丁丁小还瘦得皮包骨的家伙？”

“我并没有说我是她喜欢的类型，我只是说你不是。”

在地下室的角落，洗衣机开始快速旋转，衣服被甩成一团，发出微弱的砰-砰-砰-砰——

“或许我不是她的菜，”阿尔夫说道，“但我又不是想和那姑娘结婚。我只是需要快速地干一发而已。电光火石，砰的一下，谢谢你，夫人！哦，还有，警报系统的密码是什么来着？”

我的脑海中迅速浮现出一幅画面，阿尔夫摸索着玛丽的身体，把自己贴在她身上，把她推倒在陈列室的地板上。

“你不能那么做。”我说道。

“她喜欢什么，不喜欢什么？”

“我不知道。”

“看到没，这就是问题所在，你已经在那里泡了两周了，结果却一问三不知。”

克拉克做了些愚蠢的说明试图缓和紧张的气氛，然而我们两人全都无视了他。洗衣机的动静越来越大——砰！砰！砰！砰！——但是我们三个人谁也没有迈出一步去关掉它。

阿尔夫走到了木头柜子跟前，他妈妈在那里储存着不适合放在厨房里的多余食物。里面塞满了垃圾食品，令人瞠目结舌。

“她更喜欢哪个？”阿尔夫问道，“夹心面包还是奥利奥？”

我并没有回答他，我知道他是在刺激我，好证明他的观点。

“没关系。”阿尔夫说着拿起一罐好时的巧克力酱，“这可是好东西。我准备把这个挤到一些非常私密的部位，你知道我在说什么吧？”

克拉克说了另一个愚蠢的意见，而他的声音不过是背景音里又多出来的一丝噪声。有那么几秒钟，我大脑一片空白，试图把那副想象出来的画面赶走。

“最有意思的是，她确实有一对相当不错的胸。”阿尔夫继续着，“这一点我可不介意。解开她的内衣，看着那对大大的甜瓜弹出来。你觉得她的乳头会是什么样的？”

我推了他一把，非常用力。我并没想伤害他，只是想让他别再说了。但是我的力气让阿尔夫趺趺撞撞向后倒去，结果整个人倒在了威特布雷治的模型上，压坏了乐高搭起来的火车站。那些迷你小汽车从台子上翻了下来，胶合板地基从锯木架上滑落，整个威特布雷治都垮掉了。可就算如此，都不能让阿尔夫闭嘴。

“你在搞什么，比利？你犯什么病？”他从模型上滚下来，撞上了克伦肖的药店，踩上了自行车商店，就像踏平东京的大怪兽哥斯拉：“这明明就是你的主意！是你主动要求做的。”

我已经做好再打他一下的准备了，只要他站起来，我就再把他打回地上去：“离她远点。”我警告他，“如果你敢出现在玛丽附近的话，我就会告诉泽林斯基你的计划，他肯定会叫警察的。”

阿尔夫的奶奶匆匆忙忙地顺着楼梯来到地下室，挥着一支点燃的烟，腰上绑着阿尔夫的小弟弟，“该死的，发生什么事了？”

我从她身边跑过去，一头冲进院子里，翻过了通往天主教墓地的铁丝网。天已经黑透了，但我依然对脚下的每一寸土地一清二楚——所有这些刻着可怕名字的墓碑，所有那些古老的兔子洞，还有那条早已干枯蜿蜒着穿过墓地的小溪。

我跑到远在墓地另一边的老橡树下，这棵树过去一直是我们的司令部，后来我们过了爱爬树的年纪，才结束了它的使命。过去，无论经历了什么灾难，这里都是我们的秘密集结地——我们可以在这里聊很多爆炸性的事情，不必担心被父母听到。

树下有新鲜的脚印，还有丢得到处都是的火箭筒口香糖包装纸。很显然，已经有其他小孩子把这里据为己有。我们钉在树干上的木板还在，我爬上了最高处的树枝，那是一根有些弯曲的枝桠，足够宽阔，完全可以像吊床一样安稳地托住你。从这个高度望出去，能看见六车道的州际公路上，车流轰隆隆地驶向花园州高速公路。过去，我和阿尔夫还有克拉克总是在这棵树上打发掉整个夏天，扮演詹姆斯·邦德、印第安纳·琼斯或者前一天晚上在电视上看过的随便哪部电影里的场景。

这并不是我的错，我是这么安慰自己的。很久以前我就很想看范娜·怀特的照片——每一个美国男人都想看范娜·怀特的照片——可我从来都没有赞同过除此以外的其他东西：全彩复印、早鸟订单、从中赚钱。无论是阿尔夫弄丢那些愚蠢的钱，还是有四十六个人要揍他，全都不是我的错。我是不会欺骗玛丽的，在她给了我这么多帮助之后，在我们屋顶落日对谈之后，在停电时她触碰到我的手之后。我知道有些事情奇迹般地发生了，可我现在还不知道该称之为什么，但我绝不会让阿尔夫和克拉克把它给毁了。

18

```
1800 REM *** BONUS LIFE ***
1810 LIVES=LIVES+1
1820 FOR I=0 TO 24:POKE L1+I,0
1830 NEXT I:SP=10
1840 POKE L1,150:POKE L1+1,SP
1850 POKE L1+5,0:POKE L1+6,240
1860 POKE L1+24,15:POKE L1+4,17
1870 FOR SP=10 TO 250 STEP 4
1880 POKE L1+1,SP:NEXT:FOR T=0 TO 100
1890 NEXT T:RETURN[1]
]■
```

那一天我回到家时已经很晚了，却意外地听到熟悉的声音从厨房传来。

“我的首选是麻省理工学院，但这得看奖学金的情况。从我还是个小姑娘的时候我就知道，只要我能一直保持四分的平均分，肯定就会有个不错的结果。”

“你能拿到四分的平均分？全A?”

“我的备选学校是罗格斯大学或者斯蒂文斯理工学院，因为它们离

1　生命加成代码，运行后电脑屏幕无显示，为后台运行。

家都很近，我依然可以每个周末回来看看爸爸。”

妈妈和玛丽正坐在吃早饭的位子上，一边喝茶，一边像老朋友那样聊着天。我其实并不想这么早就说这个，但是我们的房子实在太旧了。虽然妈妈让一切井然有序，但这地方仍旧需要几百美金才能修整好。厨房地板上的油毡布在接缝处全都卷了起来，边边角角的地方也全都往里卷。水槽里的水龙头是坏的，所以我们用的是一根从窗户穿进来的橡胶软管，沿着料理台延伸到水槽里。在此之前，这些东西从来都没有使我困扰过——我已经习惯家里的一切了，完全注意不到这些。然而随着玛丽的到来，我正用全新的眼光看待这一切。

“你怎么在这儿?”我问道。

“为了游戏啊。”玛丽说道，“我们没多少时间了。”

她似乎并没有因为我们的厨房而感到很窘迫。她坐在我们那摇摇晃晃的富美家桌子旁边，用有缺口的马克杯喝着茶，似乎这一切都很稀松平常。

“玛丽是在白页[1]上找到我们家地址的。”妈妈解释道，就像这是堪比夏洛克·福尔摩斯的丰功伟绩。我看得出来她很开心，这还是她第一次欢迎一个全A的学生到家里来，“她说你的游戏挺不错的，你可以用它来申请大学，好像是特长什么的。”自从查尔斯王子和戴安娜小姐结婚之后，她还没有这么激动过呢，而我真不忍心戳破她的幻想。

“游戏没法运转。”我说道，“是个失败品。”

---

1 白页是美国的一家商业信息搜索引擎，支持寻找人、电话、商业信息、地址信息资源，该平台拥有庞大的商业信息数据库。

玛丽的那本《三十天如何学会机器语言》就摊开在桌上，而我真想把它丢到厨房另一边去：“凡是那本蠢书上说的我们全都照做了。我们是一个字一个字完成的操作。可是根本就没用。”

“确实。”玛丽说道。她向前趴在桌子上，目光灼灼，暴露了她根本藏不住的秘密，“我也是一直都在思考这件事，书上说的我们全都照做了。我们一个字一个字完成的操作。于是我就突然想到了，威尔，万一书上是错的呢?”

一开始我完全没明白她的意思。我从小到大受到的教育，都是要相信书里的一切都是真理。书是由作者写出来，然后编辑们编辑完成的。它们全都是由又聪明又有文化的专业人士撰写，肯定会在下印之前再三检查全部内容。这是 1987 年，我十四岁，在我的生活里，根本不存在譬如一本有错误的书这种东西。

玛丽把书翻到了绘制有 64 电脑存储器解析图的一面：“我们已经把机器语言设置成了 4915，”她说，“但那个数字是个印刷错误。看看这张图。这里缺了一个数字，少了一个 2，我们需要的是 49152。”

这实在是太明显了，我无法相信自己竟然没有马上意识到这个错误。在我的发烧友杂志里，所有程序的输入编码都会加载到 49152，这是 64 电脑随机访问内存所能存储的机器语言的最大值。当然应该是 49152 了!

“你是对的。”我说。

“我知道。”玛丽回答。

“应该是这样的。”

“我知道!”

“稍微等一下。”妈妈插嘴道，“41592 是什么?”

根本就没时间解释，我只想马上就尝试一下，可是我的游戏拷贝还留在陈列室里。

“真希望我手边有软盘。”我说。

就像是传说中的妖怪一样，玛丽把手伸进钱包，拉出来一张贴着“星球希望”标签的软盘：“你的 64 电脑在哪儿?”

我连忙跑回卧室打开电脑。我有十年都没叠过被子了，地板上到处扔着脏衬衫、脏内衣、脏盘子以及翻开的发烧友杂志，然而我根本就没有时间整理，也没有时间尴尬。我从门边直接冲到电脑桌旁，玛丽则有点惊讶地跟在我身后。墙上和天花板上全都贴满了泳装模特的海报——艾拉·麦克弗森、宝琳娜·普瑞斯科娃、凯西·爱尔兰和卡罗尔·艾特。满墙都是她们匍匐、跳跃、得意扬扬的样子，以各种各样的方式在脱衣服，围绕着我的床形成了全景式的梦幻场景。

妈妈也跟了过来，“我们家没有什么客人。”她对玛丽解释道，“大部分时候，我都是把他的门关上，眼不见心不烦。”

我把游戏加载进电脑里，调整了代码，把 4915 改成了 49152，当我点击运行时，屏幕变黑，什么都没发生。我强撑着让自己面对这无可避免的错误报告。

但是很快，一座山从屏幕底部升起来，随着地震冲破了地平线，熔岩狂暴地喷溅开来。七个食人巨怪正往山顶攀爬——七个不同的巨怪，各自在动着，仿佛全都有自己的思想。公主被关在笼子里，在高高的山顶上被铁链锁着。

“真他妈的。”我嘟哝了一声。

妈妈打了一下我的肩膀。

“移动一下英雄。”玛丽说道，“看看巨怪会不会追他。”

英雄就蹲在屏幕下方，准备冲击堡垒。我的手伸向操纵杆，他向前跳跃，从一侧冲上山去，迅速躲避着从各个方向蜂拥而来的巨怪。和以前的速度相比，现在的速度快了几百倍，甚至几千倍。我按下开火按钮，英雄挥着剑，相当漂亮的一记出击，消灭了一个巨怪。这个游戏无论是看起来还是玩起来都和我最初设想的一样了。

“它可以运转了吗?”妈妈问道。

我转过身去拥抱了她，她惊讶地倒抽一口冷气。距离我上一次拥抱她，都不知过去多少个月了。但是我必须做点什么，要是一直盯着屏幕看的话，我担心自己会哭出来。

19

```
1900 REM ***  VICTORY SCREEN ***
1910 PRINT"{CLR}{12 CSR DWN}"
1920 PRINT" YOU ESCAPED THE FORTRESS! "
1930 IF LIVES>3 THEN SCORE=SCORE+500
1940 IF LIVES=3 THEN SCORE=SCORE+300
1950 IF LIVES=2 THEN SCORE=SCORE+200
1960 IF LIVES=1 THEN SCORE=SCORE+100
1970 PRINT "YOUR SCORE IS"; SCORE
1980 PRINT "YOUR RANK IS"; RANK$
1990 RETURN[1]
]■
```

接下来的两天，我和玛丽都在马不停蹄地工作。修复了游戏的主程序后，我们开始填充所有小的设计细节，好让游戏体验更好。我们为在单位时间耗尽前救出公主的玩家设计了一个胜利页面，英雄会和公主一起跳上跳下，在王充[2]合唱的《欢乐今宵》中翩翩起舞。甚至还会有个加分环节，让玩家能够增加自己的分数。

---

1 胜利画面代码。运行后电脑屏幕显示“你逃出了堡垒!”。如果生命大于 3，则分数加 500；如果生命是 3，则分数加 300；如果生命是 2，则分数加 200；如果生命是 1，则分数加 100；你的分数是××；你的排名是××。

2 王充（Wang Chung），英国的新浪潮乐队，乐队名来自于中文的“黄钟”，乐队成立于 1979 年，1990 年停止活动，直至 1997 年重组。

所有这些都很困难，但感觉像是在玩。截止日期迫在眉睫，此刻我们已经万分接近成功了，没有任何事情能够浇灭我们的气势。我们聊天，我们大笑，我们也不再在意是否有客人打断我们的进度，问我们装订夹在哪里。我甚至成功卖出了第一台打字机给一个罗格斯大学的学生，他急于要完成自己的学年论文。

每天早上，我独自骑车上学。午休时间，我就在图书馆工作，因为我很清楚，阿尔夫和克拉克不会再指望我做任何事情。在阿尔夫家的地下室打完架后，我只见过他们一次。我们在音乐教室门口的走廊上擦肩而过，这两个家伙却连看都没看我一眼。可能我自己也宁愿如此吧。这对我来说还挺自在的。

在截止日期前夜，泽林斯基把店一直开到了十点，这样玛丽和我就能工作得晚一些。他一直在往货架上补货，给古董打火机抛光，后来实在没什么事情可做了。最终，他拿了一份《华尔街日报》来到商店后面，在陈列室里的一张桌子边坐下来，一边看报，一边抽烟斗。混合磁带依旧继续着无休止的循环——偶尔地，我能听见报纸后面的泽林斯基跟着歌词轻哼。他似乎完全是无意识的——等他意识到的时候，就马上让自己安静下来。可是要不了几分钟，他就又开始哼唱了。

大约九点钟左右，玛丽起身去卫生间（她去卫生间的频率特别高，她的膀胱比我见过的任何人都脆弱），泽林斯基在他的报纸后面同我说话。

“玛丽很快要去旅行，是那些五花八门的暑期学习课程之一。七月份她大部分时间都会在华盛顿特区。”

“没错。”我说，“她会在八月一号回来。”

这个我早就知道了，因为罗格斯大学会在八月五号的时候宣布竞赛的优胜者，玛丽坚持说我们要一起到颁奖仪式去领奖。

报纸随着泽林斯基的翻阅沙沙作响，他一边继续看报一边同我说话：“她走以后，我可能需要帮忙，主要是电脑方面的，以防万一客人有问题。我考虑的是一小时四美金。”

我意识到他是在给我提供工作。我的同学们要是能在汉堡王或者罗伊·罗杰快餐厅找到工作都算是相当幸运了，而泽林斯基竟然是要花钱雇我做电脑方面的工作，一份真正的有空调的工作，而且薪酬还在最低工资以上。

“我不行。”我说。

“为什么不行？”

还不是因为那个愚蠢的克斯麦克斯实习。毕竟我还是想顺利升入十年级的，所以根本就不可能逃避这个实习。但我不能这么跟泽林斯基解释。他和玛丽并不知道我是班里最笨的孩子之一，笨到连岩石和溪流这种课程都过不了，我肯定不会把这种事跟他们说的。

“就是不行。”

泽林斯基并没有放下报纸，所以我看不到他的表情，但我知道自己冒犯到他了，“你自己看吧。”

“我自己是想来的。”我又解释道，“可是我已经有别的事情要做了。”

他清了清喉咙，翻到了另一页：“把你的游戏弄完，威尔。我想快点回家。”

20

```
2000 REM *** VICTORY THEME MUSIC ***
2010 READ O1:READ O2:READ O3:READ O4
2020 READ O5:IF O1=0 THEN 4500
2030 POKE W1,17:POKE W2,17:POKE W3,21
2040 POKE H1,O1:POKE L1,O2:POKE H2,O3
2050 POKE L2,O4:POKE H3,O1/4
2060 POKE L3,O2/4
2070 FOR J=1 TO O5:NEXT J
2080 POKE W1,16:POKE W2,16:POKE W3,16
2090 RETURN[1]
]■
```

星期五下午四点，玛丽宣布游戏完成，但我还是坚持要对标题页面做一个最后的修改。我调整了代码，让游戏开始时出现以下信息：

不可能的堡垒

游戏版权归威尔·马尔文和玛丽·泽林斯基所有

© 1987 激进星球

1 本段代码用以播放胜利主题音乐，运行后电脑屏幕无显示，代码于后台运行。

“呀，算了吧。”玛丽反对，“我可不需要任何荣誉。”

“可所有荣誉都是你赢得的。”我说，“要不是你，我是不可能学会机器语言的。”

“激进星球是什么？”

“我们的新公司。”我解释道，“我采用了激进音乐和星球希望，把它们综合了一下。”

“激进星球。”她重复了一遍，玩味这个名字，“不赖嘛。”

商店里保留了各种各样用过的信封袋，打包花生的，运输物品的，泽林斯基同意我们根据需要随意使用——不用付钱，“在完成了所有工作之后，”他说，“你们肯定不希望自己的软盘被邮局的机器压得血肉模糊。”

玛丽将软盘打包好后，整个包裹看起来已经做好了承受核爆炸的准备，我们也有足够的邮费把它寄到全世界任何地方。于是我们离开了商店，沿着市场大街步行了三个街区，只花了几分钟时间就来到了邮局。门口的蓝色邮筒上有“最晚收信时间 5:00”的标识。

我把手伸向了投递口：“没什么大不了的。”

“等一下。”玛丽说道，“别动。”

“怎么了？”

“你掉了根睫毛。”她伸出手来，很温柔地触碰到我的脸颊，把那根脱落的睫毛取下粘在食指上。而后她把睫毛伸到我面前，让我许愿，“最佳时机。”

要是我许下的是赢得游戏的愿望，那么这里我可能就要讲述一个截然不同的故事了。或许我会就这样回到家里，所有一切都会以完全不一样的方式画上句点。既然游戏已经完成了，我也就没有了在商店里逗留徘徊的理由——但我却希望一切照旧。我想要做些什么，我想要庆祝，我想要有所突破。我吹走睫毛，“当”地一声投入了信件。

“我们会赢的。”玛丽依然这么坚信，“睫毛会帮我们的。”

我们稍微花了点时间走回去。高峰期的车流沿着市场大街缓缓挪动，人行道上挤满了购物的人群。气温已经上升到了华氏八十多度，商务精英们全都把运动外套搭在手臂上。回去的半路上我们路过了“君主”，那是威特布雷治只有一块屏幕的小型电影院。一块巨大的滚动屏轮播着近期放映的电影，可是“君主”根本就没有足够的字母来拼出完整的电影名字，所以影院老板采用了缩写和不可思议的语音拼写方式。在过去一年里，这块屏幕上滚动过CROKODYL DUNDY[1]，LITTL SHP OV HORRS，还有FERRS BLLR DAY OUGH，有时候破译电影名字的挑战比电影本身更有意思。今天滚动屏上放的是：SME KND OV WNDRFL。

“《妙不可言》[2]。”玛丽说道。

我从来没听说过：“你想看吗？”

“我都看过三遍了。”她说道。

“哦。”

“不过我肯定会再去看的。电影很棒。”

我匆匆忙忙地回了家，飞快地吃了饭，可是我太紧张了，吃不下什么。妈妈略显忧虑地盯着我的盘子，里面的肉片动都没动，完全不像我的作风：“你还好吗？”

“我很好啊。”

“你今晚要干嘛？”

---

1 本段当中涉及英文全都是电影院屏幕上的错误拼写，此处以原文呈现。

2 《妙不可言》(Some Kind of Wonderful）讲述凯斯是高中毕业班的学生，课余在修车厂打工，他暗恋校内最有人缘的女同学阿曼达，可是她有一个固定的富家公子男朋友哈迪。某一次，阿曼达因为不满哈迪的花心，答应跟凯斯约会，于是穷小子得以接近心目中的天鹅。

“去看电影。”

“跟阿尔夫和克拉克?”

“和玛丽。”我答道。

她什么都没说，只是点了点头，就好像我跟女生去看电影是件很平常的事情。我洗了个澡，穿上了最好的军营男孩牌的牛仔裤，上面是太平洋牌的纽扣。当我终于从浴室里出来时，发现梳妆台上放着一张卷起来的二十美元钞票。没有字条，也没有解释。我到客厅想谢谢妈妈，但她已经上班去了。

我又回到了“君主”电影院——我不想骑车去，生怕自行车会让自己看起来像个小屁孩——我到的时候，玛丽已经等在滚动屏下面了。她就穿着之前穿的T恤和短裙，这让我瞬间觉得自己的悉心打扮显得很愚蠢。

“挺帅啊。”她说。

“我把披萨弄到那件衣服上了。”我解释道，“这是我唯一干净的衣服了。”

“我们去买票吧。”她说。

“君主”电影院是个很小的砖块建筑，它的历史可以追溯到杂耍表演的时代，而现在，它只是一家放映二手电影的电影院，面临着来自录像带、有线电视和商场带来的多方面残酷竞争。影院老板据说已经超过一百岁高龄了。她独自售票、卖凉了的爆米花和兑了水的可口可乐，操作放映机，并且决不让迟到的人进场，这点可是出了名的。为了防止有小孩子不买票就溜进去，她会在每场电影开始后锁门，明目张胆地和威特布雷治的防火规范对着干（也不进行任何防火常识提醒）。因为她驼背的样子和刻薄的嘴巴，我认识的每个人都管她叫海哈格[1]，可玛丽却像个老朋友一样

1　海哈格是动画片《大力水手》中的角色，一个恐怖的海盗，也是世界上最后一个巫婆。

在售票窗口同她问好，“你好呀，贝尔鲍肯太太。”她招呼道，“你去看验光师结果怎么样?”

海哈格透过树脂镜片看过来，笑了笑。我可从来没见海哈格对任何一个人笑过。在那一刻之前，我甚至都没有意识到她是有牙齿的。“这都是他第三次把我的眼睛给扩张了。”她说着气呼呼地眨了眨眼，“看看我的瞳孔！简直能住人了!”

玛丽转向了我：“这是我的朋友，威尔。”

海哈格用她那硕大的瞳孔打量起我来。我已经来过“君主”电影院无数次了，可她完全不认识我：“很高兴认识你，威尔。你们这些孩子会喜欢这个片子的，这是个好看的电影。”我们想要花钱买票，可她拒绝收我们的钱，还递给我们一包橡皮糖，免费的，“爆米花一分钟就好，要是你们感兴趣的话。”

还有很多人在等着付钱，所以我和玛丽直接进了放映厅。“她曾经每天都在我们的商店里。”玛丽解释道，“一包维珍妮女士香烟，一份《华尔街日报》。她和我妈一聊就是几个小时。”

“你是不是认识这个镇子里工作的所有人?”

“大部分吧。”

“君主”电影院有一种旧时代的美感，里面有红丝绒窗帘，一个乐池，为显赫人物准备的包厢，墙上装饰着大荧幕明星的肖像画：克拉克·盖博[1]，葛丽泰·嘉宝[2]、弗雷德·阿斯坦[3]等。这里不是卡内基

---

1 克拉克·盖博，美国电影男演员。1931年，克拉克·盖博拍摄了第一部电影《彩色的沙漠》。1932年，凭借电影《红尘》当选“好莱坞十大最卖座的电影演员”之一。

2 葛丽泰·嘉宝，生于瑞典斯德哥尔摩，瑞典籍好莱坞影视演员。1926年，葛丽泰·嘉宝拍摄在好莱坞的第一部默片《激流》。1930年她出演了个人首部有声电影《安娜·克里斯蒂》，并获得第三届奥斯卡最佳女主角提名。

3 弗雷德·阿斯坦，又译作佛雷·亚斯坦，出生于内布拉斯加州奥马哈，美国电影演员、舞蹈家、舞台剧演员、编舞、歌手。

音乐厅[1]，但如果你是个 1987 年生长在威特布雷治的十四岁少年，绝对会相信身处其中的体验是相当优越的。

影院里只坐了一半人，所以我们不费吹灰之力就找了个正中间的好位子。就在我们坐下的时候，一个女孩从过道穿过去，和玛丽目光相接，简简单单地说了声："嗨。"她和一个男人还有一个女人坐在一起，他们很可能是她的父母。他们忙着说话，并没有看过来。

"嗨。"玛丽回应。

那个女生突然看向别处，宁愿选择盯着窗帘看也不想再继续这场交谈。

"你的朋友吗?"我问道。

"曾经是。"玛丽说着耸了耸肩，"她叫沙龙 · 博伊德。我们是从小玩到大的好朋友。但是后来，她抛弃了我。"

"发生了什么?"

"就是在高中吧，我猜。"她再度耸了耸肩，"如果你想了解真相的话，那就是，我现在其实没有多少朋友。"

这可有点难以置信。商店里的每一个人都爱玛丽。有半打熟客习惯每天到商店里来买报纸和香烟，他们总是会问一问玛丽的心情怎么样——就好像她妈妈是两天前才去世而不是两年前。"你有那么多朋友。我们刚刚才拿到了友情赠票，不是吗?"

"在学校里完全不同。"她说，"圣阿加莎就像《早餐俱乐部》里那样。她们把每个人都归到那些模式里：运动女孩，淑女，交际花。可是她们没有任何一种模式能够归类我。由于这种空白，我就是艾丽 · 西蒂[2]。"

1　卡内基音乐厅，该音乐厅是由美国钢铁大王兼慈善家安德鲁 · 卡内基于 1891 年在纽约市第 57 街建立的第一座大型音乐厅。

2　艾丽 · 西蒂，美国女演员。在《早餐俱乐部》中饰演独来独往、沉默寡言的艾莉森。

“非常无助？”

“我说认真的。她们排挤我。就好像我有传染病似的。”

我很清楚她的感受，“让我告诉你一些事情。”我说道，“激进星球会改变这一切。《不可能的堡垒》只是个开始。我们会一起工作。你和我。我们会把它做成一个大公司，而且只雇用很酷的人。我们会在纽约的摩天大厦里工作，会开着豪华轿车到处兜风，威特布雷治的每一个人都嫉妒死我们了。”

玛丽哈哈大笑起来，“瞧瞧现在到底是谁在做白日梦。”她说道，“你是认真的吗？”

“我们是个了不起的团队。”我说道，“只要我们继续工作，沙龙·博伊德会为她背弃你的那一天而悔不当初的。”

“我很怀疑。”

“相信我。”我把一颗橡皮小熊糖轻轻一弹，弹到了过道对面，稳稳地落在沙龙的头发上，可是她完全没有注意到。玛丽用一只手捂住嘴巴来压着自己的笑声。沙龙歪了一下脑袋，那颗橡皮小熊糖就消失在了她的卷发里。

“你也太可怕了！”玛丽低语道，“她恐怕到毕业都不会发现那只熊的。”

我把那包糖递给玛丽，她飞快地塞了一颗糖在嘴巴里。“激进星球。”我说道，仿佛只要简简单单把这个名字大声说出来就能让它变成真的，“我们明天就应该开始做第二款游戏。我们要继续干下去。”

“你不想稍微放松一下吗？”

“不想。”我回答，“我想继续前进。”

随着灯光渐暗，大幕拉开，玛丽本可以轻而易举避开这个话题。可她没有这么做，她答复了我，很大声，很清楚。

“没问题。”她说，“我们明天就开始弄新游戏。”

派拉蒙影业的图标出现时，随之而来的是一声锣响，电影即将开始。《妙不可言》的开场像极了音乐片，以一种蒙太奇手法，在激情四溢的新浪潮合成流行乐里介绍了主演。连续不断的鼓点震得影院墙壁都在颤，贝斯实在太响了，我能感觉到它的声音重重击打着我的胸口。我看向玛丽，她全神贯注盯着屏幕，眼睛睁得大大的，笑意盈盈。我向她的膝盖处摸索，握住了她的手。

那一刻的感觉仿佛是从万丈悬崖上往下跳，我已经做好了被拒绝的准备。我知道她有很好的机会可以抽回自己的手，把双臂交叉抱在胸前。可她并没有这样做。与之相反，她竟然把手指穿插在了我的十指之间，就像她在停电时做的那样。

不出几分钟，我的小臂就麻木了，因为在伸出手去之前，我把手臂扭成了一个不太舒服的角度，结果现在，我根本不敢调整自己的姿势。我担心哪怕是最细微的变动也会让玛丽放开手。然而她并没有放手，事实上她更进了一步，将另一只手搭在了我的手腕上。而她的这种亲昵举动，让屏幕上的一切似乎都被放大了，色彩更加明亮，声音更加震耳，敲击的节奏让我心神不宁。而我，完全不知道自己在看什么。接下来的一个小时里，我脑袋里唯一的东西就是玛丽的双手——她手腕处细腻的弧线，柔软的皮肤，表面格外光滑干净的指甲。屏幕上的所有情节黯然失色。

突然之间，电影放映中断了，屏幕变白，声音也戛然而止。楼上的放映室里，海哈格沮丧地咆哮着。接着灯光亮起，她来到了放映室外的楼梯上，解释说由于机器故障，放映取消了。

观众们发出了“嘘”声，但她相当有理：“没什么可抱怨的，因为我没办法修好它。”为了安抚大家的情绪，她答应给所有想知道接下来发生了什么的观众描述一遍结局：“总的来说，就是这个搞艺术的男孩带这个漂亮女孩去了一家高档餐厅吃了一顿大餐，打鼓的女孩为他们开车……”

玛丽把我从座位上拉了起来，“过来，”她说，“我们不能让她毁了这一刻。”

其实我并不是特别在意，但我看得出来，这对玛丽很重要，所以我跟着她一起沿着中间的过道走到了门口。大门已经打开了，可是一出来我们才发现，根本就没地方可去。在电影放映的过程中，不知何时下起了大暴雨。倾盆大雨愤怒地砸向市场大街，重重地敲打在车身上，发出激烈的滴答声，交通也因此严重拥堵。我们和其他电影观众一起挤在滚动屏下，距离被淋成落汤鸡也就一步之遥。

“我爸会来这里接我。”玛丽说道，“但他一个小时之内是不会来的。”我提议让她用付费电话打给泽林斯基，但是玛丽有些犹豫。我们俩谁都没准备回家。忽然一声惊雷震破天际，有个站在滚动牌下的女人因为害怕而发出了尖叫。

“火车站还开着呢。”我提议说，“我们可以去里面等雨停。”

“你想不想去商店？”她问道。

“哪个商店？”

“我家的商店。”她伸手进口袋摸出了钥匙圈，“我能进去。”

“你爸爸不介意？”

“我之前这么干过。只要我们自己能清理干净，他是不会在意的。”

“那我们做些什么呢？”

她神秘一笑：“我们可以玩点游戏。”她这样说，只是我并不知道她的意思是玩《太空入侵者》或者《小行星》这种游戏，还是……别的什么。

或者说，我其实非常肯定，她指的是别的什么。

“会很有意思的。”她保证道。

“那雨怎么办？”

“我们赛跑。”

我还没来得及回答，玛丽已经冲上了市场大街。我追在她身后，眨眼间浑身湿透。人行道上的积水已经有几英寸深，我的匡威帆布鞋像海绵一样沉。雷声再度响起，玛丽尖叫了一声，跑得更快了。我们跑过了银行和邮局，一溜烟穿过停车标识和信号灯，躲避缓缓移动的车流。一辆旅行车为了避免撞上我，猛然刹车，结果轮胎在沥青路面上打滑，差点就撞上了一辆小型卡车。跑过三个街区之后，玛丽突然由跑改为了走，我一下蹿到了她前面。

“怎么了?”我回头喊她。

她已经上气不接下气了，“根本没必要跑。”她说，“我们已经湿透了。”

泽林斯基商店前门紧闭，最外面是个很大的金属卷帘门。玛丽蹲下身去，打开底部的门闩，由弹簧支撑的卷帘门升了起来，在雨棚下方卷成一卷，像百叶窗一样。随后她打开门走了进去。我跟了上去，可是她阻止了我。

“你得待在这里。”

“可我已经淋湿了!”

“这是我爸定的规矩。我得输入一个密码，任何人都不能看。”

她关上了门，把我一个人扔在大雨里，而这么重要的一刻对我来说并没有任何意义。我所想的并不是警报密码或者秘密系统，我满脑子都是在“君主”电影院里她握着我手的方式，只要电影里有好玩的情节，她就会温柔地挤压我的手掌。

而现在我们回到了商店里。

玩点游戏。

不一会儿，玛丽打开了门，让我进去了。

店里一片漆黑，只有收银台旁一盏小小的工作灯亮着微弱的光。我的心脏因为刚刚的雨中狂奔突突跳个不停。玛丽看着我哈哈大笑起来，“里面有毛巾。”她对我说，“千万别动。要是你把水弄到杂志上的话，我们就没有办法退货了。”

大雨压趴了她的头发，让她的T恤变得透明，隐约可见内衣的轮廓，她看起来就像刚刚出浴一般。她看见了我在看她，并且咬了咬下嘴唇。就是那样了。她开了口：“我马上就回来——”而我跨步上前，将手扶在她的屁股上，吻了她。我们倒向泽林斯基平时修理打字机的那个工作台。玛丽回吻了我，这是我从未有过的体验。她的味道像雷雨又像小熊橡皮糖，然而令我惊讶的是，接吻似乎是这个世界上最简单的事情。

我们一直吻着，直到玛丽将我推开。

“不，不，不。”

我停止了亲吻，却并没有放开她。

“怎么了?”

“我们不能这样。”

“我喜欢你，玛丽。我想我——”

“走开。”她说。

我因为惊讶而无法动弹。我太震惊了。

她甩掉了我的手：“放开。”

“到底怎么了?”

她并没有看我。她的眼睛在商店里四处乱瞟。她看向窗口，看向报纸，看向地板——看向所有东西，就是不看我：“你不应该那么做，威尔。我们本来好好的，可是全被你毁了。你为什么要毁了它?”

我为什么要毁了它？ 我?

“我以为你希望我那么做。”

“我像喜欢一个朋友那样喜欢你。”她说道，“并没有其他的意思。”

可是所有其他东西全都迅速略过我的大脑：看电影的时候玛丽握住了我的手，玛丽称赞了我的军营男孩牛仔裤，玛丽从我的脸上捏起了一根睫毛，她触碰我的方式仿佛是一个吻。“可我以为——”

“如果我给了你错误的暗示，我很抱歉。”她说。

我不相信她。我也没办法相信她。我们绝不只是朋友。还有更多，我很确定。

玛丽正在瑟瑟发抖，突然间她看上去又湿又冷，并且万分痛苦。她转向了安世科警报面板，按下了退出键。液晶显示屏上闪烁着“输入运行密码”字样，玛丽飞快地输入了四个密码。我根本没意识到自己看见了什么，我依然因为她的反应而困惑不解。

“你是认真的吗？”我问道。时过境迁，我将为自己声音里的绝望而害臊，我几乎是在向她苦苦哀求，我将为自己感到羞耻，耻于自己愚蠢又可悲的呢喃：“你真的不喜欢我吗？”

“不是那种喜欢。我不能，威尔，对不起。”

控制面板发出“嘟——嘟——嘟嘟”的声音提示我们离开商店，玛丽用胳膊肘把我推进了滂沱大雨里。随后她锁上了门，放下卷帘门，同样也给锁上了。雨水在我们周围肆意冲刷，我就站在原地，看着她。我不得不大声喊叫才能让声音穿透噪声被她听见。

“你要去哪里？”

她用头指了指火车站的付费电话：“我打给我爸爸。”

“你想让我陪你一起等吗？”

“我想让你回家。”

她并没有等我回答她，就决绝地转过身，径自朝火车站走去。

要知道，你不是像我一样没有遭遇过几次挫折的十四岁男孩，所以你无法理解我的感受。我在更衣室里被袭击过，在学校的走廊上被故意绊倒过，也从自行车上被甩出去过。我刮伤过我的膝盖，扭伤过脚踝，流过鼻血，但是没有任何经验足以让我应对此刻的局面。我现在的感觉比以上那些加起来都要糟糕。这是种受了伤害的感觉，并且停不下来，它只会越来越糟。

我在瓢泼大雨里艰难地走着，跋涉过漫长的路途从市场大街到波罗的海大道。等我终于到家时，死胡同已经被淹没，整栋房子静悄悄的。妈妈当然还在上班，门廊上的灯泡一个星期前就坏掉了。我跌跌撞撞地蹚过没过膝盖的积水，好不容易爬到门前，在黑暗中摸索着钥匙。

21

```
2100 REM *** PAUSE GAME ***
2110 PRINT "{HOME}{12 CSR DWN}"
2120 PRINT "{8 SPACES} THY GAME IS PAUSED."
2130 PRINT "{2 CSR DWN}"
2140 PRINT "{3 SPACES} HIT Q TO QUIT."
2150 PRINT "HIT ANY OTHER KEY TO CONTINUE."
2160 GET A$
2170 IF A$="" THEN 2160
2180 IF A$="Q" THEN END
2190 RETURN[1]
]■
```

第二天早上我醒来的时候，屋子里空无一人。妈妈在厨房桌子上留了张字条，说她去取重新申请的驾照，中午之前都回不来。我抱着一碗麦片坐在电视机前边看边吃，然而节目全都是些幼稚的垃圾——《爱心小熊》《庞姬·布鲁斯特》还有《胖胖狗》[2]什么的。至少一个小时以内都不会有摔跤节目，所以我拖着沉重的步伐回到了卧室。

我知道玛丽是在骗我。我不去想她那个 50000000 分的游戏，她称

1　暂停游戏代码，运行后电脑屏幕显示“您的游戏已暂停，点击 Q 键退出，点击其他任意键继续游戏”。

2　《爱心小熊》《庞姬·布鲁斯特》《胖胖狗》，都是美国当时流行的动画片。

我为“我认识的最棒的家伙”。她一直都是在玩弄我，引导我向前，恭维我，让我自我感觉良好。然后当我亲她的时候，她却表现得万分震惊？

“如果我给了你错误的暗示，我很抱歉。”

在这渐渐清晰的思绪中，我明白了关于女孩们的那些道听途说——所有的电影、电视节目还有流行歌曲——全都是真的！女孩们全都说谎。她们善于摆布他人，完全不值得信任。大卫·李·罗斯[1]早就试图提醒我了。还有艾迪·墨菲[2]也是。还有安德鲁·戴斯·克雷[3]！结果呢，我还是像个笨蛋一样，我信任玛丽，把电脑游戏的荣誉分了一半给她，还为此失去了两个最好的朋友——我仅有的两个朋友——只是为了要保护她。到头来我自己怎么样呢，在星期六的早上孤零零一个人，没有人可以说说话。

我的脑袋里翻江倒海的，**这个死肥婆。**

这样去想她竟然感觉还挺好：死肥婆。我拿出一张活页纸，把这个词写了一遍又一遍：*死肥婆死肥婆死肥婆*。写下来的感觉棒极了，通过铅笔来发泄愤怒真是过瘾。*肥婆肥婆肥婆贱人贱人贱人*。难怪她所有的朋友都会离开她！她肯定也欺骗了她们！他妈的死肥婆。

我戴上了随身听，躺在床上，开始听范·海伦的《巴拿马》。我仰起头看凯西·爱尔兰、宝琳娜·普瑞斯科娃和艾拉·麦克弗森的海报，去看我所有美丽动人、热情奔放的超模，她们无一不拥有修长的双腿、光洁的手臂和噘起的嘴唇。从现在开始，我将像所有普通人一样，将她们中的其

---

1 大卫·李·罗斯，美国荷兰裔摇滚歌手、作曲家、演员、作家，并曾担任过电台主持。
2 艾迪·墨菲，美国演员、编剧、导演。
3 安德鲁·戴斯·克雷，美国演员、编剧、作曲、制片。

中之一设为自己的目标。我的下一个女朋友绝不会羞于穿着比基尼在沙滩上走来走去。我的下一个女朋友一定要光彩夺目、与众不同，要是个完美女孩。而玛丽·泽林斯基则会孤独终老——没有人爱，不被需要，没人想碰她一下。我把耳麦的声音一股脑调到最大，恨不得震破耳膜。

终于，我注意到音乐下的某种噪声，是旋律之外的咔嗒咔嗒声。我睁开眼睛，发现克拉克正用爪子敲着我的窗户。我连忙摘掉了耳麦。

“我们敲门了。”他说，“但是你没反应。”

我从来没有在见到他们时如此释然：“我马上出去。”

我套上一件干净的短袖，来到了后院，我一直是把自行车靠墙放在那里。阿尔夫和克拉克就在门前的车道上等着我，把激浪[1]的瓶子捏得啪啪响。

我在极端糟糕中努力支撑住自己。他们非常生气，他们确实有理由生气，而我也完全有理由接受他们投向我的每个可怕的羞辱。可是一看到他们坐在我家门前的行车道上，我马上就知道，我有机会让一切回到正轨。

“嘿。”我招呼道。

阿尔夫又猛灌了一大口激浪。他张开嘴正打算说“怎么了”，结果却被打嗝终结了，所以说出来的变成了“怎么嗝儿嗝儿嗝儿嗝儿了”？

他看起来很疲惫，左眼上方有一处很大的擦伤——看着就像有人把自己的脸在混凝土人行道上按过一样——他的脖子上还有其他好几处小一些的擦伤，左耳上则歪七扭八地贴着个邦迪创可贴。

1　美国一款能量饮料，相当风靡，咖啡因含量很高。

“你的脸怎么了?”我问道。

“罗布·卡斯特弄了我的脸。”他说道:“尼克·巴尔桑迪弄了我的脖子,约翰·西蒙斯弄了我的胸口。”他说着掀起了自己的上衣,一条很长的伤口横贯肋骨,“他们想要回钱。”

“我们想出了一个多弄点钱的计划。”克拉克解释说,“但是我们需要你弄到——”

“好的。”我说道,又是惊讶,又是感激,又是欣慰,原谅竟然来得这么容易,“我的意思是,当然,我肯定会全力以赴的。我们该怎么办?”

阿尔夫拉开自己的书包拉链,掏出了一个用旧了的64盎司超大杯,和偷电池的那个小偷带进泽林斯基商店里的如出一辙:“恐怕我们得洗劫唱片店了。搞一些新磁带,卖掉换钱。”

“你打算偷四百美金的磁带?”

“不是。”阿尔夫说,“我只要偷二十美金的磁带就行了。这些已经足够还给今天就要我命的那些家伙。明天,又会有其他人来追杀我了,我会偷更多磁带来还他们钱。”

“一步一步来。”克拉克点点头说道,“罗马不是一天建成的。”

对我来说这绝不是什么高明的计划。要偷够四百美金的磁带得孜孜不倦地努力上几个星期——但现在根本没时间争吵。我们落到这个地步,全都是我的错,而我又没有什么更好的办法,我还那么急于让一切回到正轨,“你们俩真是天才。”我说,“咱们走吧。”

从波罗的海大道骑车去威特布雷治商场特别方便。不到一个小时,我们就已经站在了商场二楼的美食广场,就在“好肉桂”旁边,在安全范围内寻找着“乐之邦”。商场里有四家不同的商店售卖卡带,但是只有“乐之邦”没有在卡带外面裹上一种很大的特殊塑料包装盒来防扒手。不仅如此，唱片也都高高地堆在铁丝架上，供人随便拿。

“人满为患。”克拉克说。

“看着不错。”阿尔夫表示赞同。即使有三个收银员同时工作，也依然有客人排着一条长队。经理显然打算马上再开一个收银台，这就意味着又会减少一个销售助理。

“所以我们要拿些什么?”我问道。

关于这一点，永远都是最容易引发争执的话题。我们的计划是把自己的喜好搁在一边，要去找那些能够很快以五美金的价格完美转卖给在美食广场里闲逛的十二岁女孩的磁带。

“U2[1] 怎么样?”克拉克提议。

阿尔夫却摇头，“昙花一现而已。”他不屑地说，“我考虑的是切割大队[2]。”

“我都可以。”我说道。在反反复复听了无数小时的“所有你喜爱的八十年代爱情歌曲”之后，我觉得自己已经彻底不知道全美排行榜前四十都是什么了。

我们一个接一个错开进入“乐之邦”，这样不会引起注意，但过道实在太挤了，想掩人耳目几乎不可能。店里大部分都是卡带和迷你录音带，而流行乐和摇滚乐则占据了最庞大的核心地位，陈列在商店最中间，一边是 A 到 M 打头的磁带，另一边是 N 到 Z。

1 U2 是享誉世界的超级摇滚乐队，1976 年成立于爱尔兰都柏林，自 80 年代走红之后，一直到今天，仍然活跃于全球流行音乐乐坛。

2 切割大队（Cutting Crew）是一支成立于 1985 年的英国流行摇滚乐队，拥有冠军单曲及多张畅销单曲。乐队在 1993 年解散，并于 2005 年重组。

店里的立体音响放的是惠特妮·休斯顿[1]，高歌着《最伟大的爱》。阿尔夫在中心过道上徘徊，手里拿着超大杯，和泽林斯基商店里的那个孩子一样假装在喝饮料。我和克拉克主要负责放哨，但是没有什么可注意的。因为你可以通过“乐之邦”店员身上穿的红色棒球衫轻易辨认出他们，更何况他们全都聚集在收银台前。

阿尔夫在一个妈妈身边停了下来，她穿着宽松的白色运动衫，上面印着“我爱我的京巴狗”字样。她正在研究埃里克·克莱普顿[2]的专辑，并没有注意到阿尔夫的靠近。

阿尔夫把手伸向了切割大队的专辑，看了一下磁带背面的价签，然后朝我瞟了一眼。我朝他点点头，磁带就进到了杯子里。而后他又拿了两盘。我觉得他贪心不足，但还是四下看了看，没有危险，可以行动。我又点了点头，于是又一次完美的小小障眼法得以实施，磁带掉进了杯子里。就在这时，克拉克已经朝店门口走去。我转身跟上他，结果看到阿尔夫正在拿另外三盘磁带。没错，往一个 64 盎司的超大杯里塞六盒磁带是完全有可能的，只要你能妥当安置每一盘磁带。但是直到那一天，我们谁都没有鼓起勇气那么干过。我实在看不下去了，所以立刻转身逃走了。

克拉克等在五个商店以外的地方，坐在“山核桃农场”门口的长凳上。我们等了一分钟，等到阿尔夫加入进来。他飞快地冲过来，手里拿着超大杯，脸上挂着心满意足的笑容。

---

1 惠特妮·休斯顿，出生于美国新泽西州纽华克市，美国女歌手、演员、电影制作人、模特。

2 埃里克·克莱普顿，英国音乐人、歌手，作曲家、吉他手，曾获得 18 次格莱美奖，是 20 世纪最成功的音乐家之一，在摇滚名人堂里有三项成就。

“六盘磁带?”克拉克问道，“你在开玩笑吧?”

“三盘切割大队，三盘拥挤房屋[1]。这可都是存在银行里的钱了，先生们。”他打开了超大杯的盖子，拿出磁带，给了我们每人两盘，“我们把这些卖出去，然后就回去拿惠特妮·休斯顿。就是‘我如何知晓’那种狗屁东西。我们能卖上一吨。”

越过他的肩膀，穿过挎着购物包的人潮，有两个人从人群中跳脱出来，飞速朝我们移动。一个男人穿着夹克衫打了领带，另一个则是那个穿着“我爱我的京巴狗”上衣的妈妈。她正用无线电对讲机说话，然后就开始跑了起来。

“操!”克拉克骂道。

我们扔掉磁带，分散逃窜。我们清楚防失窃（商店都是这么个说法）主要是为了防止财产损失——所以只要你放弃赃物，就不太可能被追捕。我一直没有回头去看是不是有人在追赶我。我发疯似的狂奔，一头扎进西尔斯店里，躲在了挂男士套装的衣架背后，随即冲上电梯，最后躲在了一张大床下面，我在床下等了十分钟，大气也不敢出。最终我顺利逃脱——不过也只是侥幸而已。

我来到了公交车站。我们三个人的自行车依旧锁在禁止停车的标志杆上，旁边却没有阿尔夫和克拉克的踪影。等了二十分钟后，我独自骑车回了波罗的海大道，担心发生最坏的情况。很显然，我的朋友们已经因为店内行窃被抓了，现在他们肯定正在去青少年拘留中心的路上。泰克贝利警官用这种地方警告过我们——他提到过老鼠、滴着水的煤渣块墙面以及地

1　拥挤房屋，1985 年成立的澳大利亚 4 人男子演唱组合。

下室的淋浴工具，在那里，他们会用水管冲刷新的囚犯，要是弄掉了肥皂就会有不可想象的恐怖后果。

我并没有回家，而是骑车穿过了墓地，停在了我们的橡树基地。我爬上树去，在树干上坐着等，希冀着，盼望着，祈祷着我的朋友们平安无事。然而一个小时过去了，他们依然没有出现。

我觉得自己整个人都不太好了。要是我不曾承诺拿到警报密码，要是我没有表现得如此自信，要是我没有对阿尔夫和克拉克说谎，这一切都不会发生。我沿着这个糟糕透顶的事件一路回溯到火车站的屋顶上，回溯到我答应我最好的朋友们一定能弄到密码的那刻。

最后我终于等累了，于是离开树堡，回了家。当阿尔夫和克拉克骑着他们的自行车沿着波罗的海大道滑行过来时，我正在开门。

“你没事啊！”阿尔夫叫道。

“我们以为你被抓了呢！”克拉克说。

“我没事。”我说道，“你们去哪儿了？”

阿尔夫从口袋里掏出了六张皱巴巴的一美金纸币，“你走以后我们偷袭了美味萨姆，因为那些蠢了吧唧的塑料包装，他家的磁带都可难偷了，但我还是设法藏了一张邦乔维[1]在裤子里。”

我真是难以置信：“你们俩又回去偷了？”

“明天我们的运气会好一点的。”克拉克信誓旦旦。

“不行！”我斩钉截铁地告诉他们，“你们不能再这样傻乎乎地以身犯险了，迟早都会被抓的。”

1　邦乔维，是当代美国摇滚乐队，以主流硬摇滚、金属摇滚见长。

阿尔夫耸了耸肩："雷·卡斯特罗还迟早都得揍我呢。不然你有更好的办法吗?"

我深吸了一口气。事实上，我确实有个更好的办法。我已经在心里默默思索了一整天，因为我不敢提及它。可当我意识到阿尔夫有多需要帮助时，我真的别无选择了。

"我能给你弄来范娜·怀特。"我说。

"从哪弄?"阿尔夫问道，"怎么弄?"

"我已经有密码了。"我说。

"泽林斯基商店的密码?"克拉克说道，"警报密码?"

"我昨晚弄到了。"

我解释说我看见玛丽往安世科的控制面板上输入密码。羞耻感令那一刻深深嵌在了我的记忆中，就像一盘我能够一遍遍倒带重播的录像。只要闭上眼睛，并且集中精力，我仍旧能够看见她的手指在十二按钮键盘上的准确落点：左上，中下，中下，中上。

"1—0—0—2。"我说道，"密码是这个。"

"你确定?"克拉克问道。

"确定。我当时就站在她旁边。"

"不是，我的意思是，你确定你愿意这么干?"克拉克问道，"我们上次讨论这件事的时候，在阿尔夫家的地下室——"

"我很抱歉。你们俩是对的。只要我们付了钱，这就不是偷。"

"当然了!"阿尔夫说道，"我们就是这么跟你说的。"

"但是我们必须得特别小心。"我还是坚持这一点，"我们得把那个商店看成一间博物馆。我们不能碰任何东西，不能打乱任何细节。我们拿到范娜·怀特，丢下钱，修好出口的门，这样泽林斯基就永远不会知道是我们干的，明白了吗?”

“当然!”克拉克赞同，“我们会像鬼魂一样不留痕迹。”

“就像日本忍者。”阿尔夫说，“我们什么时候干?”

我深吸了一口气。今天是星期六，五月三十号，距离阿尔夫初次发现杂志并且一路跑到我家来宣布这个重磅新闻已经过去快一个月了。

“我们最好今晚动手。”我说。

22

```
2200 REM *** FORTRESS IS BREA CHED ***
2210 FOR I=0 TO 24:POKE L1+1,0:NEXT I
2220 POKE L1,150:POKE L1+1,200
2230 POKE L1+5,8:POKE L1+6,248
2240 POKE L1+24,15:POKE L1+4,17
2250 FOR T=0TO 100:NEXT T
2260 POKE L1+4,16
2270 FOR T=0 TO 100
2280 NEXT T
2290 RETURN[1]
]■
```

我敢肯定，为了能在午夜十二点后从家里溜出来，阿尔夫和克拉克肯定费尽了心思，耍尽了花招。而我的妈妈在大食界上夜班，所以我只需要坐在电视机前，看《天生冤家》和《星际迷航》的重播，等到十二点一刻，拔腿走人，不费吹灰之力。我是从后门出去的，身穿黑色夹克衫、黑色匡威帆布鞋和黑色范·海伦 T 恤。我还带了一只手电筒，一把可调节的扳手，一柄十二英寸的铁撬棍，以及前一天晚上留下来的那张卷起来的二十美金钞票。

1　堡垒被攻破的代码程序，运行后电脑屏幕无显示，代码于后台运行。

从午夜十二点开始，威特布雷治就对未成年人实行城市宵禁。我们说好各自前往左宗棠餐厅，以降低被人发现的风险。我径直穿过天主教墓地，远离大街，翻越栅栏，穿行于后院、小巷和荒芜的空地。整个城市一片死寂。我能听到的只有蟋蟀的啁啾和帆布鞋轻轻走动的声响。时不时有犬吠，人却一个也看不见，更没有听见任何人说话。

满月挂在天空，我像熟悉自己的手背一样熟悉路线，所以手电筒一直放在书包里没有拿出来。深夜在外游荡的感觉不错，远离电脑屏幕，进入一场真正的冒险，而我却一点也不紧张。我们的计划很可靠，并且我相信阿尔夫和克拉克会严格按计划行事。这将会是一次终结所有犯罪的犯罪，是我们可以反复说上好几年的故事。

我一点也不惧怕走在市场大街上，因为泰克并没有在进行半小时一次的巡逻，所以我就在左宗棠餐厅后面随意徘徊。我一直紧紧贴着路边的阴影走，随后抵达了空空荡荡的停车场。二楼属于施瓦辛格的那扇窗户紧紧关着，但我能看见那只狗正在窗台上睡觉，因为有一堆白花花的毛挤在玻璃上。消防梯的另一侧又是一扇窗户，有一个很大的空调，正在嗡嗡嗡嘎嘎嘎地剧烈运转，我实在无法想象有人能和这么吵的东西睡在同一间屋子里。

我知道噪声能够掩盖我的脚步声，但还是悉心找了个角度蹑手蹑脚地靠近那栋建筑——避开施瓦辛格的视线——以防狗醒过来。在废料箱和餐厅后墙之间有十二英寸左右的缝隙，我在这里找到了阿尔夫和克拉克，他俩都蜷着膝盖蹲在地上等我。我挤在他们身边，打开了手电筒，地面因为撒满碎玻璃而闪闪发光，就像铺了一床闪闪发亮的钻石。

克拉克穿了和去商场行窃时一样的T恤和牛仔裤，不过阿尔夫换了一身绝对兰博[1]范儿的衣服。他穿着棕色的迷彩服，脸上也涂了油彩。

“我们是要去越南吗？”我问道。

“这叫迷彩服。”阿尔夫说。

“我跟他说了让他别穿。”克拉克说。

“我现在是隐身的。”阿尔夫说，“没人能看见我。”

克拉克让我关掉手电筒，因为泰克现在随时都可能开始绕圈巡逻。我们在黑暗中挤作一团，强迫自己镇定下来。突然一根冰凉的针顺着我的脖子滑下来，我一下子跳了起来，原来是二楼空调滴下来的冷凝水。我现在肾上腺素飙升，我们三个都是。

“我们出发吧。”我说道，“现在没有任何危险。”

阿尔夫却摇了摇头：“我们得等泰勒。”

我敢肯定是我听错了：“谁，什么？”

“泰勒要来。”

“泰勒·贝尔？你跟他说了？”

“我当然跟他说了啊。”阿尔夫说，“这本来就是他的计划，记得吗？”

“这不是他的计划。”我说，“你不记得那个模型了么？模型里只有三个人，你，希曼，和蓝爸爸。”

“没错，但是——”

“模型里根本就没有泰勒·贝尔。”

“我没觉得他真的会来。”阿尔夫说，“我想着他肯定早就跑去纽约干

---

1 兰博，《第一滴血》男主角约翰·兰博。该角色由西尔维斯特·史泰龙饰演。兰博擅长使用各种枪械并且近身格斗出色，对于军用直升机之类的都操纵自如，是一名参加过越战的前绿色贝雷帽特种部队队员。

什么酷酷的勾当去了。结果当我给他打电话并且告诉他密码的时候……”

“你告诉他密码了?”

“这是他的计划。”阿尔夫又重复了一遍，“这本来就是他一个人的计划。”

“这件事上我站在阿尔夫这边。”克拉克说，“我认为泰勒有理由得到一本属于自己的杂志，这是理所应当的。要不是他出了这个主意的话，我们现在根本不可能在这里。”

“那我们就给他弄一本杂志不就好了。”我说道，“我不想让他跟我们一起行动。我一点也不信任他。”

“我说了我们得等他。”阿尔夫说。

“我是不会等的。要么我们现在就去，要么我就退出。”

“那就退出吧。”阿尔夫耸了耸肩说道，“我可以给你拿本杂志，回头你给我钱就行了。”

直到这一刻我才明白，我的参与对这个计划来说已经不是必不可少的了。他们唯一需要从我这里得到的就是那个密码，而我已经完成了任务。

克拉克把爪子搭在我的肩膀上：“放松，比利。一切都会顺顺利利的。我们会完全按计划行事。不会有什么变动，只不过是多了帮手而已。”

但我清楚，事情绝不会这么简单。泰勒身上有些不合情理的地方：“这家伙已经十八岁了。如果他想要一本《花花公子》的话，完全可以大大方方地走进商店买一本。”

“别这么死心眼儿。”阿尔夫说，“我们终于有了个学长来帮我们——一个这么酷的家伙愿意帮助我们——而你却像个侦探似的。”

“因为他在撒谎。”我说道，“他因为偷东西被泽林斯基商店解雇了。”

“那又怎么样?”阿尔夫问道。

“所以他不诚实!”

“他当然不诚实了！我们可是要闯进一家商店！去偷《花花公子》！难不成你还想带个童子军进去吗?”

我们用极低的声音吵来吵去，有脚步声靠近，我们停了下来。有人来了。克拉克在最外面，所以他往外偷偷看了一下。

“是他们。”他悄声说。

“他们?”我不解。

克拉克耸耸肩：“我猜泰勒带了个朋友来。”

我把他推到一边自己去看。泰勒和他的朋友走在马路的正中间，人人都能一眼看到他俩。泰勒认出了我，朝这边指过来。

“怎么了，小猫咪?”他喊道，“你干吗躲起来?”

泰勒咧开嘴笑了，可是他同伴的表情却麻木黯淡。这个同伴是个男人，是相当成熟的男人，三四十岁甚至可能是五十岁。他有着棕色的胡须，一头棕色的长发扎成马尾。他看着像是威利·纳尔逊与大脚野人的混合体。

“你的女朋友们去哪儿了?”泰勒问道。

阿尔夫和克拉克站了起来，打着手势让泰勒把声音降下来。

“泰克正在巡逻呢。”克拉克低声说，“他从自由广场开始，然后往西走到市场大街，接着穿过小巷——”

泰勒摆了摆手，打断了他：“泰克不会抓任何人的。那坨鸟屎就算跑到同性恋大会上都抓不到几个艾滋病。”

“他随时都可能来这里。”克拉克说。

“那我们现在就开始。”泰勒说道。

阿尔夫朝那个陌生人点了点头：“这是谁?”

“我表兄。”泰勒说，“雷恩。”

雷恩用他那双死气沉沉的眼睛望向我们。他穿着一件绿色的部队夹克衫和一条褪色的牛仔裤，肩膀上挂着个大大的帆布包。没有更多解释了。突然间这个疯子一样的飞车党分子就成了我们团队里的一员，我知道我必须得赶紧脱身。

“有个问题。”我说道。

“问题?”泰勒问。

我向来都很不会说谎。阿尔夫的嘴里可以一整天都没有一句实话，甚至连克拉克也能时不时歪曲一下事实，但我真的是个非常差劲的说谎者：“我猜玛丽可能换了密码。就在我看她输入之后。为了安全。”

泰勒转向了阿尔夫，抓住他的衣服，一把将他推到墙上：“你跟我说他有密码的。你说过密码是1002。”

“他是那么跟我说的!”阿尔夫吐沫星子四溅。他扭过脸来瞪着我：“跟他说实话，比利!”

“密码可能是那个，但也可能不是。”我说道，“问题就在这里，我不知道到底还是不是那个密码。不管怎么说吧，我们还是有机会进到店里关掉警报的。”

雷恩自始至终没有动过，表情也没有任何变化。我甚至开始怀疑他到底听不听得懂英语。

“那你为什么在这儿?”泰勒问道，“你是专程过来提醒我们的吗?”

我点点头：“我不希望任何人被抓走。”

“还真是思虑周全呢。”泰勒说道，“你穿上你的忍者装，夜里十二点半躲在这里，就是为了提醒我们?还真是相当周到呢，比利。”

他突然伸出右手，我准备好要挨上一拳，结果他却把手伸到了我身后的背包里，拽出来那根铁撬棍，“那你为什么带这东西来?”他一把将我推到废料箱上，并且把铁撬棍的尖端抵住了我的喉咙，仿佛打算割掉我的脑袋，“为什么说谎?”

气管被一个十二英寸长的铁家伙死死抵住，要说话实在太困难了：“我是想帮你们。”我说，但是声音听起来就像呱呱叫。

“放松，放松。”阿尔夫说道，努力想保持和平，“我们想要的东西都是一样的，伙计们。我们来这儿不都是为了看范娜·怀特的屁股吗？我说的对吧？让我们把注意力都放在我们的目标上。那才是最重要的，不是吗?”

他错了，我心想。泰勒和雷恩绝不会贸然把自己卷入这样的麻烦之中，就为了看一眼范娜·怀特的屁股。他们很显然有着更大的目标。

泰勒的眼睛离我只有几英寸。他在我的脸上寻找着不诚实的痕迹。最终他放开了我，我滑落到地面上，紧紧握住自己的喉咙，惊讶地发现竟然没有流血，只是被划伤了一点点。

“把这些箱子拿着。”泰勒说道。

“现在你们能好好说话了吧。”阿尔夫说，“我们开始吧!”

夜幕刚刚降临的时候，克拉克从大食界的卸货站偷了一些牛奶箱子，而后全都藏到了左宗棠餐厅后面的废料箱里。此刻阿尔夫爬进废料箱，把那些箱子递给克拉克，克拉克把它们堆在消防梯下，堆成了金字塔形。如果我想跑的话，这就是我最后的机会了。跑起来我肯定赢不了泰勒——但要是我把逃跑路线放在主干道背面的那些后院，就有很大的机会能够逃离他的魔爪。我熟悉所有围墙上的隐蔽缺口，那里还有数不清的树木、花园和工具间能够将我藏起来。

但是之后要怎么办呢？如果我要逃跑的话，他们就算不带上我依然可以闯进泽林斯基商店。我绝不能让这种事发生。商店里如果发生任何意外都是我的错。如果我想保商店安全的话，就必须得帮泰勒和雷恩闯进去。

我们头顶上的二层窗户里，阿诺德·施瓦辛格站了起来，原地转了个圈儿，又坐了下来。

“你们几个上到屋顶去。”阿尔夫说，“我去按门铃。”

泰勒指了指我又指了指梯子：“女士优先。”

我在牛仔裤上擦了擦手，跳上了箱子，其实天气并没有那么热，可我却在疯狂出汗。当我站在箱子最顶端时，已经能够抓到梯子的最底端了，可是我没有力气把自己拉上去。我的双臂抖得太厉害了。

克拉克抓住我的腿，帮我向上推，“用脚去踩墙。”他说，“把你自己撑起来，没问题吧?”

他声音中的冷静令我震惊。从他的语气听起来，你可能会以为我们每个周末都要去抢商店。由于克拉克在下面帮忙，我终于能够摸到梯子的第二级了，接着是第三级，最后终于整个人都攀附在了梯子上。

“天呐，”泰勒感叹道，惊讶于我们竟然如此笨拙，“我还真说不好你们俩到底谁更残废。”

我踩着生锈的梯子一级一级往上爬。梯子摇摇晃晃，嘎吱作响，好像随时要从墙上剥离开来，好在空调的嗡鸣声掩盖了梯子的吱吱呀呀。爬到一半时，我听见了陡然响起的门铃声，是那么尖锐，而狗叫的声音则更胜一筹。从现在开始，一切都进入了倒计时。我们有三分钟时间爬上屋顶，然后穿过自行车商店。

在我下面十英尺的地方，克拉克抓住了梯子底部，把自己拉了上来。即便有一只手是爪子，他也比我强壮，比我快得多，眨眼便追到了我身后，催促我不断往上爬。我完全被混凝土砖块和生锈的梯子包围，尽可能快地往上爬，把自己扔上了屋顶，全然像个蠕虫一样生生挪了上去。屋顶上看不到什么东西——只有单调的沥青表面和一些塑料物品。我走到屋顶东部边缘——那里就是将左宗棠餐厅和隔壁自行车商店分开的小巷——我的肚子里一阵翻江倒海。

从地面上看来，这条小巷很窄，是你能够轻松跳过去的一个小缝隙。可是站在屋顶上看，这完全就是一条巨大的鸿沟，你需要助跑才能越过障碍——可是屋顶的周围有一圈齐膝高的围墙，那是为了防止垃圾或者碎片从屋顶上掉下去而设计的，我们必须得站在围墙顶上才能跨过这个鸿沟去。

克拉克站在我身后："五英尺，两英寸。"

"你怎么知道的?"

"我量过。就在我们建模型的时候。"

"我不太确定我能不能做到。"

"你不需要跳过去。"他说，"我们准备了桥的，还记得吗?"

说罢克拉克消失在阴影里，随后又带着一块长长的木质胶合板回来了。他走到了屋顶最东边，小心翼翼地把胶合板伸过小巷，直到另一头搭在了自行车商店的屋顶上。我打开手电筒，发现这不过就是一块很窄的旧板子——就像大多数类似的板材一样，顶多只有三寸半宽。

这算是个桥?

施瓦辛格的叫声在小巷里回荡，传到楼顶来，我能听见左宗棠冲着市场大街怒吼，气冲冲地让那个按了门铃的家伙"像个男人一样把脸露出来"! 在他回到自己的公寓之前，我们只有一分钟时间，顶多九十秒，一切都比我预想得要快得多。

泰勒是下一个顺着梯子爬上来的，"你们在等什么?"说罢他就一脚踏上了那块木板，放心大胆地走了五步，越过小巷，到了自行车商店的屋顶，“我们走，快点。”

克拉克像个杂技演员一样张开双臂，向前迈上横梁。在他走到中间时，木板弯曲了，等他走到对面时，木板又像个橡皮筋一样弹了回来。

过了一会儿，阿尔夫也顺着梯子爬上来了。

“你们从哪儿找到这块板的?”我问道。

“盖地沼泽，就在福特工厂的后面。”他说，“那么好的木材就躺在外面的泥地里，你敢相信吗?”

阿尔夫在等我过去，但我示意让他先过。我还没有准备好。他朝下看了看这个裂缝，犹豫了:“天哪。”

“是的。”我说道。

“过来。”泰勒喊道，“动起来。”

就在这时，雷恩也爬了上来，我猜阿尔夫之所以马上就去跨越那个缝隙，仅仅是为了离雷恩远一点。走到一半的时候，他失去了平衡，猛然向前跳到了自行车商店的屋顶上。木板重重地弹了回来，直接翻了个儿，差点就掉落下去。阿尔夫其实还没有走到足以落脚的位置，但是克拉克及时把他拉到了安全地带。

“我没事。”他深吸一口气，“我很镇定。”随后他看向了我，“只要不往下看的话就没事。就直直地看前面。”

下一个过桥的是雷恩，他从我身边走，仿佛我这个人根本不存在。他把帆布包扔过巷子，包落在自行车商店屋顶上时发出了可怕的咔嚓声。随后他用靴子的前端把木板摆正。就在他跨出第二步的时候，木板发出了响亮的断裂声，听起来就像木板里有什么地方彻底坏了——它的背面裂开了，中轴部分也裂开了。雷恩又往前迈出了第三步——他少说也有两百英磅重，是我们几个里最重的，木板弯曲的程度就像动画片《兔八哥》里那么夸张，完全违背物理定律的那种变形。再两步之后，他就安全抵达了自行车商店的楼顶，抓起自己的包，继续往前走。

“过来。”泰勒朝我喊。

阿尔夫和克拉克从巷子对面投来了无助的目光。我意识到自己让他们为难了。但我还是没有动弹。

泰勒蹲下身来抓住了木板，“你现在马上过来，或者我把木板抽走。”他说，“我数到三。”

现在走出去，走上那块木板绝对是个愚蠢至极的馊主意。我很清楚雷恩的体重已经让这块木板达到承载极限了。我可是在把我的生命交给一块在恶臭沼泽里浸泡了一整年的木板。可又不能止步不前，我必须得盯紧他们，防止事态失控。于是我一脚迈上了那块木板。

第一步很简单。可是第二步，我整个人都将离开屋顶全部踩上去的第二步——这才是关键所在。木板在我的脚下震颤，像个跳水板一样晃个不停。我犯了错，我往下看了，但其实什么也看不见——看不见巷子，只有无边的黑色裂缝与深不见底的天坑。

再迈出第三步几乎是不可能的。我无法前进，也不能后退，没有东西扶着，我一步也动不了。木板晃得太厉害了，我动弹不得。在这深渊遥远的彼岸，阿尔夫和克拉克不停地对我说注意事项和策略，但对我来说，不过都是噪声而已。他们根本不明白我的困境。没人能明白我的处境。我站得很稳，但需要集中全部的注意力才能保持平衡。如果我把自己身体的重心挪动哪怕一英寸，这块木板就会有反应，那时我根本就没办法让自己站稳。

我想把这一切解释给阿尔夫和克拉克，可眼下连开口说话都显得危险无比。我的肌肉已经僵住了，浑身战栗。汗水沿着我的额头两侧滑落下来。在混乱的思绪当中，我听见泰勒冲所有人大吼着：“闭嘴，都他妈闭嘴!”

只是一瞬间，我脚下的深渊突然变成了最为寻常的巷陌，有混凝土的围墙，深度也有限。两侧的墙壁上出现了反光，让楼顶之间的空隙究竟几尺几寸都变得清晰可见，这束光为巡逻到这里的泰克贝利照亮了道路。

这可真是个奇迹。我们可以当即结束这一切。泰克会帮我从木板上下来，从商店里逮捕泰勒和雷恩，我则可以解释这一切。没错，肯定会有些不好的结果，但这些结果都不可能杀了我，不会比这座桥更凶险。我试着张开嘴，可下颌偏偏扣得紧紧的，根本就张不开嘴。

泰克正吹着一首我无法评价的歌——有那么一类歌，你了解其中的每一句歌词，但就是无法享受这些歌，泰克吹的就是这样一首曲子。他拿着手电筒前前后后地扫射，我猜唯一阻碍他看到我的东西就是他那宽阔的帽檐。他从我脚下经过，黑暗紧随其后，他走过去之后，巷子再度被抹去了宽度，回到了一片漆黑的状态。我压根就不敢回过头去寻找他。我的注意力全都在他的脚步声和口哨上，直到什么都听不见了，于是，我又陷入了孤立无援之中。

“比利。”阿尔夫开了口。

我眨了眨眼。他就站在自行车商店屋顶的边缘，向我伸出手来。

“你能把手伸出来吗?”

我摇了摇头。我完全动不了。

“把手伸出来。”泰勒说道，“不然我就把这根铁撬棍砸到你那该死的脑袋上。”

我只好伸出手去。即使阿尔夫已经紧挨建筑物的边缘，我们的手指之间依然有着很宽的缝隙："你能不能再走近一点点？只要再走半步就行。"

不可能。这种事绝不会发生。就算泰勒把那根铁撬棍砸到我的脑袋上，我也一步都不迈出去。

阿尔夫一脚踏上了木板的另一头，轻手轻脚地往我这边靠近，一次挪动一英寸，小心翼翼地试探木板的承重能力。木板吱呀作响，抖个不停。但阿尔夫笃信他的好运气，一点点往前走，最终碰到了我。这是他迄今为止做过的最有勇气、最危险也最愚蠢的事情——要知道我现在说的可是个曾经因为挑战游戏而吞下一整条订书钉的家伙。

"没问题的。"他压低声音，"我会帮你的，比利。我会把你从这里救出去的。"

就在他的指尖触到我的手时，我们相当于站在一个巨大的 V 字形正中。他不断地低低絮语，说着鼓励我的话，哄着我往前走，他的手放在了我的手腕上，我终于找到往前走的动力了。克拉克站在自行车商店的屋顶上看着我们。我这才注意到，他正拉着阿尔夫的另一只手腕，以便在他迈过来接我时帮他保持稳定。一旦木板出了什么问题，我们三个人就会全部坠入虚空之中。

好在他们把我拉回了安全领域。我抵达了自行车商店的房顶，并且瞬间就跪倒在了膝盖上。泰勒抽回了木板，满脸鄙夷地低头看着我："你他妈的结束了吗？"

"他没事。"阿尔夫说着拍了拍我的背，"你没问题的，是不是，比利？"

"他当然没事。"克拉克接着说，"从现在开始我们的路程就如履平地了。"

可我的想法却恰恰相反——绝不可能是什么如履平地，因为我还得再踩过这道木板才能回家。不过那是之后的问题了。他们帮我站起来，而后我们就跟着泰勒一起翻越屋顶。

对于任何一个站在下面大街上的人来说，自行车商店、旅行社和泽林斯基的商店似乎是三个截然不同的建筑物，有着各自不同的外形特点，但这仅仅是一种错觉。事实上，它们是同一栋大楼里三个一模一样的单元。屋顶全都平坦开阔——根本就没办法清楚说出自行车商店的终点在哪儿，旅行社又是从哪里开始的——不过每个单元都有自己的天台入口，而每一处入口的门板都印着相应店铺的名字。

雷恩已经打开了他的粗呢背包，把里面的东西都码放在标记有“泽林斯基商店”的门板旁边。他带来一柄碳钢撬棍，一个无线电机械钻，上面有好多种配件，一瓶防锈润滑剂，一把剪钳，一把管钳，以及（这是最难以理解的）一把像剁肉刀一样的大刀。他戴上了塑料防护眼镜，把火苗举到一条铰链处，火苗呈明亮的蓝色，气味闻起来像加油站。

“基本搞定了？”泰勒问道。

雷恩点点头。结果他并不是小心翼翼地取下每一处门闩，这样出来以后才能把它恢复原样，反而是把铰链切割成两半，彻底毁了它们。干完这些之后，我们可以不费吹灰之力把整个门板从房顶上卸下来。

我把阿尔夫拽到一边：“我们干完之后得把一切都修好才行。我们得神不知鬼不觉，像幽灵一样，记得吗？”

“他们清楚自己在干什么。”

“这可不是我们的计划。”

“那不过就是一些铰链而已，比利。它们可不比杂志值钱。”

“我们会花钱买杂志。”

“那你想让我干什么？我们现在根本没法阻止他们。”

克拉克也挤了过来，“这样更安全一些。”他向我保证，“我也不想被抓到啊。”

随后他把 T 恤往上拉遮住鼻子，阻挡金属熔化散发出的刺鼻气味。整个屋顶变得烟雾缭绕，我甚至怀疑从街上都能看得见。要是泰克顺利结束了他的巡逻，那么他现在就应该回到火车站了，绝对能清清楚楚看到泽林斯基商店这栋楼。他肯定能够注意到一缕灰色的烟雾正在屋檐上方冉冉升起。

雷恩切断了最后一根铰链，关掉火炬，取下了安全防护镜。他把泰勒叫过去，两个人用非常低的声音在交谈。随后泰勒把我们所有人都叫过去，围着门站成一圈。

“每个人把住一个角。”他说，“我们要把门板抬起来。这蠢东西可能有一百英磅重，所以小心你们的手指。”

我们围着门板挪到了各自的位置，泰勒和雷恩站在阿尔夫与克拉克对面。没有我可以举的角了，所以我就挤在我的两个好朋友中间。泰勒让我往后退：“我们一把门抬起来，警报就会启动。你只有四十五秒的时间下去输入密码。你能不出错地把这事儿完成吗？”

“可以。”我答道，并且是整晚以来第一次充满自信。我知道即使身处黑暗之中，我也没有问题。我可以关掉警报，然后拿上五本杂志，然后把杂志带到屋顶，然后我们就都能回家去了，没有任何人还有进入商店的必要，“你们几个就留在这儿别动。”我这样告诉他们，“我都能处理好的。”

“很好。”泰勒说，“如果有任何不对劲的话，我们就会放下门板，把你留在这里。”

他们全都蹲了下来，把手指塞到门板下面。随后泰勒数了三个数，他们共同往上举，但是我们马上就发现有些事情明显被忽视了，因为门板根本纹丝不动。他们又是使劲又是抱怨，同时不断地拉着，但什么也没有改变。门板里有什么东西——或许是锁里有什么装置——在把门板往回拉。

泰勒停了下来，活动了一下自己的指关节，调整了一下自己的握力，“我们再试一次。”他说：“数三声啊。”

数到三的时候他们再次往上举，依然是做无用功。即便只用得上一只手，克拉克也和别人一样使劲，由于用力过猛他的脸都变紫了。我傻乎乎地让自己有了瞬间的希望，也许门永远也打不开，也许我们能两手空空地回家，没有任何不好的事发生，除了几根坏掉的铰链。

“我不知道怎么回事，伙计们。”我说道，“也许——”

我被一声可怕而刺耳的尖锐声音打断，那是钉子从木板里被拔出的声音——雷恩那一边的门板和楼顶分开了。门板里垂下一条脏兮兮的白色线路，金属线都散开了，线路连接处都被斩断了。

“那是警报线。”我说。

似乎没有人意识到我这个发现的重要性。他们全都忙于抬起自己的那一角，不想被雷恩比下去。

“你们启动了警报。”我说。

“就快好了。”泰勒自言自语着，汗津津的脖子上青筋爆裂。

“这东西太重了。”我说，“而且没有时间了——”

宝贵的一秒又一秒正从我们身边流逝：一密西西比[1]，二密西西比，三密西西比……

1 这是美国人习惯的读秒方式，因为密西西比（Mississippi）这个单词读一次的时间差不多一秒钟，所以很多人会这样来相对精准地数秒。

“我们可以的。”泰勒说道，“大家往上举！”

克拉克也调整了自己握着的力度，然后大叫一声，放下了他的那一角，往后退了退。他举起四根手指，在他那只完好的手上横亘着一条细细的红线，血从里面渗到了皮肤表面，沿着掌心滴落下来。四密西西比，五密西西比，六密西西比。雷恩把克拉克推到一边，接手了他负责的那个角。在潜意识中某个遥远而模糊的部分里，我意识到，雷恩是我们当中唯一戴了手套作为保护的。

泰勒瞪着我：“帮忙啊，笨蛋！”

我又挤到了阿尔夫和克拉克中间，却起不到任何作用。我们恐怕都能举起一辆汽车来了。阿尔夫的脸上挂满豆大的汗珠，我们实在是太用力了，有人都放屁了。突然又传来生锈的钉子掉落的声音，是雷恩又把门板的一角拔离了屋顶。他露出了胜利的笑容，但我们太迟了，我们已经晚了，我一直在脑袋里倒数来着。

“我们得走了。”我制止他们。

没人响应我。既然两个角已经解决了，说明泰勒和雷恩之间是相当有默契的。他们一起靠在门板上，把门板向后扳了四十五度，里面露出了三级通往黑暗的阶梯。

“快去！”泰勒命令道。

“太晚了。”我说。

雷恩一把抓住我的胳膊，把我扔进了那个洞穴中。我从楼梯上滚了下去，肚子着地，脸撞上了一个金属文件柜。手电筒从我身边滚开了。在商店里的某处，我能听到警报系统的嗡鸣，它正倒数着剩余的秒数，然后这里就会乱成一锅粥。我用手摸了摸额头，汗都已经全干了。

二十三密西西比，二十四密西西比……

我在地板上手脚并用地摸索了一下，找到了我的手电筒，勉强站了起来。我正处在货架和瓦楞纸箱组成的迷宫深处——可是在漆黑的深夜里，它们看起来全都和之前不一样。我得穿过走道，找到楼梯，可我满眼所见只有纸箱和更多纸箱。我的脑袋嗡嗡作响，根本没有办法思考。我没法集中注意力，只能在迷宫里不断绕圈，大声数出剩下的秒数："三十三密西西比，三十四密西西比……"

有些地方不太对劲。楼梯到底在哪里？我完全就是在一个闭合回路里兜圈子，最后发现自己又回到了出口处。他们几个全都惊讶地望着我。

"你在干吗?"阿尔夫问道。

"去把警报搞定啊!"克拉克说。

"不然我就把你从这该死的屋顶上扔下去!"泰勒恶狠狠地说。

我已经因为害怕而大脑一片空白——我害怕警报，害怕被抓住，害怕再次跨过那座桥——但我对泰勒·贝尔的害怕胜过了其他所有东西。所以我又试了一次，这一次注意力有所恢复。我意识到通道是被一堆纸箱给封锁了。泽林斯基肯定是搬上来一堆货物，把它们留在这里回头再处理。

我把这些纸箱往前推，于是它们纷纷滚到了楼下去，并且伴随着可怕的稀里哗啦的声音，一路滚到最底下，而我则半是跌跌撞撞半是小跑地追着它们下了楼。商店的一层伸手不见五指，还好我有手电筒，也完全熟悉路。我飞快地跑过和玛丽一起设计《不可能的堡垒》的那张桌子，冲过泽林斯基说要提供工作给我的那张收银台。如果我脑海中的倒数（四十三密西西比，四十四密西西比）是正确的话，警报马上就会拉响。

我冲到了商店最前面，点下了控制面板上的"关闭"键。显示器上闪烁着"输入密码"的提示，于是我重复了之前看玛丽做过的手势——左上，中下，中下，中上——然而什么也没有发生。

在那个瞬间我意识到自己在劫难逃，我不知怎么搞错了密码。

随后就响起了震耳欲聋的“哔哔哔哔哔哔哔哔——嘟嘟——”

冷不防地，警报声停止了。

我赌赢了。

23

```
2300 REM *** ALARM SOUND ***
2310 FOR I=0 TO 22:POKE L1+I,0
2320 NEXT I:POKE L1+24,15
2330 POKE L1+5,80:POKE L1+6,243
2340 POKE L1+3,4:POKE L1+4,65
2350 FOR I=20 TO 140 STEP5
2360 POKE L1+1,I:NEXT I
2370 POKE L1+4,64
2380 FOR I=1 TO 50:NEXT
2390 RETURN
]■
```
[1]

商店闻起来像木头，像墨水，像烟草，也像泽林斯基本人，就好像他正在周围转悠，抽着他的烟斗，整理货架。我转了个圈，把手电筒照向角落，确认我确实是独自一人。

随后我开始干正事。泽林斯基的工作台用铰链锁着，半开半闭，留出了一个狭窄的空隙，而我完全可以挤到柜台后面去。除了泽林斯基自己外，这个地方对任何人都是禁止进入的，我感觉自己就好像爬上了他的床似的。这里是香烟和雪茄，放着古董打火机和刮刮乐奖券的玻璃

1 本段代码用来完成警报声音，运行后电脑屏幕无显示，代码于后台运行。

柜，以及那个放着色情杂志三圣的架子：《花花公子》《阁楼》和《是的》。

我抓了五本有范娜·怀特的那期杂志，然后把妈妈给我的二十美金通过投币口扔进了现金抽屉里。我的胳膊肘不小心撞到了一个标着“零钱自取[1]”的托盘，便小心翼翼地把它轻轻推回原来的位置，尽量让托盘看起来和我发现它时一模一样。我什么东西都不敢碰。

其他几个人大摇大摆地从楼梯下来时，我刚回头走到陈列室里。

“拿到了。”我说着举起了杂志，“一人一本。”

然而雷恩却从我身边走了过去，径直走向商店前面。

“我们可以走了。”我对他说。

“放松点。”泰勒说着便跟在他表兄身后，阿尔夫和克拉克也跟上了他们。

百叶窗完全放下来遮蔽了窗户，所以商店里一片漆黑，但是我们手电筒上的光已经足够为我们照亮道路了。或者说基本足够——阿尔夫不小心撞到了放圆珠笔的货架，有几盒笔掉到了地上，他紧张地笑了起来。

“小心点。”我叮嘱他，“捡起来。”

这周早些时候，我亲眼看着泽林斯基摆放这个货架，他非常仔细地按照颜色来分类摆放这些笔：黑色、蓝色和红色。阿尔夫完全无视我，所以我只好跪下去自己把那些笔给捡起来，把货架恢复到我们看见它时的样子。

1　在美国的小商店里这种“零钱自取”的模式普遍存在，有些顾客不想要零钱，就会把自己的分币放在托盘里，而有些购物时恰好需要一两分币的顾客则可以从托盘里取用付款。

在商店前面，泰勒和雷恩正在研究警报面板。那上面镶满了小灯和LED，但只有一处灯光是亮起的——一个小小的标记着“准备”的绿色灯泡。

泰勒看着我，得意地笑着说：“你还是觉得她换了密码吗?”

“也可能是个无声的警报。”我说，“它有可能现在就在叫警察。”

“有可能。”泰勒说，“但我不觉得。”

雷恩拉开他的帆布包拉链，从里面又拽出一只帆布包来——尺寸和颜色几乎都一模一样。他抖了抖包，然后猛地把它扯开了。随后他跨过工作台，带着两只包进到了柜台里面。

“收银机是空的。”我说道。可是雷恩完全不理我，我只好又转向泰勒，“你以前在这儿工作。你知道泽林斯基每天晚上都要把收银机清空的。他会去房屋互助协会[1]把现金都放在夜间储蓄箱里。”

泰勒从糖果架上拿了一根士力架，连着包装纸一起咬了下去，然后把嚼碎的纸吐在地板上：“放轻松。”

阿尔夫拽住我的肩膀，“我们走吧。”他对我耳语道，“我们已经拿到想要的东西了。”

“真的，走吧。”克拉克说道。他用T恤的下摆包裹住那只健全的手，但依然无法阻止冒出来的鲜血。他的鞋子旁边斑斑点点地滴落着小小的红点，“我的伤口有点严重。我需要一根绷带或者别的什么。你也一样，比利。你额头上全是血。”

我给了阿尔夫两本杂志：“你们想走的话就走吧。但我得留在这里。

1 房屋互助协会（Savings and Loan），提供储蓄服务及购房贷款的机构。

万一发生任何事情，都会是我们的错。”

“不会有什么事的。”阿尔夫说。

雷恩对准那些古董打火机挥动了铁撬棍。玻璃门裂开了，但并没有被打破。雷恩又打了三下才彻底把玻璃柜打碎。而后他放下铁撬棍，开始从柜台里把打火机弄出来，一个接一个把它们塞进了自己的背包里。我这才明白他到底为什么而来：打火机很好带走，在典当行和跳蚤市场上都很好出手，而且它们值七千五百美金或者更多。

“住手！”我喝止他，“你不能拿走那些东西。”

雷恩依旧对我不理不睬。我的声音在他耳朵里不过细如蚊哼。我又转向泰勒。他捡起了铁撬棍，在感受它的重量。这根棍子大约二十四或者三十英寸长，是急救员用来撬开被毁车辆车门的那种撬棍。我一步跨到泰勒面前，说道：“我不是来这里偷东西的。”

“我也不是。”泰勒说道。

他吃光了最后一块士力架，丢掉了包装纸。我蹲下去捡起来。泽林斯基总是叮嘱我和玛丽保持陈列室整洁，让我们捡起垃圾，收好苏打水罐子，丢掉我们的便笺纸。泰勒看我去捡包装纸，咧开嘴笑了：“别麻烦了。”

“为什么？”

“因为我还没吃完呢。”

他说着就用铁撬棍勾住了糖果架，把整个架子往前拉，上面所有的东西都撒了一地——口香糖、薄荷糖和巧克力如同雪崩一般全都砸在了我的鞋子上。阿尔夫和克拉克往后退了退，雷恩却连动都没动一下。他一直从柜台里往外拿打火机，就像在摘苹果。

“已经够了。”我说道，“我们走吧。”

可是泰勒才刚刚热身完。他像挥舞指挥棒一样舞动手里的铁撬棍，径直走向了摆放着所有打字机的过道。

“六个月前我在这里工作。”他说，“我拖地，我整理货架，我修理所有那些该死的存货。二楼的那个房间？我来这里的时候一片狼藉。是我规划了那个房间，是我建的那些货架。”

他用铁撬棍弯曲的尖端勾住了一台兄弟牌手提打字机的缝隙，猛地把它从货架上拉了下来。打字机在重重的撞击声中落地，泰勒从上面跨过去，继续朝下一台打字机下手，那是一台老式的奥利维蒂打字机：“我准时上班，干我的工作，那个傻逼居然把我解雇了。”

“你想从这里偷东西。”我说道。

“胡扯。”泰勒说道，“我一根针都没从这拿过。但我可以告诉你到底发生了什么，如果你真想知道的话。”

奥利维蒂打字机摔在了地板上，像个瓜一样裂得七零八落。中间部分完全毁掉了，露出了油腻腻黑乎乎的内部结构。泰勒看起来像疯了一样，我甚至怀疑他是不是吸毒吸过头了，因为他接下来说的话简直荒谬绝伦：“首先，玛丽·泽林斯基是我见过的性欲最旺盛的婊子。从我在这里工作的那天开始，她就无法把手从我身上挪开。每一次，只要她爸爸转过身去，她就立马在我身上蹭来蹭去。把她的小乳头压在我的脸上。只要我离开商店，她就会在市场大街上追着我跑，挂在我的胳膊上，好像我就是她的男朋友。”

他说着又打翻了另外三台打字机，它们统统摔在地板上，随即他又转向了放埃尔默胶水的架子——十二只贴着黄色商标的白色瓶子，像玩具士兵一样整齐地排列着。泰勒只是用铁撬棍挥了一下，它们就飞向了商店的另一端。在干这些事的同时，泰勒也一直在喋喋不休：“一个星期又一个星期，我都忍耐着她那些废话。我以为她总会厌倦的，她总会失去兴趣的。可是她完全没有失去兴趣，还越来越过分了！她给我写信和歌词。于是有一天，我就把话说明白了，我说，对不起，你永远也不可能是我的女朋友。这种事永远都不可能发生。就是在那时，她马上冲到了她爸爸面前，对她爸爸说我要偷打火机。然后那个傻逼就当场把我开了。”

说到这里，泰勒不再砸东西，开始专注于讲述自己的故事，并紧紧锁住我的目光确保我在注意听他说的话。我在所有该点头的地方点头，虽然心里知道这些话全都是鬼扯，就像他讲的关于费尔南德兹夫人的事以及在火车站屋顶上和女孩们做爱一样。

“听着，如果这还不算糟糕的话，”泰勒继续说道，“泽林斯基把这件事散布得全城都知道了，所以根本就没有人会再雇用我。很快我就付不起摩托车保险了，结果车还出了毛病。第二天，我向上帝发誓，泰克把我拦在路边，并且吊销了我的驾照。所以现在我没有工作，也没办法到处转了。全都是因为玛丽和她爸爸。所以这是我表达‘感谢’的小小方式，明白了吗?”

要是我回答说“明白”，那么这个晚上可能就会结束于此。我们会带着杂志和打火机回到屋顶，我们可以穿过桥，回家去。

然而我却说：“你全是在胡扯。”

泰勒非常震惊，狠狠地盯着我。可我就是没法控制自己。必须得有人说出“他全是在胡扯”这种话。他自己心里清楚，我清楚，所有认识玛丽的人都清楚。

“我？我满嘴胡扯?”

“玛丽绝对不会追你的。”我说道，“你根本配不上她。”

泰勒哼了一声：“你一点都不了解那个妞儿。”

“但我知道我该信谁。”我说道。

我说的话彻底激怒了他。泰勒将目标锁定在离自己最近的货架，像挥棒球棒一样挥动铁撬棍，打翻了墨水瓶和橡胶胶水。他一次次挥舞撬棍，目力所及之处没有任何物品得以幸免。他捣碎了计算器和收银机，把所有货品都扔到地上，用靴子使劲践踏。自始至终，他都是一路朝我冲过来。我背靠爱华音响，那是用来在店里放音乐的。我按下了卡座上的弹开键，把“所有你喜爱的八十年代爱情歌曲”塞了进去，然后就见鬼去吧！但是片刻之后音响就倒在了地上，泰勒用靴子的尖头狠狠踩上去，把它碾碎成一地的塑料碎片，就像把它活生生打死了一样。我不断告诉自己，等到早上一切都会好起来的——一切都会恢复原样——但是泰勒丝毫没有收手的迹象，我的自信正迅速下滑。他打翻了装满电池的旋转架，碾碎了好几打老花镜，在墙上乱戳乱划，打坏灯架，扯掉那些手写标签。要不是雷恩出面阻止，我怀疑他永远都不会停下来了。他表兄把两个粗呢背包全都挂在肩膀上——里面鼓鼓囊囊地塞满了古董打火机和香烟盒，拉链都拉不上了——他只是在泰勒的肩膀上拍了一下，泰勒就冷静了下来。雷恩连一个字也不用说，我们就全都明白了他的意思：够了。商店已经废了。该走了。

泰勒收了手，平复自己的呼吸。大搞破坏让他气喘吁吁：“出去的路上我们得把电脑砸了。”他说着转向了陈列室，“她爱死那些该死的东西了。”

我一个箭步挡到他面前：“不行。”

泰勒把铁撬棍收回来，举过头顶，给我一分钟时间改变主意：“滚开。”

我想夺下撬棍，但没有机会。泰勒用左膝给了我一下，把我撂倒在地。我跌坐在老花镜的碎片上，泰勒的铁撬棍也随之落了下来。它勾住了我身体的一侧，我的眼前一片空白，就像直视太阳一般。那种疼痛太尖锐也太突然，我几乎要吐出来。

我疼得在老花镜碎片上打滚，整个人缩成一团。要是我还有一丝气力能开口说话，肯定会央求泰勒不要再打我了。

他从我身上跨过去，朝陈列室走去。

阿尔夫和克拉克扶着我的胳膊帮我站起来，“我们出去吧。”阿尔夫小声说，“这家伙疯了。我们阻止不了他的。”

可我却摇了摇头。依然还有一个办法能够结束这一切。

“到屋顶去。”我说道，“能跑多快就跑多快。”

“那你呢?”克拉克问道。

“回家。从这里出去。”

说罢我一瘸一拐地走到商店前面，把手电筒对准了安世科的键盘区。大部分按键的意思都不太清楚，尤其还是在黑暗之中，但是有一个红色的按键标记着“紧急情况”，它的功能毫无疑问。警报声瞬间响起——又嘹亮又刺耳，就像救护车在耳边鸣笛一般。我用双手捂住耳朵，摔倒在一卷薄荷糖上，脸先着了地。

白色闪光灯每秒闪十次，把我的每一个举动都定格成怪异的慢动作。我停留了足够久的时间来拿一本《花花公子》——我不可能不拿杂志就离开——随后一瘸一拐地走向商店后面，避开毁掉的打字机，推回文件柜的抽屉。刺耳的警报持续地响着，我知道这声音肯定响彻市场大街。在经过陈列室时，我发现这策略起作用了。玛丽的64电脑得以幸免于难。泽林斯基的商店被毁了，但陈列室和所有的电脑全都完好无损。

我跳上楼梯，飞奔着穿过纸箱迷宫。来到屋顶后，警报的分贝似乎降下去一些，但是在原来的警报声之上又出现了新的警报——是警察的巡逻车正在靠近。威特布雷治警察局就在四个街区之外，他们眨眼的功夫就能到这里，一分钟都用不了。

我一路狂奔穿越屋顶，他们几个已经搭好了木板。泰勒就站在左宗棠餐厅的屋顶上，克拉克正慌慌张张地闯过那道裂缝。雷恩和阿尔夫都在自行车商店的屋顶上等着到对岸去。雷恩先把他的帆布包扔到对面——先扔了一个，再扔了另一个。帆布包重重地砸在左宗棠餐厅的屋顶上，里面的东西全都撒了出来，打火机和烟盒散落一地。施瓦辛格以疯狂的嚎叫回应了我们弄出的动静。

“快点!”泰勒喊道。

雷恩两步跳上木板。他的体重压得木板弯曲得特别厉害，而后咔嚓一声，木板断开，他直直地坠落下去，消失在黑暗之中，就像一块石头没入深井。片刻之后，在所有的警报声中，我听到了一声凄厉的惨叫，以及木板落地的细微声响。

24

```
2400 REM *** CAPTURED BY GUARDS ***
2410 FOR I=L1 TO L1+24
2420 POKE I,0:NEXT I
2430 POKE L1+24,47
2440 POKE L1+5,71:POKE L1+6,240
2450 POKE L1+4,22:POKE L1+1,36
2460 POKE L1,85
2470 FOR T=1 TO 250:NEXT T
2480 FOR T=15 TO 0 STEP -1
2490 POKE L1+24,INT (T):NEXT T:RETURN
]■
```
[1]

拍完照、录完指纹之后，泰克把我带到了一个付费电话旁边，然后给了我二十五美分，“只能打一个电话。”他说。

我的手腕上戴了手铐，所以在我笨手笨脚地往投币孔里塞硬币时，差点把这二十五美分掉在地上。我打到超市，是我妈妈的老板纳内特先生接的：“大食界。”

他的声音听起来很暴躁——纳内特先生的声音总是很暴躁——所以我瞬间失去了勇气，挂断了电话。

1　被守卫俘获的代码部分，运行后电脑屏幕无显示，代码于后台运行。

“怎么了?”泰克问道。

“我不需要打电话。”

他叹了口气，又从口袋里找出了二十五美分：“必须得有人来。爷爷呢？或者叔叔之类的?”

我摇了摇头：“我会把所有事情都告诉你的。我不需要任何人的帮助。”

他们帮我从屋顶上爬了下来，从那时起，我就一直试图解释整个状况。可是每一次我想要为自己的清白辩护时，泰克总是让我等一等，“我们很快就会让你做说明的。”他说，“万事都要有个正确的流程。”

我寄希望于要是我说清楚了自己这边的事情，就很有机会在妈妈结束工作之前回到家里。我没有偷东西，也没有损坏任何东西。阿尔夫和克拉克同样也没有。我们唯一的罪行就是买了一本色情杂志——封面上可是范娜·怀特啊，谁会为此责怪我们？其他事情只能怪到泰勒和雷恩头上。他们才是真正的坏蛋，更何况都是因为我勇敢地按下了警报器，他们才能被抓住。雷恩被救护车送去了医院，我们剩下的人则被不同的车运送到了警察局，然后被关在不同的小牢房里。我的大脑飞速运转，在等待泰克回来的时候一遍遍练习着要对他说的话。

当门终于被打开时，来的却是另外两个家伙，两个相貌平平的家伙。他们看上去一点也不像那种很吓人或者很有威信的警察。其中一个穿着巨人队的球衣，另一个人则穿着“会员专享”牌的夹克衫，身上缭绕着浓浓的烟草味，就像刚从星期五餐厅（T. G. I. Friday’s）的酒吧里跌出来一样。那个穿巨人球服的家伙正在说话，看都没看我一眼：“……我的车还在医院呢，是帕丁送我回来的。我们去了，但是太晚了，都已经过了半夜了。”

“你说的是林肯医院吧？”

“没错，就是27号那个。那地方特别空。我的野马是那个巨大停车场里唯一的车。帕丁把他的车停在旁边时，我看到引擎盖上有什么东西。原来是个小玻璃罐，就像婴儿食品罐，你知道吧？”

“在你车上？”

“千真万确。一个婴儿食品罐在我车的引擎盖上。所以我从帕丁的车上下来，准备把那个罐子挪走，你觉得里面会放了什么东西吗？”

夹克男嬉皮笑脸地说：“我只能猜到不是婴儿食品。”

“你还真他妈说对了，不是婴儿食品。”

“哦，不会吧。”

“是狗屎。很小的那种狗屎。就像一罐黑色的橄榄。”

“在你车的引擎盖上？”

“在我该死的野马引擎盖上。”

“上帝啊。这是什么概率啊？”

“这根本就不是概率不概率的问题！是有人故意放在那里的。有人收集狗屎，把它们放在婴儿食品罐里，还把这个罐子一路带到医院来，最后放在了我的野马引擎盖上。”

“金凯德？”

“他在我的短名单里。有他，还有那个不要脸的混球亚特·王。明天我要把罐子拿给法医，看看麦康奈尔能不能弄个复制品出来。”

这个家伙一边说话一边将脸转向我，他拿着一个灌满水的迪克西水杯，并且递给了我。我马上就喝了下去。

“谢谢。”我说道。

“是比利或者威尔吗？”他问我。

“呃?”

“你的朋友们叫你比利，但是泽林斯基叫你威尔。你到底是谁?”

“比利。”我答道。

“很好，比利。我是加利亚诺警探，不过你可以叫我但丁。我们都是这里的临时工。这是我的同伴胡珀。”

胡珀用两根手指冲我行了个礼，随后关上了门，陷进一把椅子里，把棒球帽的帽檐拉下来盖住自己的脸，看上去像是准备小憩片刻。

“你伤得太严重了。”但丁说着指了指我额头上的伤口，“疼吗?”

“不太疼。”

“要不要再喝点水?”

“不用了，谢谢。”

“你确定? 你刚刚那杯水喝得那么急。”

其实我还是很渴，“没问题的。”我说，“谢谢。”

他特别夸张地拿起杯子回到饮水冷却器旁边。他离开的时候，胡珀闭上了眼睛，长长地、深深地呼出一口气。我意识到我在商店里见过他，我在商店里见过他们两个人。他们是正经的警察，每天都到店里来拿免费的报纸，而且总拿洋基队[1]的事情嘲弄泽林斯基。

但丁又接了一杯水回来，我马上就一饮而尽。

“还要吗?”他问。

“他没事!”胡珀说着向我投来了冷漠而恼怒的目光，随后他说道，

1 洋基队，是美国职棒大联盟中隶属于美国联盟的棒球队伍之一。主场位于纽约的布朗斯区。在美国联盟的分区中，属于美联东区，且由于球队超过一百年的历史，故在美国体育历史中也拥有最多著名的历史事件。

“如果你们没问题的话，我想在日出之前回家。”

“不好意思。”但丁说道，“好吧，我们开始吧。”

他坐在了第三把椅子上，又瞬间蹦了起来，“操，我差点忘了。我猜这是你的。”他从屁股后面的口袋里掏出一本卷起来的《花花公子》，“你把它落在车里了。”

“那是范娜吗？”胡珀问道，随即坐了起来，伸手拿过了杂志，“霍华德·斯特恩念叨这些照片都好几个星期了。他说这些照片令人过目不忘。”

“那就让我们看看呗。”但丁说道，“不然你他妈还在等什么？”

胡珀把杂志放在了桌子正中间，这样我们所有人都能够一睹为快。他只犹豫了一下，就跟我们同流合污了。他翻开了图册，她就在那里了，美国甜心，身穿黑色贴身内衣站在一台敞开的冰箱前。她面对着相机，笑得格外羞涩，就好像我们三个人走进那间公寓，不动声色地抓住了她似的。胡珀翻过这一页，贴身内衣消失了，范娜滚到了她的床上，正对着电话讲悄悄话，同时抚弄着一只小猫。即使此时此刻的我正坐在凌晨三点钟的警察局里，这些照片仍旧让我无法呼吸。无论为了这些照片给自己找了多少麻烦，你依然想要争辩说这一切都是值得的。

“我不知道你们都怎么想。”但丁说道，“不过这玩意就是我所说的神迹了。你竟然能把那样一张脸安在一个身体上？还有那样的一双腿？那样的屁股？根本就没有别的词能形容了。这就是神迹。”

“我能对着这些照片看上一整晚。”胡珀表示赞同，随即转向了我，“不幸的是……”

“没错。”但丁叹了口气，“职责所在。”

他把杂志举到自己的嘴边，亲了范娜身上某些很私密的部位，而后就把杂志放到了桌子旁边：“让我们把她放在这里带给我们好运吧。等你走的时候可以把她一起带走。”

“好的。”我说道，而且我也感觉自己好多了。很显然这些家伙并不像我在电影《警探哈里》[1]或者《铁胆威龙》[2]里看到的警探那么可怕。相反，他们更像我在电视节目上看到的那种酷酷的很闲散的警探。他们更像《夏威夷神探》[3]。

胡珀从口袋里摸出一个微型的磁带录音器，“头儿要求我们必须一切严格按照规章办事。”他解释道，“希望你别介意。”

他说罢按下了录音键，把录音器放在了桌子中间：“在我们开始之前你想再给你妈妈打一个电话吗？”

我摇了摇头：“没关系的。”

“那你想打给其他人吗？在这种情况下，我们还是建议你有个成年人在身边。”

“不用，我很冷静。我正想告诉你们到底发生了什么事情。”

但丁让我陈述了自己的姓名、地址和生日。“很好。”他说，“你表现得不错，比利。现在呢，我们已经和阿尔弗雷德还有克拉克谈过了，所以我们基本清楚事情的来龙去脉了。但我们还是想听听你的说法。从头开始说，别漏掉任何东西。细节多多益善，好吗？”

我已经演练这个故事很多遍了，所以说得很轻松。我解释说我们只是为了范娜·怀特的照片去的，原本计划神不知鬼不觉地拿到杂志，然而

---

1 《警探哈里》是由华纳兄弟公司出品的动作片，影片讲述哈里不计一切代价誓将凶手绳之以法的故事。

2 《铁胆威龙》是由史泰龙等人主演的一部动作片。影片讲述了绰号“眼镜蛇”的侦探比提疲于奔命的故事。

3 《夏威夷神探》是一部美国犯罪片电视剧，由汤姆·塞立克主演，于 1980 年 12 月 11 日至 1988 年 5 月 8 日在哥伦比亚广播公司首播，共八季。

泰勒和雷恩却搞砸了这一切。但丁聚精会神地听着，但是胡珀的帽檐却耷拉在眼皮上，我猜他已经睡着了。我一直说到从泽林斯基商店逃跑的情形，还有那块木板的意外断裂。随后我问了问雷恩的情况。

“ICU，”但丁答道，“脊柱损伤。”

“严重吗？”

我不知道自己为什么这么问。因为我分明知道脊柱损伤很严重。

“相当严重，没错。”

胡珀站了起来，调整了一下帽子：“听着，我们差不多结束了。我只需要再确定一些细节。”

“以防上司问起来。”但丁插嘴。

“当然，”我答道，“我明白。”

“第一个问题，”胡珀问道，“你怎么弄到警报密码的？”

“我看见玛丽用的。”

“玛丽·泽林斯基？”

“是的。”

“你怎么认识她的？”

“她是我的朋友。”

“你们成为朋友多久了？”

“差不多三个星期？”

“你怎么认识她的？”

“在商店里。”

“你为什么在商店？”

“我在买东西。”

胡珀从他的屁股口袋里掏出一个小小的便笺本。我立刻认出那是店里的本子，是那种巴掌大小的微型线圈本。泽林斯基属于跟风出售，就摆在收银机旁边，二十五美分一本。“我现在要念一下你的朋友阿尔夫跟我说的话。”胡珀说道，“告诉我是否正确，‘泰勒说我们当中必须有个人去跟玛丽套近乎，把密码弄到手。泰勒想让克拉克出马，但克拉克拒绝了。他觉得这太下流了。但是比利说他来负责。他说他来讨好玛丽。如果他不得不这样做的话，他可以从她那儿把密码套出来。’”

“我并不是那个意思。”我说。

“但是你这么说了？”胡珀问道。

“我们当时都是在胡言乱语。”

“你调戏她了吗？”

“没有。”

“你们去看电影了吗？”

“这个，去了……但那是她的主意。”

“你亲她了吗？”

“一次。”我承认。

“为了得到密码。”胡珀接着说。

“不是的。”我否认。

“那是为什么？”

我盯着自己的膝盖，不知如何作答。

“你喜欢那姑娘吗？你想当她的男朋友？”

我想到玛丽把我赶走的情形。想到她说“我是像喜欢一个朋友那样喜欢你”时脸上令人生厌的表情。我的羞耻感仍旧像被撕开的伤口一样新鲜。我从来没有对任何人提起那个夜晚，那本该是我带到坟墓里去的令人羞愧的秘密。

“不。”我答道，做出觉得这种说法非常可笑的样子。

“那你为什么要亲她?”

“我不知道。”

“你看，我们已经很明确了。”但丁插话进来，“你是在玩弄那个胖姑娘，我说的对吗?”见我没有否认，他又继续说道，“在我上高中的时候，有这么一个女孩——大块头爱丽丝，我们都这么叫她。真是个大块头姑娘！长得像个大水牛似的。我们总是把奶骨头牌儿狗饼干放到她的储物柜里。我们并不是想做无耻之徒！也并非想伤害她的感情。我们之所以这么做，是因为别人也这么做，你明白吗？只是为了找乐子。”

他的故事对我来说一点也不好笑——反而很残酷——但我还是点头了。但丁和胡珀已经如此和善，要是不点头的话就显得太粗鲁了。

“我们得把这个回答记录在案。”胡珀解释道，“我知道这些问题让你为难，但你必须诚实回答。你喜欢这个姑娘吗?”

“不喜欢。”

“你被她吸引了吗？你是否曾经被她吸引过呢？你觉得她漂亮吗?”

“不觉得。”

“诚实点，比利。”

“不觉得。”

“那你为什么亲她?”

我没办法告诉他真相。我不会告诉任何人真相。真相太令人尴尬了。

“我是为了密码才那么干的。”我说道，“我想诱使她说出密码。”

“很好。”胡珀说道。

“但我并不想洗劫商店。全都是泰勒和雷恩干的。”

他们已经不再听我说话了。胡珀按下了录音器的停止键，把它从桌上拿开了。但丁打开了门，胡珀紧随其后出去了。

“我能出去了吗?”我冲他们身后喊道。我猜已经快天亮了，我急于在妈妈换班之前回到家。我仍然觉得只要动作够快的话，就能让她对整件事毫不知情：“我还要等多久?”

胡珀转过身来看着我，他的态度整个都变了。他不再无精打采，也不再昏昏欲睡，目光充满警觉，一瞬间就进入了公事公办的状态，“这要由法官来决定了。”他说道，“我们现在说的是夜间盗窃，非法入室行窃，蓄意破坏损毁财物。我猜可能要三个月，但是要我说实话吗？我希望更久。”

“希望我被关更久？你是在生我的气吗?”

但丁径直朝我走来，身体前倾，探过桌子，用掌心把我的纸杯捏成了一张纸片。他离我是那么近，我能闻到他呼吸中的咖啡味，能看到他胡须里的汗水，“任何一个白痴都可以对打字机挥动铁撬棍，这就是为什么商店要上保险。但是你对这个家庭做的事情却没有任何保险可以补偿。他们一辈子都要为你们的行为买单。尤其是我的侄女。你知道她妈妈两年前去世了吗？因为胃癌？你知道亲眼看着你的妈妈死于癌症是什么感受吗？你这坨愚蠢的狗屎。”

我的膝盖不自觉颤抖起来：“我想给我妈妈打电话。”

“妈咪现在可帮不了你了。”但丁说道。

胡珀举起了他的录音器：“你完蛋了。”

说完他们离开房间，锁上了门。

25

```
2500 REM *** RESET SCORE TO ZERO ***
2510 SCORE=0
2520 LIVES=LIVES－1
2530 IF LIVES=0 THEN 3400
2540 PRINT "{CLR}{5 CSR DWN}"
2550 PRINT "YOUR SCORE IS ZERO."
2560 PRINT "HIT ANY KEY TO TRY AGAIN."
2570 GET A$
2580 IF A$="" THEN 2570
2590 RETURN[1]
]■
```

这个夜晚剩下的时间里，我都在等着但丁和胡珀回来，可我再也没能见到他们。我就和范娜·怀特一起被关在屋子里。

说到底，还是我一个人。

我把杂志面朝下翻过去，真希望但丁把它忘在了警车后座上。此时此刻，这本杂志让我痛苦不堪，我无法忍受它的存在。这个小小的屋子里根本就没有任何可以藏东西的地方。于是我站了起来，把杂志挪到椅子上，而后一屁股坐在了杂志上。

1　本段代码用来重置分数为 0，运行后电脑屏幕显示“你的分数为 0，点击任意键再来一次吧”。

坐得累了，我就在房间里来回走动。我知道自己陷入了麻烦，并且因为说谎，让情况变得更加糟糕。但我又如何能够讲出实情来呢。我喜欢玛丽，也恨着玛丽。她是我认识的人里最酷的一个，可是在引导我不断往前这件事上她又是个彻头彻尾的贱人。我觉得自己干的这一切太可怕了，但同时又很高兴用这种方式伤害到了她。所有这些感觉都像湿漉漉的鞋带一样绞缠在一起，根本就解不开。

后来我实在是太累了，就把脑袋搁在桌子上休息，（让我自己惊讶的是）居然睡着了。泰克开门的时候我一点儿也没听见，我压根就没有意识到有人和我共处一室，直到泰克的手按在了我的肩膀上，把我摇醒。

我睁开眼睛，泽林斯基就站在几步之外。他的脸被汗水浸得油腻腻的，额前的静脉疯了般跳动着。我醒来之后，反而跌入噩梦。我往后仰去，可椅子是固定在地上的，根本无法挪动。

他的声音在颤抖，“我想要我的磁带。”他说，“它不在音响里。不在店里。你的朋友手上也没有。所以你这个该死的家伙最好知道它在哪儿。”

我意识到他说的是那盘混合磁带——所有你喜爱的八十年代爱情歌曲。我竟然都忘了磁带还在我的口袋里。“我帮你救出了它。”我解释道，“我看见泰勒要朝音响去，我就先把磁带抓出来了。”我把磁带放在桌子上，泽林斯基一把抓了过去，仔仔细细检查了一遍，确定有没有任何损坏之处。片刻之后，他似乎被妻子写得特别漂亮的温柔封面治愈了：**你知道我爱你，不是吗？你让我梦想成真。**

随后他转向泰克。

“对这个你一定要最最严格。”他说，“用尽办法，严惩不贷。把他送到那些可怕的地方去。”

泰克低声回答道：“如果我们惩罚比利，我们就得惩罚所有人。我们不能只挑一个人来让他负责任。”

“但你知道他就是罪魁祸首。”泽林斯基说。

“这得由法官来决定。”泰克说道。

我意识到泽林斯基对整件事根本毫无头绪。他并没有听过我的陈述，所以才不知为什么觉得我是罪魁祸首。

“我没有弄坏任何东西。”我说道。

“闭嘴。”泰克制止我。

“我也没有偷任何东西。是那些家伙们——”

“闭嘴。”泰克又重复了一遍，“什么都别说。”

“但我不是罪魁祸首——”

泽林斯基充血的双眼直直地盯向我。他深更半夜在自家房子里醒来，身上穿的还是睡觉时的内衣，脖子上挂着银链子，最底端坠着一只精美的女式婚戒，像个装饰品。

“你当然是罪魁祸首。”他说，“都是你的错，是你把他们放进了商店。”

“对不起。”我说道，“我为发生的一切道歉。”

“你道歉只是因为你们被抓到了。”泽林斯基说道，“他们已经告诉了我一切。告诉了我你是怎样计划这些事的。欺骗玛丽，让她说出密码。而我竟然被你愚弄了。我们两个全都被你愚弄了。你的演技可真他妈的好。但你不知道的是，玛丽很快就把你耍了回去。整个这段时间。可你太蠢了，根本就看不出来。”

他说这句话的时候心满意足，就好像——在这荒谬而漫长的夜晚结束之际——是他笑到了最后。

“我不明白。”我说道。

“我知道你当然不明白。”他说，“你永远也不会明白的。”

我想问问他到底是什么意思，可他已经离开了。泰克跟着他一道出去，并且关上了门。这些全都没有意义。玛丽一直都是在耍我？他为什么单单认定是我？那些偷了打火机和香烟的家伙呢？或者说那个砸碎了所有打字机的家伙呢？

可我并没有太多时间来考虑这些。仅仅几分钟之后，泰克就回到了我的房间，这一次是陪着我妈一起来的。她穿着那身大食界的白色制服，满手抓着舒洁面巾纸，脸和脖子上全都是疹子，就像过敏了似的。

“你怎么知道我在这儿的？”我问道。

“布来茨基维茨警官给我打的电话。”她答道。我想了一会儿才明白过来她说的是泰克贝利，“他说你太害怕了，没办法自己面对。”

“站起来。”泰克开口道，“把手腕露出来。”

我伸出双臂，他解开了手铐。

妈妈深吸一口气：“泽林斯基先生撤销了指控。对你们所有人。”她用极低的声音说出这些话，仿佛怕大声说话就会给自己带来厄运。

“但是要满足两个条件。”泰克补充道，“第一条，你绝对不能靠近商店。你要远离左宗棠餐厅，远离火车站，远离电影院。要是让我在市场大街的任何角落看见你，就会以骚扰罪逮捕你，把你带回到这里。”

“没问题。”我答应道。

“我需要你自己说出来。”泰克提出，“看着我的眼睛，大声说出来。”

于是我直视他的双眼，大声说道：“我会远离市场大街。”

“第二条，你得远离玛丽。你不能给她打电话，不能和她说话。要是你在威特布雷治商场看见她，就得马上绕道，迅速跑开，明白了吗？”

“我想道歉。”我说道。

“哦，那可真是太周到了。”泰克说道，“突然间你就开始考虑她的感受了？好吧，忘掉这件事吧。你没有道歉的必要。你已经打扰她太久了。往前走，骚扰别人去吧。”

“他明白的。”妈妈说着把她硬邦邦的手心放在了我的胳膊肘上，“告诉他，比利。”

我低下头去看她的手，那些红色的疹子已经扩散到了胳膊上。我觉得她整个人的重量都压在了我身上，仿佛马上就要摔倒了似的。

“我会离玛丽远远的。”我表示认同，“我绝对绝对不会再跟她说话了。”

黎明时分我们离开了警察局。市场大街空无一人。远处的地平线上，太阳正从火车站背后冉冉升起，天空布满了粉色和橘色的光线。我并没有看到阿尔夫和克拉克，或者他们的父母。我很想问问他们的情况，却一个字也不敢说，只能一言不发坐进了车里。

回家路上妈妈一直在哭。车在波罗的海大道上开了一半时，她实在是太难过了，不得不在路边停了车。我开口说自己非常抱歉，她则用钱包打了我的胳膊。

进门以后，妈妈让我坐在沙发上。我说我想回床上去。“我们还没完事呢。”她说，“你和我，我们的谈话还没有开始。”

于是我就坐在了沙发上。她拿着一包舒洁纸巾坐在了我的对面，同时深吸了一口气：“布来茨基维茨警官打电话到店里找我时，我根本就不相信他。我以为他说的是另一个比利·马尔文，是另一个重名的男孩。在去警察局的路上，我真的在家门口停了车。我丝毫不怀疑会在床上看到睡着的你。可我去了你的房间，你不在。你的床是空的。而后我就看见了这一切。”

她拉开钱包，掏出一张折起来的纸条。我意识到这张纸条来自今天早上，如今看来，却像来自百万年前一样。我肯定是在跑去商场之前给落在桌子上了。那张纸上疯狂地涂满了“肥婆”和“他妈的死肥婆”，一遍又一遍。

“这不是我所希望的我们俩的生活。”妈妈说道，“我希望我有更多的钱。我希望我有一份更好的工作。见鬼，我希望你爸爸没有离开我们。但我从不抱怨，比利，你知道为什么吗？因为有更多的人过着更糟糕的生活。我们活着。我们健康，我们能干，我们还过得去。而促使我坚持下去的最重要的动力，就是你。你的成绩让我快疯了，你是在浪费你的潜力，可我一直都知道你是个好孩子，心眼很好，这一点支撑着我。”她又看了一眼那张皱巴巴的纸——“肥婆”“他妈的死肥婆”，“但现在我才意识到，我一点也不了解你。”她的声音顿住了，双手捂住脸庞，深深地、重重地吸了口气，泪水也顺着脸颊滑落，“我对那个女孩到我们家来那么欢迎。你把我也变成了这个可怕计划的一部分。你怎么可以这样？”

有太多太多的东西都是一个十几岁男孩不会告诉他们妈妈的。随着我们日渐长大，藏着不说的事情也会日渐增多，那些事情太难以开口，而且解释起来太过尴尬。我们这样做也是为了像保护自己一样保护我们的妈妈，因为，就让我们面对现实吧——我们的大多数想法都是她们根本无法接受的。

那天早上，是我最后一次对妈妈完完全全坦白一切。我说了整整一个小时。我告诉了她一切。要说出实情真的很困难，但每一个细节似乎都能让她恢复过来一点，即使是那些最尴尬的细节——尤其是那些最尴尬的部分。要我承认那些东西简直就像杀了我，可我说得越多，她看起来就越是好过一些。她不再哭泣，放下了舒洁纸巾，那些红色的疹子也慢慢从她的脖子上消退下去。我的解释看来相当充分，因为她完全没有打断我问我些什么。她就这样坐在原地，听我说，在我说完的时候点了点头。

突然间她站了起来，走进了厨房。不一会儿她拿着一条毛巾、一碗温水和一个急救箱回来了。她挨着我坐在了沙发上，把毛巾按在我的额头上，笨手笨脚地打开了一瓶双氧水，“这个伤口还挺严重的。”她说道，我这才意识到我几乎忘了额头上的划伤，“闭会儿眼睛，好不好？往后靠着坐。”

我妈妈是处理擦伤的专家。她常常跟我说起，在我不期而至闯入她的生活前，她原本是打算上护士学校的。她拿一个湿棉球在我的额头上轻轻擦拭，我则强忍住前所未有的疼痛。而后她温柔地在伤口上吹气，并且打开了一卷新的绷带，“我想我可能只有一个问题。”她说道，“只有一件事，我始终不太明白。”

“什么事?”我问道。

“为什么你现在没有在监狱里?”她说，“泽林斯基为什么让你走了?”

事实是，我也不知道。

26

```
2610 REM *** CLEAR MEMORY ***
2620 PRINT "{CLR}{2 CSR DWN}"
2630 PRINT "JUST A MOMENT... "
2640 SYS 49608
2650 IFINT (S/43) =S/43 THEN POKE WB,20
2660 POKE HB,PEEK (SP+1)
2670 POKE WB,21
2680 IF NB (.) =. THEN 4000
2690 GOTO 4500[1]
]■
```

整个星期天我都是睡过去的，等我终于睁开眼，已经是周一早上了。我的64电脑不翼而飞，磁盘驱动器、手柄和操作杆，全部的游戏和书，甚至是插电板——所有东西都被清理得一干二净。

妈妈在厨房里，她跟我说早上好，同时递给我一杯橙汁。我问她电脑的事情，她解释说是在报纸的分类广告栏上投了代售广告，卖来的钱会给泽林斯基用来支付他的保险所不能涵盖的损失部分："我们也要在后院卖些旧物。每分钱都会有帮助。要不是我得开车上班的话，我会把

1　本段代码用来清空内存，运行后电脑屏幕显示"请等待……"。

车也卖了。”

当我出门去上学时，阿尔夫和克拉克正等在我家门口。阿尔夫脸上有擦伤，他解释说他爸爸在警察局的停车场就开始揍他了。

我为按下了警报而道歉：“我并不是想让我们几个被抓到。但我真的不能让泰勒把陈列室给毁了。”

我本以为阿尔夫会发脾气，可他仅仅耸了耸肩，“无论你按不按警报，那块木板都会断掉，”他说，“我就是很庆幸当时站在上面的不是我。”

“再说了，你是泽林斯基放弃追究我们的原因。”克拉克补充道，“要不是他那么喜欢你，我们现在可全都在监狱里了。”

我摇了摇头：“泽林斯基不是因为我放弃追责的。”我依然记得他在警察局里说的那番话：**对这个你一定要最最严格。用尽办法，严惩不贷。**

“他肯定是有什么原因的。”阿尔夫说，“我叔叔说了，如果不正式起诉，是拿不到保险金的。”

“所以呢?”

“所以他得自己掏腰包来支付这些损失。放走我们会让他花上一大笔钱。他为什么要这样做呢?”

我试图想象全部的修理费用——所有损坏的货架，所有被毁掉的存货——我的肚子里翻江倒海，仿佛又重新回到了警察局，“我不知道。”我说道。我整个周末都在琢磨泽林斯基的决定，但依旧没什么头绪。

我们跨上自行车，缓缓骑过波罗的海大道。左邻右舍在我们经过时直勾勾地盯着我们看，关于我们的新闻显然已经散播开来，我开始害怕回到学校了。我问阿尔夫他打算怎么面对同学，怎么处理欠他们的钱。

“这是唯一的好消息。”阿尔夫伸脚在地上滑着让自行车停下，而后给我看了他书包里的东西。里面装着数百张高级光面纸印刷的照片，全都装订整理得整整齐齐，“我的吉吉奶奶为我的遭遇感到难过，所以她去了7－11，买下了他们最后一本《花花公子》。我实在不知道她究竟是忘吃药了，还是真的那么酷。”

阿尔夫或许是解决了他所有的欠债，但我们回到学校的第一天绝对是个灾难。当我走进教室时，就发现我的桌子上用黑色墨水涂鸦了一个线条状的范娜·怀特，特别淫秽。其他人哄堂大笑，嘴巴里喷出“失败者”“堕落者”这样的词。女孩们的表现则更过分，她们纷纷嫌恶地远离我，就好像我的鞋子上沾满了狗屎。我在相对被无视的状态中度过了新学期的大部分时间，可最终我还是让自己出名了。

唯一直接提到了闯店事件的人是校长，希伯先生。他就站在办公室门口，在我从他身边经过时，警告我要“保持正直”。他解释说有犯罪记录的学生是没有资格去克斯麦克斯工厂的，“北方监狱的大门已经打开了一扇。”他说道，“你听过这种说法吗？你明白这句话的意思吗？”

“没人想要雇用一个罪犯？”我猜道。

“完全正确！”真是仅有的一次，希伯先生似乎对我很满意，“别搞砸了这次机会，比利。我在一公里之外就能识别出一个好孩子，我知道你是个好孩子。”

这是我一整天唯一一次与人类的积极接触。我很惊讶，也很感激，于是我开口问他能否在他的办公室里私下聊一聊。“当然可以！”他答道，我觉得他是希望我透漏些泽林斯基商店的秘密信息。但这并不是我要做的，我径直走到了他的办公桌后，拉过电脑后面的连接线，通过光驱末端连接上了打印机。随后我让他按下F3键，当学校名录的第一页从打印机里卷着被打印出来时，他看着眼前的一切，异常震惊。

“你怎么会弄这个的？”他问道。

我耸了耸肩：“就是感觉。”

“更像一种天赋，如果你问我的话。”希伯拽住了我的手腕，非要研究我的手掌，“你是个天生的修理工！你的手多好啊！这就是所谓的天赋，比利。克斯麦克斯会把你的天赋运用到工作中去，我可以保证。”

这一整天我都在避开自己的储物柜，因为我很怕遇到泰勒·贝尔。我害怕他对我进行一些疯狂的报复。然而吃午饭的时候，阿尔夫和克拉克说我压根没必要担心，因为泰勒在还有三个星期就要毕业时退学去参军了，他加入的是美国陆军。“他们把他派去了班宁堡[1]，”阿尔夫解释道，“距离你下次在威特布雷治附近看见他还有好长时间呢。”

我终于松了口气，吃完饭就去了自己的储物柜跟前。一打开柜门，我就看见一张黑色的麦斯威尔磁盘躺在我的东西上面。我当即认出了它来。标签上写着“堡垒备份”，是玛丽潦草而稚拙的手写字迹。在截止日当天晚上，我们把原件寄给了罗格斯大学的竞赛组，留下备份放在商店里。我把磁盘检查了一遍想找些留言，比如某种解释，但一个字也没有。随后我意识到我是在同什么人打交道，于是就带着磁盘去了图书馆。

那台孤零零的电脑终端上没有人，于是我插入软盘，加载目录。只有两个文件夹，一个是游戏的庞大备份，还有一个小文件夹，命名为“再见”。我把“再见”加载到电脑里，按下了运行键。乍一看上去，似乎就是另一个文字冒险游戏，就像玛丽之前给过我的另外两款小游戏。

1　班宁堡，又译为本宁堡，美国陆军的训练基地，在乔治亚州马斯科吉郡哥伦布与查塔胡其郡，以及阿拉巴马州拉塞尔郡分别设有不同的训练中心。创建于 1918 年，它是个自给自足的军事社区。

他们告诉我你都干了什么，比利，我无法相信这是真的。但他们说你什么都承认了，你承认了所有的一切。

《不可能的堡垒》不过是个借口。

激进星球不过是个骗局。

这个计划只不过是为了戏耍这个胖妞，让这个胖妞相信她是好看的。好吧，我不得不承认，它奏效了。这个胖妞被耍了。

光标不断闪烁，提示我键入回复。

> 对不起

但我知道，这只不过是个装模作样的提示罢了，它根本不在乎我输入什么，根本就不可能赢得或输掉这场游戏。更多文字沿着屏幕一泻而下。

我不敢相信我竟然如此信任你。

我对你说了那么多从来不曾跟任何人说过的事情。

猜猜看怎么回事，天才？如果你直接开口问我警报密码，我恐怕早就告诉你了。因为我想让你知道这个密码背后的故事。十月二号是我妈妈的生日，所以 10－02 是我的幸运数字。

可现在，这个数字成了我的灾难，和其他所有事情一样。

光标再次提示我键入回复，又一个形同虚设的提示。这一次我没有键入任何东西，仅仅按下了回车键。

所以我要做的就是遗忘。这就是那些大人们不断告诉我的，“不要再浪费任何一分钟去想这个诡计。”我知道他们是对的。我只是不知道自己怎么会错得这么离谱。

幸运的是，陈列室里并没有太多让我能想起你的东西来。只有一些笔记和磁盘备份，我已经全毁掉了。这是我们一起做的游戏复制的最后一份。我真希望所有的错误都能如此轻而易举地被抹去。

就在我读这些字的时候，光驱里的马达开始运行，这熟悉的声音通常意味着电脑正在加载更多字节。但紧接着光驱里就发出了剧烈的咔嗒声——这是磁盘被格式化，彻底清除干净的声音。我退出磁盘，游戏中断于 DOS 错误格式。我以为自己已经足够快了，可是再检查目录时，里面空空如也，存储里没有任何文件。

《不可能的堡垒》消失了。

27

```
2700 REM ***  DRAW NEW HERO ***
2710 FOR X=0 TO 62
2720 READ A
2730 POKE 12544+X,A
2740 NEXT A
2750 POKE 2040,192
2760 POKE V+21,1
2770 POKE V+39,1
2780 POKE V+0,180:POKE V+1,120
2790 RETURN[1]
]■
```

那天下午，我回到班里，决定重新开始。既然我的未来里已经没有了编程，那么我就能自然而然地全神贯注于自己的功课。我下决心要以高分结束这个学年。我将会在期末考出好成绩，交给妈妈一份足以贴在冰箱上的成绩单。我走进了岩石和溪流课堂，在前排找了个座位。我打开笔记本，在页眉处写下了日期。赛德尔太太教给我们五种不同的火成岩：花岗岩、闪长岩、辉长岩、橄榄岩和伟晶岩，我听得格外认真。

过了一分钟左右，我翻到了另一页，开始给玛丽写信。

1　本段代码用来生成新的英雄，运行后电脑屏幕无显示，代码于后台运行。

罪恶感悄然出现，分散了我的注意力。我没办法不去想自己究竟干了些什么——或者说玛丽以为我干了什么。我需要她知道真相。《不可能的堡垒》并不是个借口。激进星球也并非诡计。一切都是真的，所有的一切都是。

整个下午我都坐在教室里，把心里的想法付诸笔端，草拟要寄给玛丽的信。过去我从不认为有什么事比编写机械语言更加困难，但我错了。一遍又一遍，我把纸揉成球，丢在一边。过了一会儿，我的思绪又回到了玛丽身上，便又接着写了起来。

放学铃声在两点四十五响起，而我依然对自己的信不满意，不过它真的已经足够好了。我飞快冲出自然课教室，飞奔过长廊，穿梭在从教室里拥出来的学生当中，他们相互推搡冲撞，准备好回家去。每个人都有春困症，然而这学期还有两周才能结束。我在走廊上能够感觉到某种炸开的能量，正在生长的重压，仿佛学校再也装不下我们似的。

我看到阿什利·爱普怀特正站在她的储物柜前。阿什利·爱普怀特，九年级的模范生，私人俱乐部的财务主管，学生报的副主编，学校负责人的女儿，玛丽·泽林斯基的邻居。她正和三个女同学在聊天，她们都看见我走了过去，于是不再说话。

“你想干吗?”她问道。

我举起了《不可能的堡垒》那张软盘：“我拿到你的信息了。”

“这应该是什么游戏吧。”她说道，“你最好把它放进电脑里。”说罢她又转向了她的同伴，我不得不打断她们的谈话。

“我知道这是什么。”我说道，“我需要回一封信。”

我拿出了我的信来，是一张折起来的纸，用胶布贴了起来。阿什利向后跳开，好像我拿的是什么放射性物质一样。

“没门儿。”她一口回绝，“玛丽可不想再和你有任何瓜葛。”

说罢她再一次转向她的同伴，而我也再一次打断了她们。“拜托了，”我恳求道，“这很重要。”

其他女生全都深吸一口气，又叹了口气。她们全都是我们学校九年级的核心成员，而我是在挑战她们的耐心。阿什利从我的指间夺走信件，将它撕成两半，接着是四片，八片，十六片。她把纸片摔回我的脸上，爆炸般的纸片迅速粘在了我的脑袋和肩膀上。瞬间我们就吸引了走廊里所有人的目光。

“离她远点儿。”她说道，“玛丽不想从你这里听到一个字。要是你再给我另一张纸条的话，我会直接拿到警察局去。”

28

```
2800 REM*** START BONUS LEVEL ***
2810 PRINT "{CLR}{12 CSR DWN}"
2820 PRINT "{5 SPACES}YOU HAVE ENTERED"
2830 PRINT "{6 SPACES}THE BONUS ROUND."
2840 PRINT "{5 SPACES}FATE HAS GIVEN YOU"
2850 PRINT "{7 SPACES}ONE LAST CHANCE."
2860 PRINT "{2 CSR DWN}"
2870 PRINT "{5 SPACES}DON'T SCREW IT UP!"
2880 FOR DELAY=1 TO 1000:NEXT DELAY
2890 RETURN[1]
]■
```

这天晚上，我把纸片重新拼合起来，然后把信抄写到了一张干净的纸上。之后的几天里我一直都把这封信带在身上，试图想出把它递给玛丽的方法。

“信里说了什么?”阿尔夫一直在问。

“跟你无关。”我这么对他说。

这大概是在我们被逮捕后的一周，我们在同学当中的恶名也几乎被

1　本段代码用来开始奖励等级，运行后电脑屏幕显示“你已经进入奖励环节。命运给了你最后一次机会。千万不要搞砸了”!

淡忘。现在每个人都在讨论那些被抓了现行的是高年级学生，他们在图书馆里对着《世界百科全书》的K卷手淫。（“为什么是K卷?”阿尔夫一直在高声追问，“K卷里边到底有什么好东西?”）

我和阿尔夫还有克拉克在我们的小桌子边，吃完了我们的碎肉汉堡和炸薯条，就在自助餐厅的最后面。距离我们二十英尺以内没坐一个人，就好像我们身上变态的失败者基因会传染似的。我一直盯着信封，在手里翻来覆去，试图为我的困境找到解决方法。

“你不能用在线信息服务发给她吗?”克拉克问道，“就是用电子邮件那种?”

“我妈把电脑给卖了。”我提醒他。

“那就邮寄。”他又说，“空出回信地址，寄到商店去。”

“她爸爸会拦截的。”我说道，“我得确定玛丽能收到。”

“为什么？信上到底写了什么?”阿尔夫又问。

“跟你无关。”我答道。

几分钟后，我犯了个错误，就是环视了一下自助餐厅，在一张张桌子上寻找什么人，任何人，只要是能够帮我的人。就在我转过身去的时候，阿尔夫的手伸过餐盘，抓走了信封。我差点从桌子下面钻过去想抢回来。唯一阻止了我的是希伯先生的出现，他很严肃，站在自助餐厅的入口处，骄傲地巡视他的领地。

“还给我。”我警告阿尔夫。

“放轻松。我不会打开的，我保证。我只会运用我的灵力，好吧?”

“什么意思?”我不解。

他举起信封贴在脑门上，就像了不起的卡纳克，那个约翰尼·卡森在《今夜秀》里扮演的通灵骗子。

“你他妈的在干嘛？”我问道。

他闭上眼睛，装出全神贯注的样子：“我感受到了对不起这三个字。非常强烈。这是封道歉信吗？”

我明白拿回信来的最简单的方法就是配合这个愚蠢的游戏：“没错。”

阿尔夫闭上眼睛，又开始了他的神秘表演。他真是个糟糕的演员，他试图集中精力，但看上去却像是便秘：“你为发生的一切感到难过。”

“没错。”

“因为我们打劫了商店？”

“没错。”

“我们毁掉了所有东西？”

“没错。”

“而现在，玛丽恨你。”

“没错。”

“她爸爸也憎恨你。”

“没错。”

“而你喜欢这个姑娘。”

“闭嘴。”我制止他。

“你喜欢这个姑娘，”阿尔夫更加自信地重复了一遍，“这很酷，比利。我都是从这封信里看见的。你从来没想过要弄到警报密码。你之所以围着商店打转都是因为你确实喜欢玛丽。”

听到阿尔夫说出真相我万分惊讶，甚至都没打算否认这一切。

克拉克的眼睛睁得大大的，“等一下，不会是真的吧？”

我耸了耸肩膀：“我不知道。也许吧。”

“也许？”

“绝对的。”阿尔夫坚称，“承认吧，比利。别再装傻了。太明显了。”

“好吧好吧，”我说道，“是真的。”

“可她并不知道!”克拉克说道。

“没错。”

“你告诉警察这些都是你装出来的!”

“没错。”

“我的上帝啊!”克拉克说着跌坐在椅子上，爪子举到额前，被这个新闻震惊了，“这样的话一切就都不同了啊，比利！你为什么不早点告诉我们呢?”

“就是啊!”阿尔夫说道，“要是你跟我们说的话，我们还能帮到你。”

“你们已经帮了我很多了。”我说道，“多谢你们这两个家伙，玛丽和她爸爸恨我恨到了骨头里，他们觉得我就是个超级大混蛋。”我格外强调了超级大混蛋几个字，但却强烈地渴望着某种心安。我真的很需要朋友们来告诉我，这些事情并没有看起来那么糟。

“我猜你是对的。”克拉克说。

“谢谢。”我说着推开了餐盘，完全失去了胃口，“有人想吃我这份吗?”

阿尔夫从我的餐盘里抓了满满一把炸薯条，慢条斯理地蘸上番茄酱，“听着，我们可以挽回这一切。”他说道，“这封信可以把所有事情都说清楚。我们只需要确定玛丽能收到这封信就行了。”

他提出了一个个大相径庭的方法，但没有哪个真正有价值。我不可能去玛丽家。法律禁止我靠近商店周围任何地方。我也不可能指望任何同学来帮忙。我甚至都不被允许出现在市场大街上。

就在我们考虑所有这些不同的方法时，克拉克一直在沉默。他只是若有所思地嚼着碎牛肉饼，仿佛在琢磨什么主意，“有一件你能做的事情。”他终于开口了，“非常冒险。你有很大的可能会被抓到。但我能保证你不会见到泽林斯基。他绝对会在数英里之外。”

我们都等着他做更详细的说明，结果他却建议放学后在图书馆见。

“就把你那不靠谱的点子直接告诉我们不行吗?”阿尔夫说道，“你搞这么神神秘秘的干嘛?”

克拉克就是拒绝吐露更多：“我需要去查一些东西，好确定这个法子真的可行。我可不希望比利再被逮到。”

等我和阿尔夫到图书馆的时候，是在文献参考区找到克拉克的，他正坐在一张长桌旁，附近都是学院手册。他正在看地图，但地图是反的，所以我不太明白这是什么意思。旁边的桌子上，是一群五年级的女生假装在学习。但是她们时不时就偷看克拉克一眼，然后止不住地笑出声来。这种事最近越来越常发生——女孩们一看到他就完全失去理智，尽管那只爪子分明一览无余。

“怎么样?”我问道，“你准备好把总体规划告诉我们了吗?”

“让我确认一下我弄到的时间表没问题。”克拉克说道，“每天早上，泽林斯基开车把玛丽带到市场大街，他们一起打开店门，然后她再搭巴士去圣阿加莎学校是不是?”

“没错。”我说道。

“然后每天下午，巴士再把她带回市场大街，她就在商店里一直待到打烊对不对。接着她爸爸就带她回家对不对?”

“没错。”我说道，“这就是问题所在。”

克拉克却摇摇头：“不，我这是在告诉你解决办法。这就是你接触到她的办法。”他把地图转过来，这样我们就能看到地图上方的手写体标题：

圣阿加莎女子预备学校。

“不可能!”阿尔夫说道，“没人会去爬那座山的。”

“为什么不呢?”克拉克问道。

“那里到处都有守卫和护栏。电网做的护栏。”

克拉克依然摇头：“那只是个女子修道院，又不是詹姆斯·邦德的电影。”

“你是长老会[1]成员，你怎么知道圣阿加莎学校的情况?”阿尔夫问道：“我可是祭坛男童[2]，我告诉你，没人能进圣阿加莎学校。那里就像天主教女孩的诺克斯堡。”

“那只是一所学校。”克拉克坚持己见，“他们会有访客，有货物运送，有很多人进进出出。”

这张地图是入学申请表的一部分，描绘了学校相当醒目的山顶校区。一百年前，圣阿加莎学校还是一所修道院，有一座小教堂和一间简陋的校舍。自从变成了女子预备学校后，学校就扩建了一栋教学楼，一个自助餐厅和一个体育场。所有的建筑都环绕在一大片绿茵茵的森林景观当中，还有大量北新泽西的野生动物。

“他们没在地图上标出护网来。”阿尔夫说，“但就是有。”

他俯过身去，在地图上潦草地涂了一个参差不齐的圆圈：“这些东西会把你像块烤奶酪一样煎熟。”

这一次，我站在阿尔夫这边。关于圣阿加莎学校我可是听过许许多

---

1 长老会是基督新教的一派，他们的根源是从十六世纪的西欧改革运动开始产生。长老会采取了1647年创作的《韦斯敏斯德信仰宣言》当他们唯一的信条，作为本会牧师受训练的教条标准。

2 祭坛男童，天主教举行弥撒时协助神父的侍者，也叫祭坛助手。

多骇人的故事，所以潜入学校的想法绝对荒唐至极。

“泽林斯基绝对不会出现在那附近。”克拉克提醒我，“他在数英里之外工作。”

“很好，这倒是解决了问题。”我对克拉克说，“那我爬上山之后该怎么找到玛丽呢?”

“你根本不需要找到玛丽。”克拉克说，“这就是整个计划的完美之处。你只需要随便找到一个女生，让她帮你传递纸条就行了。”

“我怎么知道她会不会帮我呢?”

“因为你有勇气去那里啊！从来没有人这样做过。女孩们很期待这一刻。所以她肯定明白这张纸条绝对非同寻常，所以她也一定会让玛丽拿到纸条的。”

他这样一说，计划听起来似乎再简单不过。我并不需要翻遍整座山去找玛丽。我所要做的仅仅是在一个满是天主教女学生的山上找到一个天主教女学生。

阿尔夫还是摇头，“你是不可能做到的。”他说，“如果你骑车上山，我敢保证你会坐在警车后面下来。”

我知道他是对的。可我也同样知道，我无法再心怀愧疚哪怕多一天。玛丽就在我的世界之外，把我想的那么糟糕，这让我发疯。

“我得早点出发。”我说道，“要是七点钟出门的话，我可以在中午前赶到学校。”

“那她就能在午饭前拿到信。”克拉克说。

“那我们就会在监狱里看见你。”阿尔夫万分肯定。

29

```
2900 REM *** DRAW NEW GUARDS ***
2910 FOR X=0 TO 62
2920 READ A
2930 POKE 12608+X,A
2940 NEXT X
2950 POKE 2040,192
2960 POKE V+21,1
2970 POKE V+39,1
2980 POKE V+0,180:POKE V+1,120
2990 RETURN[1]
]■
```

当我从图书馆回到家里时，泰克就站在房前的台阶上，隔着纱门同我妈妈说话。我看见他时，已经来不及扭头走开了。他看见我过来，还挥手打招呼，就好像他有着先进的ESP系统[2]，在我还没尝试把信传递出去时，就先一步来阻断我了。

“他在那儿。”妈妈说道，声音里有着轻快的调子，仿佛我们生活中充满了阳光与玫瑰。

1 本段代码用来生成新的守卫，运行后电脑屏幕无显示，代码于后台运行。

2 ESP系统，车身电子稳定系统，是对旨在提升车辆的操控表现的同时、有效地防止汽车达到其动态极限时失控的系统或程序的通称。电子稳定程序能提升车辆的安全性和操控性。

“最近怎么样，比利?”泰克问道。

我耸了耸肩，什么也没说。似乎任何可能的回答都会让我陷入麻烦。

“挺好的。”

你怎么可能挺好的呢？ 你这周末差点被逮捕。 你应该过得糟糕才对！

“我很糟。”

你为什么很糟？ 你本来应该去监狱的！ 你现在应该是地球上最开心的孩子！

“我是地球上最开心的孩子。”

你的自私自利可真是令人发指！ 你一点都不觉得后悔吗?

“布来茨基维茨警官想看看你怎么样了。”妈妈解释道。一绺头发耷拉在她脸上，她把头发拂开，别在了耳后，“他想来确认一下一切都好。”

“一切都好。”我对他说。

“很高兴听你这么说。”他说，“你很幸运，能有第二次机会，你知道的。”他就第二次机会的美好侃侃而谈了几分钟。他提到了清白的历史、全新的开始以及翻开的新一页。在他停下来喘口气的瞬间，我立刻对他的到来表示感谢，而后逃回屋去。

我坐在厨房的桌子边，等着泰克离开，但是他和我妈妈一直在说啊说。最终我只好从后门出去，蹑手蹑脚地绕到房子旁边，偷听他们的谈话。令我震惊的是，我发现他们根本就没有在说我！他们在聊《豪门恩怨》这一季的最后一集。这部剧的女主角帕梅拉·尤因因为醉酒驾车撞上了一辆油罐车。妈妈确信没有人能从瓦斯爆炸里逃生。泰克则坚持认为这不过就是个抓人眼球的噱头，九月的时候，导演肯定会让她绑着绷带、满身是伤地回归。我可以肯定，我的妈妈和泰克绝对是仅有的两个在 1987 年仍旧看《豪门恩怨》的人。

“也太奇怪了吧。”我这样对妈妈说，当然了，是在泰克坐进警车离开之后。

她仍旧站在前门处，向外看着草坪，“明天我要去一下园艺商店，”她说，“也许可以买点多年生的植物回来。我们的前院看着太死气沉沉了。”

我们的前院看起来和往常一样，邮票大小的草坪上星星点点散落着蒲公英，环绕四周的是一条窄窄的砂石带，每年春天我们都要填补沙砾进去。

“我说你们也太奇怪了吧。”我又重复了一遍，“泰克居然到我们家里来。”

妈妈耸了耸肩：“我倒觉得这举动很友善。他关心你，想要确定你没有在干什么傻事。”

“我没有。”但我说谎了。

随后我回到卧室，打开了一本新泽西的道路图，制定出了从威特布雷治到圣阿加莎女子预备学校的最快路线。

30

```
3000 REM *** DRAW NEW ENVIRONMENT ***
3010 FOR J=6 TO 14
3020 FOR I=1030+J*40 TO 1036+J*40
3030 POKE I,35:POKEI+SO,9
3040 NEXT I
3050 FOR I=1044+J*40 TO 1056+J*40
3060 POKE I,35
3070 POKE I+BG,9
3080 NEXT I:NEXT J
3090 RETURN[1]
]■
```

第二天一早，我早早爬起来，倒了一碗麦片，穿了去电影院那天穿的卡其裤和带按扣的衬衫。我并不是真的觉得我能看到玛丽——但万一看到了，我希望自己看起来是最好的。我把信放在屁股后面的口袋里，头也不回地出了家门。

阿尔夫和克拉克就在门前的车道上等着我。他们也认真打扮了一番。阿尔夫把平日里穿的夏威夷短袖换成了滚石咖啡厅那种风格的纯白带扣衬衫，克拉克则穿着他佐治亚州亲戚们送来的二手衣服里最好看的

1 本段代码用来生成新的环境，运行后电脑屏幕无显示，代码于后台运行。

一件——一件浅绿色的短袖衫，领部有按扣，裤子是黑色的羊毛料。

“我们也一起去。”阿尔夫说。

“阿尔夫怕你搞砸了。”克拉克说。

“我可没那么说过。”阿尔夫反对。

“你说过他会被电网给煎熟的。”克拉克说，“这就是你的原话。”

阿尔夫耸耸肩，看起来有点窘迫：“你得明白，比利，那些修女可都是公事公办的。要是让她们在自己的山头上抓到你，肯定会揍你的。”

“我不会有事的。”我有些生气，“快去学校。”要是真有机会同玛丽说话，我可不希望阿尔夫和克拉克在身边打转，说些愚蠢的俏皮话。

“我们要一起去。”阿尔夫重申，“你通过安全大门的时候得有人帮你分散注意力。克拉克和我可以把注意力从你身上引开。”

“然后你们就会被抓到。”我对他说，“从星期六开始，你身上的伤就没断过。要是再被抓了，想想看你爸会怎么做。”

“要是能亲眼看见圣阿加莎学校，那也值了。”阿尔夫说，“我长这么大，一直都在听这个地方的传闻，那可是个传奇。你知道那儿有个游泳池吗？他们说女孩们在游泳池边，躺在大大的枕头上。她们就那样晒太阳，就像家猫一样。”

“我觉得那是谣言。”克拉克说。

“我带了所有我们用得着的东西。”阿尔夫说着拉开背包给我们看里面的东西：望远镜、无线对讲机、剪钳和一个太阳能计算器。

“计算器是干嘛的?”我问道。

“数学问题。”他说，“我只是忘了把它从包里拿走。”

我意识到根本不可能把他们排除在外，所以干脆一起骑车上了路。能行动起来感觉很好，有个蠢蠢欲动的计划感觉也很好——然而，只是骑了五分钟之后，我就后悔自己没有穿短袖了。今天很暖，闷热潮湿，有八十华氏度，而且现在还只是早上。我已经汗流浃背，还要跨着那脏脏旧旧并且不能变速的自行车再骑十五英里。

威特布雷治坐落在新泽西收费公路与花园州高速公路交汇处，环绕四周的是六车道高速路。这些路里可没有一条是为自行车设计的，但我们还是硬挤上了路肩。我们疯狂地踩着脚蹬，灰狗巴士和拖拉机从身边轰隆隆驶过，沙砾和尾气溅了我们一脸。我始终紧紧闭上嘴，但还是灌了满嘴沙砾，就像木炭铅笔的味道。当我们离开高速路骑上了一条两车道小路时，我已经浑身湿透了——简直是我人生中最脏的一次。

而我们还有十三英里要骑。

我们经过了三个不同的镇子，每一个都比上一个更美。我们进入了一个以前从来没有见过的新泽西——住宅区里的每栋房子都有一个环形的车道和能放两辆车的车库，树篱修剪得整整齐齐，花园里欣欣向荣，花圃上的花朵五颜六色地绽放。房子与房子之间，我们瞥见了蓝水晶一样的泳池和私人网球场。路上没什么车，所以我们就沿着路中间骑，震惊地东张西望。

“这地方酷毙了。”我说，“等一长大我就要搬过来。”

“一长大就搬?”克拉克问。

“你知道我的意思。我是说年纪大点的时候。”

克拉克摇了摇头：“这条街就像个停车场和滨海栈道的混合体。你怎么才能赚到这么多钱呢?”

“游戏设计。”我说，“我会存下所有的钱，买一台新电脑，然后我就能设计出卖脱销的游戏来。”

阿尔夫和克拉克没有回答，但我知道他们在想什么：最低工资是每小时三点三五美金，而一台 IBM 的 PS2 却要四千美金。在我写出另一行代码之前，我得存钱存上很多很多年，谁会有那种意志力呢？

“我要告诉你，我还是喜欢波罗的海大道多一点，”克拉克说，“你能想象把所有这些车道上的雪铲干净的情形吗？”

“那得用一辈子了。”阿尔夫说。

我们站在自行车上，腿上用力，蹬得更快了，把周围的街区甩在身后，聊着我们的未来。

十一点钟的时候，我已经离家很远了，从来没有离家这么远过。我们经过了种满番茄、玉米和冷杉的田野，甚至还途径了一座关满了马的马厩。老师们总是告诉我们，新泽西被亲切地称作花园州，直到今天，我才终于明白为什么。连绵不断的热浪让一切看起来那么不真实。温度已经飙升到九十度了，我头痛欲裂，急需喝上一口水。我们在尘土飞扬的两车道上又骑了一公里以上，连一个人一辆车都没遇到。

“你确定这条路是对的吗？”阿尔夫问。

我停下来检查地图，“我们基本快到了。”我对他们说，“还有一公里就换路了。”

我们在一个有两个加油器的海湾石油加油站停下来买饮料，把自己清理干净。克拉克花了五十美分买了一瓶叫依云的什么水，结果就是放了很久的普通水，我和克拉克毫不留情地取笑了他。屋子外面就有免费的水龙头和水管，得是什么样的傻瓜才会浪费五十美分专门去买水喝？克拉克耸了耸肩，把水一口气喝光。“喝起来非常奇妙。”他坚称，“这是我喝过最好喝的水。”

我把给玛丽的信从口袋里拿出来，为了确保信件完好无损，我叠了叠放在了车座下方。我用水管洗了把脸，冲掉衣服上的灰尘和沙砾，几分钟之内，我就浑身湿透，但感觉好极了，而且我知道，在我们抵达圣阿加莎学校之前，太阳会将一切都重新烘干。

服务员是个穿格纹衬衫、裤子上满是油污的老头儿。他拖着一把生了锈的躺椅到车库的阴凉里坐下来。他看着我们用水管冲洗自己，我觉得他已经准备好冲我们怒吼了。

“我们离圣阿加莎学校很近了吗?”我问他。

“非常近。”他说，“但是你们到不了的。”

阿尔夫和克拉克停止了打闹。

“你刚刚说什么?”阿尔夫问道。

“我说，你们到不了那里的。我知道你们想干嘛，没用的。”

克拉克放下水管朝他走去：“你怎么知道的?”

“我从 1969 年开始就经营这家加油站了。那是尼尔·阿姆斯特朗登上月球的那一年。每一天，夏日来临时，我都卖苏打水和牛肉棒给那些觉得自己能溜进圣阿加莎学校的蠢货。所以，我这是经验之谈。掉头回去吧。你们是进不去的。没人能进去。”

“因为那些防护网?”阿尔夫问道，“那些电网?”

老头儿笑起来：“你甚至连防护网都碰不到。”

他拒绝进一步说明，只是摇了摇头，咂了咂舌头表示反对，就好像我们是要盲目地冒险进入遍地流沙和鳄鱼的丛林。我取回给玛丽的信，重新放回了屁股口袋里。阿尔夫和克拉克一语不发，但我知道他们在想什么：我们已经走了这么远，不可能回头了。

于是我们跨上自行车，继续前行。

31

```
3100 REM *** DRAW NEW FORTRESS ***
3110 FOR I=1345 TO 1362
3120 POKE I,35:POKE I+BG,9
3130 NEXT I
3140 FOR I=1625+15*40 TO 1642
3150 POKE I,35:POKE I+BG,9
3160 NEXT I
3170 FOR I=1519 TO 1542
3180 POKE I,35:POKE I+BG,9
3190 NEXT I:RETURN
]■
```
[1]

离开加油站几分钟之后，脚下的路弯弯曲曲地穿过一小片树林。当我们来到树林另一边时，山就在我们眼前了。

没人会把新泽西同山联系在一起，但是就在新泽西州的北部确实有着绵亘四十英里的高山，它是由一亿五千万年前的火山形成的（看来在学习了一年的岩石与溪流之后我确实记住了一两样东西）。我们的目的地并没有那么醒目。要是你驱车经过山下，是绝不会注意到它的。但是，在一年里最热的这一天，从一辆脏兮兮的自行车那汗津津的黑胶基

1 本段代码用来生成新的堡垒，运行后电脑屏幕无显示，代码于后台运行。

座上仰头看去，这座山简直就是乞力马扎罗山的高度。

我们很快就来到了山脚下，巨大的标语映入眼帘：

现已进入圣阿加莎女子预备学校

私人领地

仅允许得到许可的访客入内

“聆听你的孩子们的声音、一个父亲的指示，专注于去了解什么是理解。”——箴言 4:1

“就是这里了。”克拉克说，“你确定要这么干吗?”

“当然了，我当然确定。”阿尔夫说，“我都已经走了这么远了，不然呢?”

克拉克把他的空水瓶挥向阿尔夫的脸，敲在了他的额头上：“我正在跟比利说话，白痴。”

阿尔夫跳下车，自行车啪嗒一声倒在人行道上。他用胳膊环绕住克拉克的脖子，给他来了个锁喉。

“我确定，我确定。”我说着挡在了他俩中间，要求停火，“别闹了，我们走。”

就在我几乎把他们成功分开的时候，阿尔夫朝我们身后指了指，指向了刚刚穿过其中的小树林。一辆白色大众甲壳虫正沿着蜿蜒道路，朝我们疾驰而来。

“躲起来。”我说道。

我们把自行车从路上拖下来，拖进了环绕四周的树林里，紧接着便躲在灌木丛后面隐匿起自己。甲壳虫飞驰而过，通过车窗我们看见了五个穿着黑袍的修女姐妹，像乌鸦一样挤在这辆小巧的车子里。从藏身处爬出来后，我们目送这辆大众朝山上开去。即使山上有Z字形的路，斜坡还是很陡峭，车子攀爬得非常缓慢，齿轮发出刺耳的噪音，发动机也叫苦不迭。

“我搞不定的。”阿尔夫说，“我已经筋疲力尽了。”

“那很好。”我说，“我们不骑车。”

我们使劲浑身力气冲上盘山路，但现实是残酷的，不消一分钟，我们又再度走了起来。太阳毒辣地炙烤我们的脖子，漆黑的沥青烧得滚烫，而我又被汗水浸透了。但是我们已经很接近目标了。我摸了摸自己裤子后面的口袋，检查玛丽的信是否完好。很快她就能拿到信了，而这就是我必须前进的动力。再过三十或者四十分钟，她将最终知道真相，而我也能继续同自己和平相处了。

可当我往下面的路看去时，发现我们才刚刚爬上第二个转折处，连半山腰都还没到。又有一辆车从小树林里开了出来。这次是一辆UPS[1]货车，显然已经超速了，眨眼间就来到了第一个转弯处。

“操！”阿尔夫咒骂道。

我们拔腿就跑，但我早就知道，我们根本就不够快。货车开得太快了，在我们抵达山顶之前势必会追上来。突然间我就明白了加油站的老头儿为什么断言了我们的失败。我们可是在众目睽睽之下奔跑在路上，三个男孩出现在绝对禁止男孩出现的私人领地。

“我们做不到的。”我气喘吁吁。这才刚刚绕过第四个转弯处，货车

1　美国的一家快递公司。

已然绕过了第三个，我们必须得藏起来，可根本就无处可藏。没有树也没有灌木丛——只有覆盖着玫瑰和野花的山石坡，所有的花朵竞相怒放。我们距离被发现也不过是片刻的事情，必须得从路上下去，把自己伪装掩藏起来。

“下来。”我对另外两个家伙说道，而后脸朝下先潜进了一片粉玫瑰之中。

此时此刻，真的就在这一秒钟之前我猜我的人生中还从未出现过玫瑰。我看过数不清的音乐视频，里面的女孩都只穿着一半衣服，躺在铺满玫瑰的床上，将火红的花瓣抚过她们牛奶般洁白的肌肤。但是所有这些视频都没有让我准备好面对真正的玫瑰花茎，事实是，上面全都布满坚硬又锋利的刺。我还没有真正触及地面，数以百计的荆棘就已刺穿了我的衣服，刺破我的皮肤，流出血来。等我意识到自己的失误时，为时已晚。我试图让自己脱离困境，但是那些刺如同钩子般将我困住了。我尖叫。我号叫。无论我往里挪，都只有更多的刺在等着我，脚踝被刺得越来越深，小臂上柔软的肉也被勾了出来，要不是阿尔夫和克拉克抓住了我的腰带然后用力把我往外拉，像一条尼龙粘扣一样把我从那些缠在一起的荆棘里扯出来，我恐怕得永远困在其中了。

UPS货车轰隆隆从我们身边驶过时，我们仨正气喘吁吁地躺在路边，快要死过去了。可司机压根就没注意到我们。

我用手指摸了摸额头，手指拿开时就被染红了。

“我是在流血吗?”

“只是个小伤口。”阿尔夫说道。他指了指我的太阳穴，比画出一个巨大的不规则四边形轮廓，“就在这……这儿、这儿还有这儿。”而我衬衫上被划开的口子则更多，卡其裤上则溅满了血点。但是我看得出来，已经接近山顶了，这让我信心高涨。

“你还好吗？”克拉克问道。

“我们就要到了，得抢在下一辆车来之前快走。”

我们跑着爬上了剩下两处转折，很顺利，没有遇到任何麻烦。山势终于趋于平缓，但道路还在继续延伸，曲曲折折地穿过一片阴暗的小树林。我们和这条路保持一定距离，沿着路边往前走，踩着蕨类植物和腐烂的树枝，随时准备好在听到另一辆车的声音时逃跑。

很快我就发觉学校地图并不是按比例绘制的，我们似乎是在一片原始森林当中迷了路，离小教堂和教室并不远。

阿尔夫环顾四周，表示怀疑：“你确定这条路是对吗？”

“只能是对的。”克拉克说道，“这是唯一的一条路。”

“在那边。”我说着抬起手指，“看见没？”

越过树丛，我们瞥见一扇巨大的熟铁大门，就像从土地里长出来一般，爬满了扭曲的藤蔓和尖尖的叶子，“圣阿加莎女子预备学校”几个字横跨在大门顶端。门的另一边则是高高的熟铁护栏。护栏有七英尺高，一直延伸到森林里，将整座校园包围其中。

“如果那是个电网的话，”克拉克问道，“那些电线都在哪儿呢？”

“他们把电线埋起来了。”阿尔夫说，“他们就是这样骗你上当的。”

我指向站在护栏顶端的那一排麻雀，它们正欢快地鸣唱着，“也许你该提醒提醒这些鸟。”

克拉克指出这道护栏——通电的或者别的什么——是我们最不需要担心的事情。大门旁边有个小棚屋，看起来像个收费亭。里面坐着个男人，正在看报纸。我们蹲在一棵倒下的树后面，通过阿尔夫的望远镜研究这个男人。这可不是个我们能够轻易糊弄过去的什么瞌睡的老家伙。这家伙看着像海豹突击队[1]队员，坐在一张高脚凳上，对于他庞大笨拙的身材来说，这凳子实在太小了，此刻他正从膳魔师保温杯里小口抿着咖啡，同时看着报纸上的体育板块。

我把望远镜递给克拉克："现在怎么办？"

他透过镜片看出去："我不太确定。"

"很简单。"阿尔夫说道，"我们等另一辆车开上来就行了。守卫的注意力被分散的时候，我们就闯过去。"

"不可能的。"我当即否定。我看过太多二战题材的电影，电影里总是有个孤零零的守卫听着收音机等待救援，而后眨眼间战俘营里就会满是纳粹士兵。

克拉克赞同，"我们还是顺着围栏走吧。"他提议，"也许很快就到头了呢。也可能还有别的路。"

总之任何方法看起来都比和看门人面对面要强，于是我们钻进树林里，踩过泥土、杂草和倾倒的树枝。我带了地图，但却没有路标能够指引我们——围栏两侧根本就没有任何建筑和道路，只有错综密布的森林和偶尔可见的一块巨石。围栏歪歪扭扭地转了个弯，绕开了那些最高大的树木。每二十英尺左右，阿尔夫就要轻轻敲一下围栏，仍旧试图发现"通电区域"。克拉克则会更用力地推护栏，希望找到相对薄弱的地方，说不定就能把护栏给推倒。可是护栏岿然不动。这护栏建得简直就是为了抵御一支军队。

突然间克拉克停下了脚步。

1　海豹突击队，隶属于美国海军，世界十大特种部队之一。

“你们听见没?”他问道。

我停下来，仔细听，却什么也没有听到。

“是个女孩儿。”他说，“我听到一个女孩儿在喊什么人。”

阿尔夫看起来颇为怀疑，我猜我也是一脸的不相信。我们实在是又热又累又渴，所以克拉克很有可能是出现了幻觉。

“继续走。”我说道。

于是我们继续前行。这一排围栏引导我们围着整个校区转了一圈，可是连一个学生都没看见，更没有看见任何建筑物。整个学校和它的全体住民都在边界之内隐匿得当。徒步跋涉了二十分钟后，我意识到我们又一次靠近了大门，这次是从另一个方向。在我们前方五十码左右，只能透过树丛辨认出看门人的靴子。

“小心点。”阿尔夫说着抓住了我的胳膊。

我一门心思寻找可能躲在暗处的守卫，几乎一脚踩进一条小溪里。阿尔夫和克拉克都想跨过小溪，我却停下脚步，仔细观察起来。奔腾不息的水流在围栏下方腐蚀出一个隘口，差不多有十二英寸深。

“算了吧。”阿尔夫说：“我们恐怕不行。”

“我们也许可以。”我说道。

克拉克用鞋尖在泥地上转来转去，踢着积水：“这里没有那么深，比利。要是我们有个铲子的话就好了。但肯定不是像现在这样。”

他似乎还没明白我们此刻根本无计可施，已经走到尽头了。我脱掉运动鞋，用力朝围栏扔去。它们落在围栏另一边，捡不回来了。

“你们想走的话可以走。”我说，“但我肯定要进去。”

阿尔夫和克拉克不太相信地看着我，我直接蹚进了溪流里，背朝下直直地躺在了冰冷泥泞的溪水中。在围栏底部，有一根生了锈的横栏，边缘呈锯齿状。我把脸侧向一边，就能让头从下面穿过去，但是胸部却不行。我使劲吸气往围栏里钻，一点一点把自己挤进去，直到完全被卡住，动弹不得。

阿尔夫在把我拖出来之前先是用一分钟围观了我的失败："我应该抓你的脚吗？"

"抓好了。"我说道。不过在往上推围栏的时候，我发现可以把自己往泥里嵌得更深一点，在软泥中开出一条沟来。有什么又小又黏的东西在我的脖子后面挪动——一条鱼？一只蝌蚪？我也管不了那么多了，继续靠双腿发力推着护栏。护栏锈迹斑斑的底部扫过我的短袖前襟，划破了衣服，崩掉了扣子。但是很快我的腰就穿了过去，剩下的部分轻而易举。终于，我从小溪里爬出来，站了起来，浑身上下满是泥泞和黏糊糊的东西。穿过护栏之后，阿尔夫和克拉克以某种钦佩的目光注视着我。

"你看起来就像沼泽怪物[1]。"克拉克说。

"一冲就掉了。"我把双手浸入小溪浅浅的水流里，以证明清理干净是多么简单的事情。而我真正的困难是清理掉身上沾的那些软泥："来吧，赶紧的。我们走。"

他们俩全都犹豫起来，我当然知道他们在想什么：这种情况从来没有在詹姆斯·邦德身上发生过。不知怎么地，他总能破坏掉一切边界，而那身白色晚礼服却纤尘不染。

但是紧接着，一个声音穿透森林而来——是一个女孩的声音，在笑。

1　沼泽怪物，美国DC漫画旗下超级英雄，原本是一名科学家，由于在沼泽中进行秘密实验的时候，不慎引爆了一颗炸弹，导致他的身体和沼泽融为一体，变成半人半植物的怪物，可以控制植物。

“就是这个声音!”克拉克说道，“就是她!”

“我现在听到了。”阿尔夫说。

他连忙脱掉运动鞋，跪在了淤泥里。我刚刚一系列的蠕动和抗争都为他减轻了障碍，等他的身子过来一半，我就立刻抓住他的胳膊，使劲往后拖，拽着他那一尘不染的滚石咖啡的短衫就把他拖过了淤泥。克拉克则要更费力一点，因为他只能用一只手来完成大部分动作，但是阿尔夫和我一直在刨他周围的泥，又是挖坑又是拖拽的，终于把他给弄过来了。

克拉克还没站起来，我们就意识到阿尔夫忘记了他的袜子和鞋子——它们被留在了护栏的另一边，遥不可及。阿尔夫拿了一根树枝穿过熟铁护栏去够，想把它们弄过来，结果却把运动鞋越推越远。

“我们得回去。”他说。

“你在开玩笑吗?”克拉克问他。

“没时间了。”我说，“我们出去的时候再拿。”

阿尔夫往前跨了一步，以免他赤裸的脚后跟踩在一颗松果上。“我做不到的。”他这样说，但是片刻间，有更多女孩子的笑声在树林里穿梭回荡，就像塞壬的歌声在呼唤我们继续前进。克拉克和我循声而去，阿尔夫别无选择，只能跌跌撞撞地跟在我们后面，一路上都是跳着走，抱怨个不停。

穿过葱茏树木，我们依稀看见了一个田径场。差不多有三十个女生在奔跑，叫喊，挥动着长长棍子上的网。这是一种我之前从来没见过的运动，她们似乎都在追赶一个小小的橡皮球。

“那是马球吗?”阿尔夫问道。

“马球是在马上玩儿的。”我说。

阿尔夫摇摇头：“不，那是骑马比武。”

“那是曲棍球。”克拉克说道，“她们是在玩曲棍球。”

我们平躺在地上以免被发现，而后用肚子匍匐前进以便看得更清楚一点。这些女孩和我卧室墙上贴的那些比基尼模特毫无相似之处，她们当中没有一个人能为《体育画报》拍摄泳装特刊。她们不是太矮就是太高，不是太胖就是满脸雀斑，她们浑身臭汗、满脸通红、通身缺点。但她们是真实的，生龙活虎，光芒万丈——在草地上嬉笑、尖叫、奔跑。我在震惊之中沉默地凝望她们，同时意识到有关圣阿加莎学校的传闻是真的：这是我以前从未见过的最美的女孩子们。

“我猜她们全都同时来例假。”阿尔夫说。

“现在先别说话。”克拉克说道，“让我先享受一下这一刻。”

“是真的！”阿尔夫说，“女孩们只要住在一起，月经周期不知不觉就会同步。这是为了保护群体。”

我立刻就知道，要是你把所有阿尔夫异想天开胡扯过的那些言论搞个排名，那么这次的言论马上就能变成第一名，“保护群体免于什么呢?”我问道。

“这是生物学上的一种安全检测。”阿尔夫一本正经。

“那是什么意思?”我问道。

“查尔斯·达尔文，比利！你有认真听过科学课吗?”

“声音小点。”克拉克嘘他，但是已经晚了。外面的场地上，有个女孩停止奔跑，放下了棍子，转身朝向这一列树木。我们尽可能压低身子，蜷缩在并不茂盛的灌木丛后，恨不能钻进地缝里去。阿尔夫还在叽叽咕咕地说着自然选择和大猩猩部落，于是我用胳膊肘在旁边撞了他一下他才乖乖闭嘴。

球场上的女孩距离我们可能有二十英尺。她朝我们的藏身处靠近了一点，我肯定我们要暴露了。就在这时，一颗黄色的橡皮球从她身旁快速飞过，她就转而去追球了。

“好险。”克拉克低声道，“我们继续前进吧。”

于是我们又退回了森林里，在树丛间穿梭，直到看见小教堂高高的尖顶。我检索了一下地图，看出我们已经抵达了学校的最北边，就在一幢庞大的两层教学楼和被高高的树篱围起来的花园背后。这是我们一整天来唯一的好运气——树篱非常高大，有九到十英尺高，在我们从那排小树林里出来时恰好能打个掩护。不管哪个学生或者老师从教学楼的窗户里往外看都不可能看见我们。

“这玩意是什么?”阿尔夫问道。

我指向了两根树篱之间的一个缺口——一个入口。地上嵌了一块小小的石碑，上面刻着：**深切怀念比阿特丽斯姐妹 （1821—1857）。这是美丽与静默沉思之地。** 克拉克竖起一根手指在嘴巴前，示意我们保持安静，随后穿过了缺口。

花园里面是由矮一些的树篱组成的迷宫，全都齐腰高，引导我们沿着白色砾石铺就的小径穿过花圃。阿尔夫的每一步都畏畏缩缩的，像个小宝宝一样踮着脚走，他气呼呼的，因为疼痛而发出尖叫和呼喊。我瞪了他一眼：“你是要被抱着吗?”

阿尔夫抬起右脚，从脚底抠掉三颗参差的石头。“这玩意儿就跟碎玻璃一样。”他说。

“声音小点。”克拉克说他。花园里到处都是背阴的角落，放着石凳和天使们的雕塑，克拉克提醒我们阴影里很有可能潜伏着某个修女。

“你们应该把我留在马球场的。”阿尔夫说，“没有运动鞋我就是个废人。”

“我们已经快搞定了。”克拉克说，“只要能离教学楼近点儿，我打赌能发现什么人。”

可是花园远比看起来复杂得多——那些小径会原路折返，岔路会通向死胡同，并且无限循环。我真不知道有什么人能在这种鬼地方放松身心，这简直就是大型的挫折训练，阿尔夫无休止的牢骚则让这一切更加糟糕。

紧接着我们转到了一个角落，差点迎面撞上一个坐在长凳上的女孩。她正在一个本子上记笔记，同时在听索尼随身听——可是一看到我们，她立刻放下手里的一切，迅速向后退去，与此同时把手伸向了挂在脖子上的那枚银色口哨。

“等一下。”我开了口。

“求你了。”阿尔夫央告她。

女孩把口哨压在了唇间。

“电影城！”克拉克惊呼。

女孩犹豫了一下。

“你在电影城工作！”他说，“你是林恩·史考特。你负责林恩精选，就是收银台旁边的工作人员建议服务。你没认出我们吗？”

我们的脸上糊满了淤泥，衣服也破破烂烂的，她当然没有认出我们。

“我们上星期才去过！”克拉克说道。

阿尔夫点头：“我们租了《克雷默夫妇》。”

林恩眨了眨眼：“等一下——你们是那几个家伙？就是一遍又一遍租《克雷默夫妇》的那几个？”

“也许是租了两三次。”克拉克承认。

“是十八次！”她说，“店员们在收银台旁边的便签上都有记录。他们正在打赌你们什么时候能借到二十次。”

我注意到克拉克已经把他的爪子藏进了口袋里。每次我们去电影城的时候，他都会小心翼翼地在林恩和她的同事面前藏起爪子，想方设法用一只手出示他的会员卡、付钱、接过找零而后拿走片子，实际操作可比听起来困难多了。

克拉克开始介绍我们几个，但是林恩打断了他：“你们是不能呆在这里的。”她说着蹲下身来拿回她的书本和荧光笔，“只是跟你们说话我都会被开除。”

“我们需要你的帮助。”克拉克说。

她摇了摇头：“我是拿了奖学金来的。我不能冒任何风险，爸妈会杀了我的。”

“求你了。”我恳求她，“我有一封信要给玛丽·泽林斯基。我只需要你帮我把信交给她。”

我把手伸进屁股口袋里摸索信封，结果只摸出了一个湿透了的东西，浸透了泥水。我在蹚过小溪的时候把信给毁了。我拆开信封，看到我写下的那些字全都模模糊糊地融成了一片，玛丽是根本不可能看明白的。

林恩难以置信地打量着还在滴水的信封。

“或许你能找到玛丽?”我问道，“你能把她带到这儿来吗?”

“不行。”

“这很重要。”我说道。

“那就去商店。或者去她家里。像个正常人一样去敲她的门。”

“我做不到。”

“为什么不行?”

林恩已经从我们身边走开了，可我们别无选择，只能跟在她身后。她显然知道通往出口的最快路线，不出片刻她就会走出花园，彻底消失。

“说来话长。”克拉克说道，“比利不能去任何靠近她的地方。”

林恩回头看了我一眼：“你的名字是比利？”

“没错。”

“玛丽认识你？”

“是的。”

她摇了摇头：“我不相信。我经常跟玛丽聊天，她从来没有提到过什么叫比利的人。”

此时此刻，就是在这里，我本应意识到有哪里不太对劲。我很肯定我的名字应当被提过一两次，尤其是我还把一伙小偷引入了她爸爸的商店，并且毁了那地方。

“或者威尔？”我问道，“她有没有提过一个叫威尔的？”

“从来没有。”

“从来没有？”

“拉尔夫，她总是在夸拉尔夫。但是她从来没有提到过什么威尔。”

“谁他妈的是拉尔夫？”阿尔夫问道。他一瘸一拐地跟在我身后，紧紧抓住我的肩膀寻求支撑。

“我不知道。”我答道。这是我一整天来第一次有了疑虑。“你根本就不了解她。”泽林斯基提醒过我。“这段时间以来她一直都反过去要了你。”或许这就是为什么在商店里玛丽推开了我。或许她正和某个叫拉尔夫的臭小子在秘密恋爱。

“拜托了。”克拉克对林恩说，“只要找到玛丽，告诉她威尔在这儿就行。他想要见她。她可以来，也可以无视他。但至少让她来决定。让她来选择，好吗？这就是我们全部的要求了。”

这是这么多年以来克拉克同女生说话最多的一次，我都不知道他哪里来的勇气。但是就在这个瞬间，我意识到他的身上有着过人的天赋。即使头发上全是软泥，身上穿着奇怪的二手衣服，还有一只手深藏在口袋里，但是克拉克的样子，或者他说话的方式，不知怎么地就是让他不可能被拒绝。仅仅在十五秒钟之内，林恩的样子就从怒气冲冲转为犹豫不定再到认真考虑。几乎是一瞬间，我们的使命就变成了她的使命。

“好吧。”她说，“但是你们时间不多。午休已经快结束了。”

就连克拉克也被她的一百八十度大转变惊到了：“你真的会找到她？你会把玛丽带来？”

“我最好还是别搅到麻烦里来。”她指向花园里一个立着圣母玛利亚雕像的阴暗角落，“去那儿藏起来。藏到雕像后面。一定要小声说话，艾伦修女总来这儿，你们绝对不会想撞上艾伦修女的。”

“谢谢你。”克拉克说道。

“不用谢我。藏起来就行。”她说道。

我们全都转移到了雕像后面，并且蹲了下来。

克拉克兴奋地同我们窃窃私语，念叨着林恩同他说话的方式，“我一定要约她出来。”他说，“等我一做完手术，等他们一砍下这个愚蠢的怪胎手，我就要约她！”

“她已经喜欢上你了。”阿尔夫说道，“你为什么还要再等四年？”

“我不想吓到她。”

“你已经吓到她了！你都租了那个白痴电影十八次了！”

他们的争执让我筋疲力尽，又或者是因为太阳——毫无遮挡地高悬在头顶，直直地照在我们身上。我能感觉到某些部位的皮肤已经脆弱得不堪一击，剩下的部分则涂着厚厚的淤泥。我的心脏重重地跳动着。

克拉克把爪子从口袋里抽出来，藏进了衣服下面。他看起来就像法郎上的拿破仑：“这样会不会不那么明显？”

“你这样反而是在吸引注意力。”我说道。

克拉克却连连摇头：“真希望我带了手套来。”

阿尔夫都急眼了：“你得克服这个障碍，克拉克。这个女孩是拿了奖学金在这儿念书的。她又不傻，你又不是在愚弄她。”

克拉克根本听不进去，坚持把爪子藏在衣服下面：“要是这么快就看见这个的话，她会退缩的，还是这样比较好。”

在树篱墙的另一边，有脚步渐渐靠近，我们不再说话，直到脚步走远。我非常不安，询问他俩是否介意给我一些私人空间：“我想和玛丽单独见面。”

“当然了，绝对没问题。”阿尔夫满口答应，他建议我们在护栏的缺口旁边汇合，就是我们爬过溪流的地方，“要是你在二十分钟内没有到那个地方，我们就知道出问题了，然后我们就会离开。听起来还行不？”

“棒极了。”我说道，“还有，谢谢你们，伙计们。谢谢你们帮我走了这么远。我欠你们这么多时间。”

“你什么也不欠我们的。”阿尔夫说道，“只要答应我们好好把握这次机会就行，好吧？把你来这儿想要说的话全都告诉她。一字不落。”

他伸出手来，我们把手搭了上去：“一字不落。”

“祝你好运，比利。”克拉克说道，“我真心希望你一切顺利。然后告诉林恩，我跟她说了再见，好吗？”

我答应话一定带到，但是看起来已经没有这个必要了。

阿尔夫和克拉克刚站起来要走，林恩就回到了花园来。她的身后是一个瘦瘦高高的亚洲女孩，有一头深色长发。她嚼着口香糖，厌恶地打量我们。

“这是谁?”阿尔夫问道。

“这就是玛丽。”林恩说道，“电影城的玛丽。”

“你们他妈的都是谁啊?”电影城的玛丽问道。

“泽林斯基。”我对林恩说，“我说的是玛丽·泽林斯基。”

“你们说的是电影城的玛丽。”

“我不认识电影城的玛丽。”我转向了电影城的玛丽，“很抱歉打扰到你了，是个误会，我是在找玛丽·泽林斯基。”

这两个女孩满脸困惑地望着我。

“她个子不高，黑色头发?”我说道，“她在指甲上画一些小画? 是小小的二进制数字?”

“等一下，电脑迷玛丽?”林恩问道。

“没错。”我说。

“打字机商店的那个?”

“就是她!”我说。

“我们并不算认识她。”林恩说道。

“她很孤僻。”电影城的玛丽解释道。

我们被整个校园里回荡的洪亮钟声打断了。林恩解释说这是课间铃。“不管怎么说，你们都太迟了。”她说，“我很抱歉，但是我必须得走了。我不能错过三角函数课。”

我的大脑运转不畅，无法迅速想出B计划来。“玛丽都是在哪里吃午饭?”我问道。

“我不知道。”林恩回答。

“她可能要上有机化学课。”电影城的玛丽说，“在教学楼的二楼。”

我已经走了这么远来到这里，是绝不会在此刻离开的。我冲进了树篱组成的围墙，拨开树叶和枝桠，向外凝视整个校园。女孩们正从自助餐厅里蜂拥而出，成群的女生在说在笑，手里还拿着练习册。她们穿过一条混凝土走道，走向教学楼的大门。

克拉克越过我的肩膀往外看。“在那里。”他说着用那只完好的手指了过去，“你看到她了吗？”

我看见她了。

玛丽刚从自助餐厅里出来，而通往教学楼的路途花不了她三十秒钟。根本就没有时间去思考或者做出更明智的选择。要是她抵达了教学楼，她就永远消失了。我向前冲去，像个卡通人物一样推开树篱，在披荆斩棘的路上又推又抓，而后竭尽所能拔腿狂奔。

我刚一离开花园，就意识到自己计算错误，玛丽还差一半路程就要抵达教学楼了，我根本就不可能及时冲到她面前。于是我扯开嗓子高喊玛丽的名字，接下来的一切似乎都是以慢动作在发生，校园里的每一个女生——现在看至少有一百个女生——她们全都停下了脚步，齐刷刷转过头来盯着我。她们目瞪口呆，指指点点，嘴巴全都张成了大大的O形。

玛丽听见了我的呼唤，转过身来。起初她看起来只是有些迷惑——但是随后我就冲上前去，她立刻花容失色，看上去非常尴尬。一瞬间我觉得自己像个傻瓜。我他妈的到底在想些什么？我打算对她说些什么呢，在学校里，当着所有人的面？

我扭头想要撤退，但令我震惊的是阿尔夫和克拉克就在我身后。他们也离开了花园，紧跟在我身后，此刻就在我的身边。一群女孩朝我们围拢过来，围成了一个圈。她们朝我们指指点点，并且哈哈大笑，我这才想起我们的样子有多糟糕，衣服全都被扯坏了，被糟蹋得一塌糊涂。我的卡其裤上溅着血迹和污泥，阿尔夫光着脚，克拉克像拿破仑似的藏起他的爪子，我们三个浑身上下都因为沼泽里的水而散发着恶臭。不可思议的是，即便如此玛丽还是认出了我。

她穿着圣阿加莎学校的校服——一件白衬衫，一条格纹百褶裙——她像怀抱盾牌一样抱着一大堆练习册。她的同学全都闪到一边，留玛丽一人孤零零站着。其他女生都像看动物园里的猴子一样对着我尖声叫嚷，嘲笑个不停。我不得不大喊大叫，好盖过她们的声音。玛丽看上去几乎想钻到地底下，消失不见。

一个穿黑色罩袍的修女把她从人群中一把推了出去。这个修女的身材看上去就像足球后卫，几乎和泰克贝利警官一样高大，只不过是穿着黑色的短祭袍，系着黑色腰带，脚踩黑色的鞋子："这是怎么了？这里发生什么了?"我缄口不言，于是她转向玛丽，"泽林斯基小姐！你是在同这些……东西说话吗?"

玛丽摇了摇头："没有，院长嬷嬷。"

她又转向了我，但是我无法直视她的目光，只好垂下头去看自己脏兮兮的鞋子。实在是热得过分。气温肯定有一百多度了。我精疲力竭，浑身酸痛，快渴死了。

"你们三个都是非法入侵私人领地。你们得跟我去总办，我们要在那里等警察过来。"

我明白之后会发生什么。我知道他们会把我们抓回警察局，我妈妈会从大食界被找来，这一次，不会再有第二次机会。已经没有余地了。

"我需要跟玛丽谈谈。"我说。

院长嬷嬷瞪大了眼睛："你在说什么？你真的是在对我说话吗？"

"我们能不能有五分钟私人时间？"

你们肯定以为我是要求同她共度良宵。"当然不可以！"她高声宣布，"你们现在就给我到办公室来，而所有年轻女士则要去上课。快点，就现在，快走！"

但是那些年轻的女士并没有消失。她们被这出好戏深深吸引了。这可比《麻烦降临》和《猎鹰庄园》的片段组合好看多了。每一秒钟都有更多学生加入到围观的人群中来，我看见修女在她们当中穿梭来回，不断用嘘声驱散人群。

"求您了。"我恳求道，"只要一分钟就行。"

"快走！"院长嬷嬷又重复了一遍，"五秒钟之内要是还有人站在这里，将会面临严重后果！"

女生们似乎明白这绝不是空洞的威胁，于是慢吞吞地向后退去，不情愿地离开了这场好戏。玛丽看上去非常郁闷，我知道我搞砸了一切。

"稍等一下。"一个声音说道，我意识到这个声音来自站在我身旁的光脚男孩，"我叫阿尔夫·博伊德，过去七年里我一直是圣斯蒂芬学校的祭台助手。你是认识我的，院长嬷嬷。我在五点半的弥撒曲时见过你。我骑了一早上的车才来到这里。我们爬上了你的山头，穿过了你的土地和荆棘。我弄丢了我的运动鞋，还毁掉了我从墨西哥坎昆买来的最好的滚石咖啡T恤。而我可怜的朋友克拉克——"他抓住克拉克的胳膊肘，把克拉克的手猛地从衣服里拉出来，并且高高地举了起来，让每个人都能看见，"我可怜的朋友克拉克在你的护栏底下攀爬时毁掉了他的手！"人群中的每一个人都倒抽一口凉气，就好像阿尔夫刚刚揭开了象人的面纱，"我们所做的一切就是为了让比利能够同玛丽谈谈。所以我只是恳求您能够施予一点恻隐之心，就像我们的救世主耶稣基督在好撒玛利亚人[1]这个故事里教导我们的那样。”

院长嬷嬷看着他，嘴角出现了一丝抽动：“你说的是耶稣和好撒玛利亚人?”

阿尔夫点点头：“我说的就是这个。”

院长嬷嬷走上前来检查克拉克的手。就像他身上其余部分一样，那只手也沾满了淤泥，所以你也很难准确地看出这只手到底出了什么问题。克拉克非常痛苦，但是他忍受了这番检阅。不然他还能怎么办呢？他就让她看，让每个人看。其他女生也不再往后退，反而凑得更近了一些。

院长嬷嬷转向了我，“你只有一分钟。”她说，“但是没有私人时间。把你要说的说出来，然后就到我的办公室去，我会报警。”

我转向了玛丽。我试图回忆起那封信里的准确词汇。在纸上一切都显得那么清楚，那么简明，可是浮现在脑海中时，我的思绪简直一团乱麻。玛丽开始发抖，她看上去已经准备好随时哭出来了。“我很抱歉以这种方式来到这里。”我说，“我只是需要你知道真相。我从来没有欺骗过你。在任何事情上都没有。尤其是最后那个夜晚。在看过电影之后。所有的一切都是真实的。我喜欢你。我现在依然喜欢你。”

我直视她的双眼，这样她就能看出我说的都是实话，我真心希望她能够相信我。《不可能的堡垒》是真的。激进星球是真的。我对玛丽所有的感觉都是真的。她很美，很善良，也很有趣。她是那么好，她的好远远胜

---

1 好撒玛利亚人（The Good Samaritan），源自《新约圣经》中耶稣基督讲的寓言，后成为一个著名的成语和口头语，意为好心人、见义勇为者。

过我所值得拥有的，在认识她之后，我成了更好的自己。我结结巴巴、磕磕绊绊地完成了我被给予的这一分钟，但是在结束的时候，没人能够指责我是浪费时间。我把来到这里想要说的一切都说了出来，还有一些别的。

玛丽看上去似乎已经准备好要吐出来了。她的额头布满汗珠，紧紧抓住栏杆保持平衡。

“你还好吗？”我问道。

院长嬷嬷上前一步，“已经够了。”

“我没事。”玛丽低声说，“你该走了。”

水滴落在她脚下的混凝土台阶上，她的裙子前面有污迹扩散开来，她把自己弄湿了。

“玛丽？”我问道。

另一个修女冲到玛丽身边，围观的人群炸开了锅。

“快回去。”

“去找护士来。”

“去上课。”

“他不知道。”

最后一句话是玛丽说的。我能够听到她在同其他修女讲话。她们围在她身边，护着她去到教学楼的阴凉处。我也跟了过去，可是院长嬷嬷却抓住了我的手臂，把我拖向了相反方向，并在我耳畔低声说出了令人脸红心跳的话来。

“说实话。”她说道，“你是她的父亲吗？”

我反过去盯着她，困惑地说：“她爸爸是萨尔·泽林斯基。”

由于周围太过吵闹，我很难听清楚任何东西。但是院长嬷嬷又重复了一遍，这一次我清楚明白了这个问题：“你是孩子的父亲吗？”

32

```
3200 REM *** REPEAT SIREN SFX ***
3210 FOR I=0 TO 22
3220 POKE L1+I,0:NEXT I
3230 POKE L1+24,15:POKE L1+5,80
3240 POKE L1+6,243:POKE L1+3,4
3250 POKE L1+4,65
3260 FOR I=20 TO 140 STEP5
3270 POKEL1+1,I:NEXT I
3280 POKE L1+4,64:FOR I=1 TO 50
3290 NEXT I:RETURN[1]
]■
```

妈妈坚持开车带我去医院。午饭之后我洗了澡，把自己清理干净后就离开了家。在穿过小城的路途上，她试图浇灭我的希望。

“这显然是个坏主意。”她说。

“我想要见她。”我说。

“他们可能不会让你见她。她可能已经注射了镇静剂，要是哪里出点问题，我真不知道该怎么办了——”

“我只是想问问情况。”

1　本段代码为重复警报特效，运行后电脑屏幕无显示，代码于后台运行。

妈妈将方向盘握得更紧了些："玛丽也可能会拒绝。她很可能还没有准备好见你。就事论事，这可不是电影。你必须得尊重这一切。"

"我明白——"

"不，你不明白，比利。你根本一无所知。这女孩儿已经是个母亲了。在她十四岁的时候。"她因为某些久远的记忆而发起抖来，"每个人都说我太年轻了，说我还是个高中生。"

到了医院以后，妈妈拿着一本西德尼 · 谢尔顿[1]的书等在车上，我则独自进去，径直朝玛丽的病房走去。威特布雷治纪念医院的产科病房里到处都是气球和动物玩偶。这里有此起彼伏的笑声，婴儿的哭声，爷爷奶奶们带着庞大的摄像机，两只手才操作得过来。每间病房都挤满了访客，人们散落在门口，聊天，抽雪茄，在纸盘子上吃东西。我觉得自己就好像迷失在了阴阳魔界里的惊奇派对。

我问了一个护士玛丽在哪里，她指向了一条走廊，那里有一片昏暗的病房，远离这些彩带和庆祝。泽林斯基和院长嬷嬷就坐在走廊尽头的折叠椅上。泽林斯基见我走过来，立刻站了起来，双手交叉抱在胸前。

"你不应该出现在这里。"他说。

"我过来是想看看玛丽还好吗。"

"她一点也不好。你觉得要是她一切都好的话会在这里吗?"

"我很好。"玛丽在房间里开了口。我在走廊上，看不见她，唯一能够看见的就是她的床腿，"你能让他进来吗，求你了?"

1　西德尼 · 谢尔顿，美国作家、制片人，50 多岁开始尝试小说创作，1970 年，长篇处女作《裸脸》问世，次年获得"爱伦 · 坡"奖提名和《纽约时报》最佳小说奖。

泽林斯基没有让步。我感觉得到，一半的他想要抓住我，拳打脚踢外加咆哮着把我撵出产科病房。但是另一半的他却时刻准备着满足玛丽的一切需求。

院长嬷嬷对他耳语，“他是第一个来看望她的朋友。”她说，“我觉得玛丽的身体能够支撑她见一个朋友？就一小会儿？”

泽林斯基没有回答，陷入椅子里，摇了摇头，把脸埋进了沾满墨水的双手中。

“十分钟，亲爱的。”院长嬷嬷对我说。她将手温柔地放在我的背后，领着我进门，“玛丽度过了很难熬的一天，你明白吗？”

“谢谢你。”我说道。

我小心翼翼地走进病房。我对小婴儿一无所知——我甚至都没有抱过小孩子——所以有一部分的我很怕再往前多走一步。病房被帘子一分为二：前面一半是空的，后面一半有一张床，一把椅子和一扇正对着停车场的窗户。玛丽就坐在床上，咬着铅笔上的橡皮，看着一个很大的册子，里面全都是电脑代码。她的头发用发带全部扎到脑后，脸上也略微恢复了一点血色。要是她没有穿着病号服的话，你或许根本就意识不到有哪里不一样。

“你还好吗？”我问道。

“所有血腥的东西都过去了。”她说，“你要庆幸自己五个小时前不在这儿。”

我环顾房间，有一个床头柜，一台电视，但是我没有看到任何婴儿床、盒子或者其他有可能装了一个小婴儿的容器。

“它在哪儿？”我问道。

“什么东西在哪儿？”她问道，“小宝宝？”

“是啊。”

“她已经去大厅了，和她的父母一起，他们是从斯克兰顿来的。”

我花了点时间来理解这句话，想弄明白她的意思。

“他们人好吗？”

“超级好。他们是音乐老师，而且已经有一个女儿了，所以她会有个姐姐。他们的房子有三间卧室，就在一个公园对面。我爸和我一个月前开车去过那里，所以我们可以亲眼看看她会生活在怎样的地方。那里真的很不错，比威特布雷治好多了。”

一个月前。然而这段时间以来我却一直一无所知。一个月前，我走进商店去买助听器电池，玛丽则给了我一张印着电脑游戏竞赛广告的传单。我什么都不知道。

“玛丽一直以来都在耍你。”泽林斯基对我说，“可是你太蠢了，根本就看不出来。”

“斯克兰顿并不是很远。”我说道，“我想你可以时不时去看看？”

玛丽摇了摇头，“不能那样。”玛丽如是说，声音沙哑。她看向膝头放着的那本翻开的册子，“但是看看他们给我带来了什么礼物。”她合上册子，给我看外面。那是最新的 IBM PS/2 电脑的使用指南，“我再也不用在 64 电脑上瞎搞了。我要进入大时代了。VGA 图像，二十兆硬盘。”

这太疯狂了：我完全不在意她所经历的一切，反而感到一阵羡慕。有了 PS/2，玛丽就能大步流星地步入新时代。现在，再也没有什么能拖她的后腿了。

“你想坐下来吗？”她问道。

房间里唯一能坐的地方就是一把硬背金属折叠椅，但我还是坐了下来：“我很高兴你没事。”

“我也是。”

“我以为你死了。”

“因为丢人而死，有可能。”

“我不知道。”我说道，“我真的毫无头绪。”

“我以为很明显了。”玛丽说，“你有注意到我去过多少次厕所吗？”

我耸了耸肩：“我以为那是正常的。在电影里，女生们总是往厕所冲。”

“那七月份的学校旅行呢？”

“你没有去华盛顿？”

“我本应去拜访我哈里斯堡的姨妈。我要在那里生下孩子，这样学校外面没有任何人会知道。”

“你至少应该告诉我的。”

“不，我不能。”她说道，而我立刻明白玛丽是对的。那会儿我是不可能明白的。哪怕到现在我都依然不明白。关于眼前这一切，只能有一个合理解释，虽然看起来是那么不可能：“泰勒·贝尔？”

“没错。”

“那是——你明白的——是他强迫你的吗？”

她摇了摇头：“更像是与之相反的另一种。”

“是你强迫了泰勒·贝尔？”

玛丽一把抓起遥控器，打开了电视，“你能小点声吗？”她调高了音量，把我们的对话隐藏在CK香水的广告之下，“真是傻透了，威尔。我知道这很傻。他骑摩托带我出去，我以为我们只是会接吻。”

“可是你喜欢他？就是像那种喜欢那样喜欢他？”

她并没有立刻回答。她的神情就好像在试着回忆多年以前发生的事情一样。

“我妈妈总是会给任何事情第二次机会。”她解释道，“‘每个人都应当有第二次机会。’她曾这样说，甚至是罪犯，尤其是罪犯。在她生病前，当她还在商店工作的时候，会雇刚刚从监狱出来的人做兼职。她说这是基督徒应当做的事情，耶稣要求我们原谅他们。我爸爸很讨厌这个点子，他觉得她疯了，竟然雇用小偷来看货架。很傻，是不是？但是妈妈却不在意。多年以来，她一直都雇用有前科的人，从来都没有出过问题。然而在她去世之后——”

玛丽停了一下，拿起一只塑料杯子，长长地喝了口水：“可能是在她去世一年之后，我们的兼职都走了，于是轮到爸爸来雇用什么人了。他决定要尊重妈妈的遗愿，也想做基督徒做的事情。于是他去了警察那里，说‘给我一个坏家伙’。意思就是，给我一个总惹是生非的孩子，这样爸爸就能把他给弄来工作。于是第二天，警察就带着泰勒·贝尔来了。”

“你那会儿认识他吗？”

“不，我从来没见过他，但是我看见过他骑着哈雷在市场大街打转。威特布雷治的每个女孩都知道他的样子。她们会到店里来，买一些根本就用不到的废物，只是为了能够见他一面。看看他的头发、他的眼睛，还有他整个骑行者的行头。说实话，我并不确定自己是不是真的喜欢他，又或者我喜欢他，仅仅是因为别人都喜欢他。”

她解释说最初的几个星期波澜不惊地过去了，泰勒做着自己的工作，本本分分。“他对我很友好，因为他不得不这么做。”玛丽说道，“我毕竟是老板的女儿，不是吗？所以即便他大我三岁，我在同他说话的时候也觉得很安全，也会开点小玩笑。我猜那算是打情骂俏吧。不过总是在爸爸看不见的时候。泰勒并不介意，只是笑笑而已，所以每天我都更进一步。”

于是某天晚上，泰勒邀请玛丽搭他的摩托车出去兜风。她描述了他是怎样骑车去了汽车工厂后面的小树林。他们坐在一块毛毯上，抽了一根烟，紧接着就亲上了，并且一发不可收拾：“我特别生自己的气，威尔。一完事我就意识到这是个错误。泰勒非常紧张。他喋喋不休地说话。他说在所有和他交往过的女孩当中，我拥有最美丽的头发。就像一种恭维，你明白吗？”

我什么也没说。我觉得她就像在聊一个截然不同的人，是别的什么玛丽，类似你在某本书里读到的什么角色。我无法相信我竟然认识真正有过性经验的人。

“第二天简直糟透了。他来工作，并且不停地碰我。只要我爸一转过身，他就那样。他根本就没办法把手从我身上拿开。而我呢，则希望那件事别再发生了。我希望他走开。但是我们被圈在了那个商店里，每一天。所以我就编造了一个借口开除他，我说他想要偷打火机。”

“你撒谎？”

“他气坏了。因为没人相信他，你知道吗？连一个相信他清白的人都没有。我这么做真的是太自私太卑鄙了。”

“那你知道那时候你已经——”我没办法让自己大声讲出那个词，我到现在都不敢相信自己竟然坐在一间产科病房里。

“不知道，之后的六个星期我都不是很肯定，我一直希望自己搞错了。可是在我能够肯定的时候，泰勒早就是过去式了。”

电视屏幕上，三个戴着牛仔帽的动人姑娘正在欢迎土豆麦肯齐来到度假牧场举办的西部乡村音乐会。那只狗在鼓后面跳起来，抓起鼓槌，开始独奏。

“我一直等到二月份才告诉爸爸。我说不出口。我真的太羞愧了，竟然干了这么件蠢事。”

我想到了抢劫期间泰勒的狂躁，想到了那些迅雷不及掩耳的破坏到底损毁了多少东西，“他现在知道了吗？”

“我爸上星期告诉他了，在警察局。顺便说一句，这就是他为什么没有被控告。他绝不能忍受自己要送外孙女的爸爸进监狱。他还指望着或许某一天她会想见见泰勒，看看他到底是什么人，如果他是个罪犯的话，就太不合适了。所以他才告诉警察放弃控告，他们才让你们都走了。”

电视上，百威清啤的广告结束了，演播室里的观众齐声高喊着“幸！运！之！轮！”，已经七点半了，全美国最受欢迎的互动节目开始了。我想要换台，但是遥控器还在玛丽手中，她似乎很开心有东西可看，是个很好的借口来结束或者至少是暂停我们的谈话。范娜·怀特出现在舞台上，身着设计师礼服，光芒四射，她轻旋一周，展示裸露的后背和紧绷的小腿，观众们则报以热烈的掌声。

第一个问题是个流行短语，包括六个单词。经过一番排列之后，题板上看起来是这样的：

I FI _ _ _L_ T_ _N _A_ _ TI_E[1]

我想我也该感谢有这台电视。我很高兴坐在这里，同她一起，就好像我们之间并没有决裂过一样。出于某些奇怪的理由，我的思绪总是回到泰勒·贝尔身上，威特布雷治最大的麻烦精，以及一个犯下巨大错误的

1 谜底应为“If I shall turn back time（如果我能倒转时间）”，正好与后文相呼应。

父亲。我知道泰勒已经打算入伍接受基础训练，将开始一段全新的人生，而且我想他的缺席对这个孩子来说或许是好事。可我不知道，他是否曾回头看看，心有悔恨。

泽林斯基出现在门口的时候我仍旧在惶惑。“时间到了。”他说，“出去。”他的出现竟然带来了一丝莫名的安慰——仿佛我们回到了商店里，泽林斯基又把我给踢了出去，这就像美好的往昔时光。

“谢谢你今早过来。”玛丽说道，“你的时间赶得真糟糕，但是我很高兴看见你。”

“也许我们什么时候能一起出去。”我说道，“君主电影院有了新电影，《女巫来自东镇》?”

“《东镇女巫》。”玛丽纠正我。

“或许我们能在那儿见面。”我说道，“要是你还愿意再出去的话。”

玛丽在床上坐直了身子，整理了一下文件夹。她的指甲上画着小小的七星瓢虫，红黑相间的小泡泡似的。“我想还是不要了，威尔。”她试图清清嗓子，可声音仍旧喑哑，“我今天完全重生了。事情终于能够回到正轨。我可以假装这糟糕的一整年从未存在过。”她犹豫了片刻，继续说道，“如果我能倒转时间的话……”

“可以的话?”我问道。

玛丽朝电视屏幕点点头，我明白她已经解出了谜题。

33

```
3300 REM ***  GAME OVER ***
3310 POKE 53281,0:POKE 53280,0
3320 PRINT "{CLR}{RED}"
3330 PRINT "{9 SPACES}THY GAME IS OVER."
3340 PRINT "{9 SPACES}YOU ARE TRAPPED"
3350 PRINT "{6 SPACES}IN THE FORTRESS"
3360 PRINT "{8 SPACES}FOR ALL OF ETERNITY."
3370 PRINT "{6 SPACES}YOUR SCORE IS ";SCORE
3380 PRINT "{6 SPACES}YOUR RANK IS ";RANK$
3390 RETURN[1]
]■
```

三周后，这学期结束了。其后的早上六点四十五我在开始在克斯麦克斯的实习。工厂隐匿在 287 街旁边浩瀚的仓库之中。我得在五点半起床，倒两趟公交才能准时上班。我的老板是个矮小肥硕的海地人，他从来没有告诉过我他的名字，也没有问过我的名字，他只是拍了拍自己的胸脯说："老板男。"

"老板男？"我重复了一遍。

1　游戏结束部分代码，运行后电脑屏幕界面变红色，显示"你的游戏已经结束。你已经被堡垒永远困住。你的分数为××，你的排名是××"。

“非常好[1]！”他说道。

工厂的面积有好几个体育馆那么大，满是静静嗡鸣的机器，团结一致制造出沉闷的轰鸣。我刚来不到几分钟，老板男就让我戴上了耳塞和发网，我就这样站在了一条传送带前，上面是一盒睫毛膏带刷头的盖子。他按下了开关，流水线便吱吱扭扭地开始运转，一列张着口的睫毛膏瓶子朝我汹涌而来。老板男抓起一只刷盖，把它插进张口的瓶子里，然后扭紧：“按，扭，明白?”他说道。

“按，扭?”

“按，扭，按，扭，按，扭。”他边说边以相当惊人的速度给后面的瓶子盖上盖子。他示意我加入工作，但是瓶子比我的手速快得多，我觉得自己好像是在追逐它们。

“按，扭，按，扭，按，扭。”老板男唱了起来，就像这是他们在海地长大时学会的摇篮曲。老板男突然走开的时候，我盖上的瓶子还不足两打。

“第一次休息在十点半。”

“请稍等。”我说道，“我能不能就——”

“按，扭!”

他已经走远了，而瓶子还在源源不断地涌来，像木头兵一样沿着流水线猛冲过来。我的心跳骤然加快，手心开始出汗。我需要集中全部注意力好跟上速度。在我左手边大约二十英尺的地方，传送带的尽头，有三个年长一些的亚洲妇女负责搜集组装完毕的瓶子，把它们装进瘦长的纸质包装

---

1 原文为法语 Très bon。

盒里。她们颇为疑虑地看着我，等着我把盖子拧好。

渐渐地我就有了自信。我学会了抓那些刷子的盖子那端（而不是抓刷子毛），这样我就能把它们准确插到瓶子里。不一会儿我甚至都不需要在工作时动脑子了——我的双手在自动做这件事——我的思绪开始神游。我在睫毛膏流水线上的位置正对一面没有窗户的空心砖墙，偶尔有人从我身后走过，便能无意中能听到零星交谈，但没有足够的时间回过头去看，因为那些瓶子源源不断地在流水线上行进，没完没了。终于我开始觉得无聊了，于是便去看表，发现才刚刚七点，我在装配线上总共才工作了十五分钟。

就是在这一刻，我知道整个夏天都将离我而去——十个星期的单调乏味、灵魂空洞的工作，四十小时轮班制：按，扭，按，扭，按，扭。

还有另外十二个实习生，都是男孩子。其中一半是弱智儿，另一半看上去则像要杀了我。成年工人则都是西班牙裔、亚裔和印度裔，英语水平有限。午餐时间他们都分别坐在一起，就像高中生的小团体，或者监狱里的小团伙。没有人跟我打过招呼，或者对我笑过，我可能又是不会被看见的那个人吧。

休息时间，我就带着三明治去停车场，蹲在废料箱旁的阴影里看史蒂芬·金的小说。在规定的三十分钟休息时间里，我总是尽可能多地吞下更多故事，这样就能用整个下午来回味这些情节，并猜测接下来将会发生什么。除此之外我的脑袋里再也没有别的什么东西了。有时我也会试着数一数睫毛膏瓶子（这可比你以为的要更加集中精力，我最多在四十七分钟内数了七百一十五瓶）。不过大多数时候我只是在想玛丽和泽林斯基，以及我是怎样毁掉了一切的。

与此同时，阿尔夫和克拉克则在威特布雷治麦当劳一起上班。他们总是不停抱怨工作有多难搞——粗鲁的顾客、闷热的后厨、肮脏的除油器。可我看得出来，他们是无比开心的。餐厅里几乎全是十几岁的年轻人，一半都是女生，夜班听起来就像漫长而野蛮的派对。他们会一直逗留到半夜，狼吞虎咽地吃着大汉堡和麦乐鸡，每周都能结算超过一百块钱。

大部分夜晚我都会去麦当劳，坐在为小孩子设计的儿童乐园里，看我的史蒂芬·金，等着阿尔夫和克拉克出来休息。没过几周，我就见过了他们所有的同事——收银台里的可爱姑娘，负责倒垃圾和清扫餐厅的和蔼老伯。他们都会拿出那些疯狂客人令人目瞪口呆的故事款待我，比如一个素食主义者点了个巨无霸却不要肉，还有一个家伙付了五十美金却没有拿找零就开车走掉了。

“你怎么样?”克拉克总是在他们忙了很久之后问我这个问题，“跟我们说点工厂里的故事吧，怎么样?”

我没有任何事情可以分享。在克斯麦克斯的每一天都如出一辙。工厂从不停工，机器从不出故障，大桶里的睫毛膏从不干涸枯竭。我整个早上都在想着午休，而整个下午都在向往回家的公交。

如果这一切还不是那么糟糕的话，更糟糕的是我妈妈开始同泰克约会了。我花了不少时间才能理解。当然了，我早就注意到了她举止中的细微变化：她把头发剪短了，每天早上都会打混合水果奶昔，又开始跟着视频做简·方达健美操。泰克似乎会在她的休息时间造访大食界，而后他们穿过马路，到对面的威特布雷治餐厅喝咖啡。星期四下午，泰克到我们家来吃饭，一切再明显不过。他过来时穿了一件衬衫，打了领带，带了一束小雏菊。他俩都试图表现出目前这种状况没有人么不对劲——“成年人也可以交朋友”他们向我保证——但我很清楚到底发生了什么，而我可不想掺合进去。泰克试图在餐桌上聊天，他说正考虑买一台家用电脑，问我是否能给一些建议。而我只是耸了耸肩，说我不知道。我并不想鼓励他。我可不想同他一起坐在餐桌边，他姿势僵硬，顶着银色的圆寸头，还有一支上了膛的枪，就好像随时在等着利比亚叛军破窗而入。

妈妈强烈要求他留下来喝咖啡、吃点心，而他则逗留得更久，都看完了《思考比一家》和《欢乐酒店》。我自行回避，回到了自己的卧室，看我的电脑杂志。我还留着过去所有的杂志，一期期的新杂志仍旧按月寄到，宣传所有我永远也没机会一试的最新游戏和编程技巧。

泰克开始每周四过来吃晚餐。他总是带新鲜的花来，待到《欢乐酒店》播完才走。我妈妈和泰克一直在追剧，在他们看来《欢乐酒店》是《家族风云》之后最好的剧。他们时不时就要争执戴安娜·查波斯是否会在秋季的剧集中再回来同山姆·马龙结婚。

七月十二日是我妈妈的生日，泰克开车带我们去了锡赛德海茨，我整晚都跟在他们屁股后面沿着滨海栈道上上下下地散步。他们玩了迷你高尔夫，我只是站在一边看着。他们吃了冷冻牛奶沙司，可我一点也不想吃。他们坐在一辆小车上绕着一幢凶宅开了一圈，我选择等在外面。我知道自己这样很不好，但我不在乎。到了某个时刻，我妈终于失去耐心，把我拉到一边，“你为什么要这样?”她问道，“这可是我的生日，你干嘛非得这么苦大仇深的?”

“因为我就是苦大仇深。”我答道。

要度过那个漫长、糟糕、似乎永远也不会结束的夏天，只有一个想法在支撑我前行：高中生电脑程序员年度游戏竞赛。在七月的第三周，我收到了罗格斯大学的一封信，信上说参加竞赛的一百一十八个游戏还剩下五个参与最终角逐，其中就包括威尔·马尔文和玛丽·泽林斯基的《不可能的堡垒》。学校希望我们能够出席颁奖典礼，届时来自数码艺术的弗莱彻·马利根将作为嘉宾评委宣布获胜者。每一个决赛选手都将获得价值五十美元的大学储蓄债券，而获胜者则将把 IBM 的 PS/2 带回家，零售价大约为四千美元。

我把信给妈妈看，并且讨论下一步该怎么办。严格说来，我依然被禁止接触玛丽，但我们都认为她有权利看到这封信。可是上一次我打算递一封信给玛丽，事情是那么坎坷曲折，这一次我真不知道该怎么办才好。

一个星期四的晚上，妈妈在吃饭时把信拿给泰克看，说明了目前的困境。泰克把信对折了一下便放进了运动外套的口袋里。“明天早上我会去店里一趟。”他说，“我会把信交给萨尔。”

“他讨厌我。”我说，“你得把它交给玛丽。”

泰克却摇了摇头：“我不能背着他这么干。”

“那你还不如直接把信撕了。”我说道，“因为这就是泽林斯基会做的事情。他是绝不会让她看见这封信的。”

泰克顿了顿，长长地喝了一口咖啡：“我的上帝啊，贝丝，这咖啡可真是太好喝了。”

“谢谢你。”妈妈说道，“这是麦斯威尔咖啡。”

“把信给我。”我对泰克说。

“让我帮你吧，威尔。”他说道，“我认识萨尔已经八年了，他是个明白事理的家伙。或许我能把这件事搞定。”

接下来的三天我都没有见到泰克。他再来我们家时，我正和妈妈一起在院子里，帮她在一片松砾石上固定一个洗手台。她“种一些多年生植物”的计划已经逐步演化成一个鲜花盛开的植物盛会，要有金盏花和向日葵，胡萝卜和莴苣，还要有一条铺满阶石的小径。不知怎地，我们就发现自己拥有了波罗的海大道上最美丽的草坪。

泰克带着一大箱有机肥料和化学肥料开车来到我家，他在妈妈的注目下抱着箱子穿过草坪。我立刻知道事情不太对头。通常情况下，泰克总是很快就打招呼，并且问我怎么样，可是这个下午他却没有看我。他极其小心地拎起每一袋护根物，就好像这项工作需要他全情投入，全神贯注。我等了大约九十秒钟，终于开口询问他是否把信送到了。

“我把信给萨尔了。”他说。

“然后呢？”

“然后他就交给玛丽了。”

“你在那儿吗？你看到她看信了吗？”

“是的。”

“然后呢？她说什么？”

他摇了摇头：“她什么也没说。”

泰克从口袋里掏出信来，把它交还给我。我把信翻来覆去检查了一遍，期待玛丽或许在上面添加了什么信息，但是并没有。泰克感觉到了我的失望。他一手拍在了我的肩膀上。

“这姑娘度过了艰难的一年，威尔。是真正艰难的一年。有时候对人们来说，最好的事情就是一个全新的开始，你明白吗？”

34

```
3400 REM *** PLAY AGAIN?? ***
3410 PRINT "{CLR}{12 CSR DOWN}"
3420 PRINT "{9 SPACES}THY GAME IS OVER."
3430 PRINT "{2 CSR DOWN}"
3440 PRINT "{3 SPACES}WOULD YOU LIKE TO"
3450 PRINT "{5 SPACES}PLAY AGAIN (Y/N)? "
3460 GET PA$
3470 IF PA$<> "Y" OR "N" THEN 3460
3480 IF PA$="Y" THEN GOTO 10
3490 END[1]
]■
```

颁奖典礼的那一天，我几乎没有办法工作。我一直弄掉刷盖，有六个瓶子没通过 QC[1] 检测，因为盖子拧得不够紧。在回家的巴士上我通常会睡过去，但是这一整天我都坐立难安，心惊胆战。过去的几个星期我一直在等待这场典礼，心想自己也许能赢得电脑，还有朝思暮想能同弗莱彻·马利根进行对话。现如今，这个重要的时刻终于到来，所有的一切都有一种微妙的不真实感，仿佛我仍旧还在工厂里做着白日梦。

下班回家后，妈妈宣布泰克会同我们一起参加颁奖典礼。

1　本段代码运行后电脑屏幕界面显示“你的游戏已经结束。你是否想要再来一次（是/否）”?

1　QC 即英文 Quality Control 的简称，中文意义是品质控制。

“不要。”我拒绝，“门儿都没有。”

“他为你激动得不得了。”她说，“他是真的很想去。”

我提醒她，也要去参加典礼的阿尔夫和克拉克已经来了，我们小小的本田车超过四个人就坐不下了。她却向我保证泰克的车里空间更大。

“他的警车？”我问道，“我们要搭警车去？”

“你见过那车有多大的。”妈妈说道，“里面有足够的空间装下我们所有人。”

阿尔夫和克拉克为这个点子拍手叫好，妈妈于是邀请他们加入我们的赛前户外烧烤。我们在后院里围成一圈，喝着橘子味苏打水，拿纸盘吃汉堡，泰克则讲着威特布雷治最臭名昭著的罪犯们的那些奇葩故事。比如有个女人用一辆婴儿车偷了一只超肥的火鸡，还有一个老家伙总是在克伦肖药店里对着女孩子们露出私处。

每一个故事都让我的朋友们哈哈大笑，野餐似乎没有尽头，大家根本就无视我一直在重申该走了。典礼七点钟开始，我想在五点半的时候出发，可是六点钟的时候我们仍旧在后院里——现在阿尔夫正在讲麦当劳餐厅里的趣事——我简直火冒三丈。可能是我皱眉头太多次了，以至于泰克放下了他的汉堡，把我拉到一边。“跟我说说，”他说道，“你想要什么时候到场？”

“七点整。”我回答道，“典礼七点整开始。”

“那我们就七点到。”他说道，“我向你保证，好吗？现在就放轻松，做个好主人。这些都是你的好朋友。”

在接下来的二十年中，我不知道开了泰克多少玩笑。我取笑他极端的爱国主义，取笑他搜集的约翰·韦恩[1]的陶瓷盘子，还取笑他不管去哪里

1 约翰·韦恩，出生于美国艾奥瓦州，演员，以演出西部片和战争片中的硬汉而闻名。

都非得带着枪，就算是去动物园、去海滩也都要带着。但有一件事我很早就明白：这家伙总是信守承诺。只要泰克说七点到，他就会让你提前十分钟出现在罗格斯大学的校园里，走下竞技中心的台阶，来到一个巨大的地下体育馆，入口处挂着一个针孔打印机打出来的招牌：**热烈欢迎高中生程序员！**

我还从来没有进过大学校园，也不确定自己的穿着是否得体。我穿了松绿色的牛仔裤，白色保罗衫的领子竖了起来，因为电影里预备学校的孩子们总是把领子给竖起来。然而当我们同别的孩子和家长融为一体时，我立刻意识到，没什么可担心的，其他人全都穿着T恤——吃豆人T恤、鲜花村T恤、尽头T恤[1]等。

我敢肯定。对大部分人来说，体育馆里挤满这么多人，怎么看都像个科学展览。可我却觉得仿佛是来到了迪斯尼乐园。这里有一排又一排的折叠桌，放满了各式各样的电脑，地板上有大量电源线纵横交错。有很多学校和大学都在宣传他们的电脑科学项目。这里还有批发商、软件零售商和电脑俱乐部代表。无论我看向哪里，都有很多孩子——数百个孩子，他们全都是像我一样的电脑迷。

沿着一面墙是一排投币式街机，供人免费来玩，阿尔夫和克拉克立刻就被吸引过去跃跃欲试。我径直走到登记台边，看见了一个叫布鲁克斯博士的人，他自我介绍说是这所大学的委托人。他穿了件海军式的运动外套，翻领上有美国国旗，脸是褐黄色的，几乎可以说是橘色，他拥有我见过的最白最明亮的牙齿。他递给我一个刻有“决赛选手”字样的

1　吃豆人、鲜花村、尽头，都是电脑游戏的名字。

徽章，并且说：“我喜欢你的游戏，威尔。”

我以为他弄错了，我以为他把我误认为了别的什么人，“我的游戏是《不可能的堡垒》。”

“我知道。你是威尔·马尔文。”他说道，“我要在今晚选出冠军。”

“你是评委？那弗莱彻·马利根在哪儿？”

“他的航班延误了。”布鲁克斯博士解释道，“匹兹堡发生了风暴，他的飞机转去了克利夫兰。”

“那他什么时候能来这儿？”

“恐怕他来不了了。”我的失望之情一定相当明显，因为布鲁克斯教授马上就开始告诉我他的个人成就。他解释说自己是波音公司的一位总经理，那是一家航空公司，为美国空军提供喷气式飞机，为 NASA 提供火箭。“我这一辈子都在围着电脑工作，所以我很确定自己能够做一场电脑游戏比赛的裁判。”他越过我的头顶看向泰克，并眨了眨眼睛，“我能肯定，弗莱彻·莫里根一定会赞同我的决定。”

“弗莱彻·马利根。”我说道，“他的名字是弗莱彻·马利根。”

“没错。”布鲁克斯教授说道，“去开心一下，威尔。这将会是个了不起的夜晚。”

我没有办法相信。在过去的三个月里我一直在品尝属于我的那份坏运气，可这一次也太荒谬了。为了等待这一刻，我拧上了多少只愚蠢的睫毛膏瓶子？而现在呢，弗莱彻·马利根甚至根本就不会来？他竟然在那个什么该死的克利夫兰？

我们从登记台边走开时，泰克将一只结实的手臂绕在我的肩膀上：“那个教授说他喜欢你的游戏，威尔。我对电脑不太懂，但我看得出刚刚的对话绝对是个好兆头。”

“才不是。”我说道。玛丽和我是为了电脑游戏之王设计的《不可能的堡垒》，而不是为了什么自以为是、黑黢黢的公司经理，他甚至连弗莱彻的名字都念不对，“我是不可能赢的。”

“赢，或者输，谁又在意呢?”妈妈问道，“现在是 1987 年，罗伯特·雷德福[1] 还没有赢下奥斯卡。你觉得他会因为这点小事就让自己一蹶不振吗?”自从和泰克开始约会后，我妈妈总是能够看到任何事情的光明面。

没有什么别的事可做，只能在体育馆的过道里随处走走——但即便如此也还是令人失望透顶，因为那些小摊贩都在售卖软盘、日用品和其他配件，而每一样赠品都在提醒我失去的东西。妈妈坚持要我买些什么，于是我接受了一个做成康柏电脑模型的塑料钥匙链。我很清楚这将是我今晚带回家的唯一一台电脑了。

最后妈妈和泰克去了另一个走道，那里都是一些提供电脑科学课程的大学，而我则去了投币游戏机处，寻找阿尔夫和克拉克。有些孩子在玩《吃豆小姐》和《滚雷》，但是围观人数最为壮观的还是玩《圣凯传说》的机子，这个游戏允许四个玩家共同搭档。我想肯定是有一组玩家达到了空前的高等级所以才有这么多人围观，于是我推推撞撞地穿过人群，想看清楚点。就这样我冷不丁发现自己挤到了一个穿白衬衫、打黑领带的高大男人身边。

“对不起。”我说道。

“呃……哈……”泽林斯基嘟哝着。

1　罗伯特·雷德福，美国导演、演员。

原本心不在焉的我恍然大悟。他穿的就是平常的工作服，似乎是从店里直接过来的。我的脸上一定写着“该死的你在这儿干吗”，因为他慢悠悠地摇了摇头：说实话我也不知道。

《圣凯传说》的屏幕上闪烁着“游戏结束”的字样，玩家们转过身来接受一连串喝彩。玛丽·泽林斯基是和林恩·史考特一起的，那个影视城的收银员，还有沙龙·博伊德，君主电影院的那个女孩。那一刻我意识到，在这个挤满十几岁男孩子的体育馆里，她们三个是全场仅有的女孩子，她们的出现就像某种奇迹。

玛丽认出了我，挥了挥手。她的指甲上画着0和1组成的彩虹，和我们刚开始一起工作的那一天她画的二进制图案一模一样。

“嘿，威尔。”

她看起来是那么不真实，是我熟悉的那个玛丽，但却是苗条时髦版。她的头发短了许多，挑染了金色，是很适合夏天的新造型。她穿了白衬衫和卡其短裤，脚踩粉色的查克·泰勒运动鞋。或许玛丽永远也不会成为比基尼模特，但是她的新衣服衬托了她的美，如今她再也不用隐藏什么了。

“我以为你不会来了。”我说道。

“我爸是不打算让我来的。”她说，“但是我威胁他说我会再要一个孩子。”

阿尔夫目瞪口呆地看着她，我连忙解释说这是个笑话。

玛丽把自己的朋友介绍给了我的朋友们，当然我们已经认识影视城的林恩·史考特了。“已经有一段时间了，”她对克拉克说，“你们整个夏天都没有来租《克雷默夫妇》”

自从我们灾难性地入侵了圣阿加莎学校，而阿尔夫把他的爪子展示给了所有学生之后，克拉克就一直躲着影视城。

“我在忙着工作。”克拉克解释道。他已经开始把爪子往兜里藏了，但是林恩看见了他的动作，并且阻止了他。

“等等，别动。”她说，“你真的是在围栏下面爬的时候把手弄伤了吗?”

克拉克笑出声来，仿佛这个问题是个玩笑：“没有。”

“我是认真的。”林恩说，“到底发生了什么?”

他花了些时间扫视整个地方——或许是在寻找逃跑路线——随后极不情愿地从口袋里把爪子掏出来，“我生下来就是这样。”他坦白，“这叫并指现象，是我家的家族遗传病。”他左右转动爪子，好让林恩能看得更清楚一些，“但是相信我，只要到了十八岁，我就会付钱找医生切了它的。”

林恩缩了缩身子：“什么?”

“他们会从手腕处把它切干净。”克拉克解释道，“然后给我装一只看起来完全正常的橡胶手。”

“似乎有点太过头了。”沙龙说。

“不，简直就是疯了。”林恩说，“你根本就没有任何理由自轻自贱。你来影视城这么多次，我从来都没有注意到过。”

“呃，因为我把它藏起来了。”克拉克承认。

“可我还在别的时候见过你。”林恩指出，“我见过你在市场大街上走路，在图书馆看书，在商场里闲逛。所有这些时候，我都没有注意过你的手，我向上帝发誓。”

我不知道究竟是哪件事让克拉克更为震惊：是林恩并没有在看到他的手时惊声尖叫，还是她早就在大街上、图书馆里还有商场里注意到他本人这个事实。这些事实似乎在他的身体里触发了程序错误，他完全石化，整个人吓呆了，而林恩和沙龙都在等他说些什么。

“已经够了。”阿尔夫说着推开他们，挤到了《圣凯传说》的街机边，“我能加入下一轮游戏吗？我玩得相当不错。你们这些姑娘一定很欢迎阿尔弗雷德·博伊尔加入你们的战队。”

林恩拉住了克拉克的手，鼓励他往前一步，“我们需要一个战友，”她解释道，“玛丽想四处看看。”

“没错。”玛丽说道，“我确实要去转转了。”

“我和你一起。”我对她说。

在泽林斯基能够表示任何反对之前我们就已经飞快地离开了。玛丽和我经过了一排排小摊，兜售电脑辅导、电脑家教，甚至还有什么叫“青少年成就集训电脑夏令营”的——可以在配备有全国最先进电脑的奢侈小木屋里度过四个星期，包括所有食宿，两千五百美金。玛丽抓起一本小册子，开玩笑地塞给我。

我有数不清的问题想要问她：整个夏天她都去了哪里？她都在做什么？她有没有想过我？她有没有想过她的女儿？为了准备好这一刻，我在装配流水线上浪费了大量时间。可玛丽只是随口聊些有的没的，所以我也只好随口附和。

“关于弗莱彻，可真是太糟心了啊。”她说，“我是真的很想见他。”

“我也是。”

“我并不是针对布鲁克斯博士那个家伙，只是他跟我说他的第一台电脑是在打孔机上运行的，在五十年代。我不太肯定他到底有没有真的玩过电脑游戏。”

“我一直都在告诉自己我们输定了。”我说。

“没错。”玛丽同意，“很有可能。”

她听起来并不是很失望。很显然她已经迈向了更大更好的梦想。她很享受那台崭新的PS/2电脑，和林恩、沙龙出来玩儿，买新衣服，让自己变好看，而我却孤独地在化妆品工厂里长时间辛苦工作，陷在过去犯下的全部错误里无法自拔。按，扭，按，扭，按，扭。

“你看到其他参赛作品了吗?”我问道。

她远远地指向了体育馆的另一端，一张长长的桌子上摆满了显示器、手柄和键盘:“你可以在那里玩所有的决赛游戏。他们弄了电脑，所有人都可以玩。其中有一个游戏完全就是剽窃《守卫者》。”

“那有可取之处吗?”

“当然有，还挺棒的，要是你想玩一个又慢又蹩脚版本的《守卫者》。”

这是整个夏天以来我第一次笑出声来。我不敢相信我们竟然这么容易就回到了往昔的玩笑里，就好像过去的八周转瞬即逝。我想走到决赛作品那里去看一看《不可能的堡垒》，但是我们的聊天如此愉快，我不想就此终结。或许最好的做法真的是让过去的都过去。

“对了，”玛丽问道，“你妈妈是在同布来茨基维茨警官约会吗?”

“没错。”

“感觉奇怪吗?”

“特别奇怪。”我说道，但随即也想到了好的一面，“当然了，他也不总是那么讨厌。他对我妈特别好。而且他还肯定说我们今晚能赢，怎么说呢，你知道的——”

“很酷。”她说。

“确实。”

我们的对话被麦克风嘶嘶作响的噪音打断了。远在体育馆的另一端，是一个作为舞台用的小平台，布鲁克斯教授和另外两个大学委托人一起站在领奖台后面。他们共同发声要求安静，随后布鲁克斯教授开始发言。他感谢了每一个人的到来，详尽说明了不久的将来电脑程序的重要作用。他预言，每个人的家中都将有一台电脑，这一天很快就会到来。他还肯定地说人们可以用口袋揣着电脑，甚至可以把电脑穿在身上："想象一下一台电脑还没有一根糖果棒大!"他激动地宣称着，我们全都笑话他那荒谬的预言，这些都是从《摩登家庭》里来的。

最终，他把注意力转到了主议题上——年度游戏竞赛的获胜者。"我想要让大家弄明白一些事情。所有的决赛作品都拥有相当了不起的代码，编程全都做得非常棒。但是绝大多数作品都是像《空间入侵》这种流行街机游戏的变种。今天晚上只有一个游戏称得上是真正的勇者，真正的原创。"

玛丽朝我投来一个充满希望的目光，我知道她在想什么。也许布鲁克斯教授作为裁判比我们以为的要更好。不管怎么说，还有哪个游戏比《不可能的堡垒》更大胆、更原创呢?

布鲁克斯教授清了清嗓子，低头看他的索引卡，继续说道："今晚的获胜者并不是简单的街机游戏。它提供了一种截然不同的乐趣，它更为精致。这个游戏有着强大的绘图能力，以及格外有感染力的配乐。并且它还非常艺术地混合使用了BASIC语言和机器语言共同编程，从而缩减了电脑计算的延迟。请和我一起祝贺今年的一等奖获得者，许章，为他特别的游戏《五张扑克牌》!"

平台上方的墙壁上出现了获胜游戏的截图，平坦的绿色背景上的五张游戏牌。我身旁的所有人都在鼓掌，但我实在是太惊愕了，根本没办法拍手。

布鲁克斯教授继续说道："没错，当一名程序员让宇宙飞船和怪兽栩栩如生，并让它们在屏幕上动起来时，的确令人印象深刻。但许章所做的更有意义。他的纸牌游戏背后有着复杂的人工智能技术的支持，在我玩的牌局里，这个游戏以人工智慧战胜人类对手的概率可以达到以百分之三十五以上。这真是太棒了，我有信心，这预示了电脑编程的光明未来。祝贺你，许章!”

许章来到了台上，他是个矮小的男孩，看起来很惶恐，绝不超过十二岁。他做了简短却优雅谦逊的获奖感言，感谢了他的父母和所有他在迈尔斯通预备学校的老师，感谢了他们的耐心与支持。接着又是一轮礼貌的喝彩，随后许章的爸爸帮他把庞大的 IBM PS/2 电脑抱下了舞台。

“哇哦!”玛丽感叹。

“是啊。”

“我们刚刚是输给了一个九岁的孩子吗?”

“我想是的。”

我并不想说谎，因为我确实很失望。要是输给了像《直升机大战》或者《太空飞车》这种了不起的游戏还好理解。可竟然是五张纸牌的模拟游戏?

更糟糕的是，我们甚至没有拿到五十美金的储蓄债券。由于现场太过热闹，学校似乎忘了这回事。玛丽和我问了三个大人第二名的奖品，似乎根本没人知道我们在说什么。

我妈妈走了过来，身后跟着泰克和泽林斯基，她拥抱了我们：“很遗憾，孩子们。你们做了很棒的尝试。你们绝对应该为自己感到自豪。”

“我觉得根本就是扯淡。”泰克说道，看上去相当义愤填膺，“要是我想玩扑克牌，为什么非要弄一台四千美金的电脑玩?”

他把问题抛给泽林斯基，后者只是耸了耸肩。

“我们该走了。”泽林斯基对玛丽说。

“还没结束呢。”她说，“你说过我们可以留到结束的。”

泽林斯基朝舞台点了点头，上面有个管理员正拔掉麦克风的插头，同时拆卸领奖台：“他们正在整理。你的朋友们呢?”

玛丽巡视了一圈体育馆，但到处都没有林恩和沙龙。我希望她们继续失踪，因为我还没有准备好让这个夜晚就这样草草结束。在今晚之后什么都不会留下，什么都将消失，只有数以千计的睫毛膏瓶子，一个接一个，源源不断。我不知该如何找到早上起床的动力。

“我们去找她们。”泽林斯基说，“已经很晚了。”

这时克拉克推开人群，不知从哪里突然冒了出来。

“你们几个得跟我来。”他说道，但他指的不光是我和玛丽，还有妈妈、泰克和泽林斯基，“你们全都该看一看。”

克拉克领着我们穿过体育馆来到某个区域，这里挂着个招牌，叫做“决赛作品队伍”，还放着两张摆满电脑的长桌，这些电脑可以用来玩最终五个参赛作品里的任意游戏。我们还没走到桌子跟前就已经听到了熟悉的音乐，我们还没有看到每一台电脑，但是每一台电脑上都在玩着《不可能的堡垒》。孩子和大人全都挤在屏幕前，疯狂地打着手势，为了策略和战术争执不下。有越来越多的人在他们身后排起长队，等着一玩为快。有个家伙成功营救了公主，于是他伴随着游戏胜利的音乐手舞足蹈起来，他的朋友们也纷纷来同他击掌。

“天哪。”玛丽唏嘘不已。

“人们爱死它了。”克拉克说道，“你看看他们!”

“不是的。”玛丽说道，“我不是在说这个。”

她将一只手搭在我的肩膀上，轻轻地转动了一下我的身子，这样我就能看见她看到了什么。站在“决赛作品队伍”背后的是个银发男子，身着紫色运动外套和黑色牛仔裤。他正认认真真地看着这些玩家们，研究他们对这个游戏的反应。我立刻就认出了他，当然认出来了，就像罗纳德·里根[1]如果走进房间里来，任何人都会一眼认出他来。

“你是弗莱彻·马利根！”玛丽喊道，“你来了！”

他微微欠身致意，“迟到总比缺席好。我们九个小时前就离开了洛杉矶，可是自然的力量却存心要阻挠我们。”

他的身旁陪着两名年轻男子和一名年轻女子——都是来自数码艺术的随行人员。他们看起来很像只有十几岁——比我和玛丽年纪大，但并没有那么年长。

弗莱彻指向屏幕，“这个游戏真的让我非常开心。”他说道，“看看这些小妖怪的动作！还有这个音乐！这是对 SID 芯片多么巧妙的运用啊，你们不觉得吗？”

我吓坏了，根本无法回答。我无法相信这一切真的发生了。玛丽在一旁用胳膊肘戳了戳我。

“这是我们做的。”我说道，“我和玛丽。这是我们的游戏。”

“你们是在开玩笑吗？”弗莱彻上上下下地打量起我们，“可你们俩还只是小孩子！你们多大了，十四岁？老师帮助你们了吗？”

玛丽哈哈大笑：“完全没有。”

有一个玩家重新开始了游戏，标题画面蹦了出来。弗莱彻俯身凑近屏幕，眯起眼睛读上面的文字：“激进星球是什么？”

泽林斯基，妈妈，还有泰克在我们身后徘徊，每个人都在等着我回答

1　罗纳德·威尔逊·里根，第 40 任美国总统（1981—1989 年）。

问题：激进星球是什么？我回想我们在商店里创造出这个名字的夜晚，几乎像是一百万年以前的事情了。

“是我们的公司。”玛丽说道，“威尔负责游戏，我负责音乐。但是我们会同时参与各个方面的工作。”

“那么谁负责你们的销售？”

“我们还没有公开发表呢。”玛丽说道，“我们只是想做出好东西，晚一点再去担心赚钱的问题。”

“当然，当然！”弗莱彻转向了他的随行人员，并且又让玛丽重复了一遍刚刚说的话，就好像她概括了人生的意义，“这就是我一直以来在强调的。在没有准备好之前就别惦记着赚钱！问问雅达利就知道了。他们从烂透了的《E. T.》游戏里学到了这一课。”

弗莱彻的随行人员礼貌地笑了，而我们的父母则迷惑地旁观，想知道外星人和眼前的事情又有什么关系。

“你们俩有名片吗？”弗莱彻问道。

我差点就要说没有了，不过玛丽再一次抢在了我前面：“我们忘带了。”

“那我怎么才能联系到你们呢？”

玛丽在一张纸上写下了她爸爸的商店地址，还注上了电话号码：“我们在威特布雷治有办公室。就在火车站正对面。是个很不错的地方。”

泽林斯基清了清喉咙，“并且全部翻新了。”他干巴巴地说，“全都是新的灯和货架。”

弗莱彻给了我们名片。上面以浮雕的方式突出了著名的数码艺术的商标，这个图案存在于所有我喜欢的游戏包装盒上，“我希望继续我们的对话，明白吗？和我保持联系。”他同我们两个人分别握了手，也同我们的父母还有泰克握了手，随后便像个苦修僧人一样走入了人群中。

他刚一离开，我和玛丽就爆发出了紧张的笑声，“你听到他说的关于动画的那些话了吗？”她问道，“你听到弗莱彻·马利根夸奖我们游戏里的动画了吗？”

我们对着名片惊叹不已，就好像那是用纯金做的。它们比任何纪念品都要棒，尤其是比五十美金的现金债券要好得多。玛丽把名片按在她爸爸的脸上。她几乎上下跳个不停：“爸爸，那就是我一直跟你说的那个人！他就像电脑游戏界的威利·旺卡！你听到他对 SID 芯片的评价了吗？”

“冷静点。”泽林斯基说道，“SID 芯片是什么？”

玛丽睁大双眼：“我的天啊。他回来了！”

“谁回来了？”我问道。

“在你后面！”她低声耳语，“弗莱彻·马利根又回来了！”

于是这位电脑游戏界的威利·旺卡就像个老朋友似的信步走来，仿佛我们一直以来都很熟悉彼此。“我忘了问，”他说道，“接下来是什么？”

“接下来？”玛丽反问。

“下一个游戏是什么？”弗莱彻问道，“你们目前在做什么？”

我僵住了。我们全都僵住了。我不知道说什么好。我可不想毁了这一切。就连弗莱彻似乎也意识到自己问了一个不太合适的问题：“你们正在弄新的游戏，是不是？”

玛丽深吸了一口气，就好像她已经准备好吹灭什么蜡烛似的：“一个月内就会准备好。”

“太棒了！”弗莱彻说道，“是个好游戏吗？”

“你会爱上它的。”玛丽保证，“它绝对比《不可能的堡垒》要好。更好的动画，更好的音乐，更快的游戏操作。那绝对是我和威尔做过的最好的游戏。”

弗莱彻点了点头，仿佛这是个他期待已久的答案。“那我希望在你们完成后尽快看到。”他说，“我的地址就在名片上。我会等你们的，好吗?”

我们又都握了一遍手，随后他便消失在了人群之中。

玛丽和我盯着他的背影，目瞪口呆。

“一个月之内?”我问道。

“我很抱歉。”玛丽说道，“我吓坏了。”

“一个月，从零开始做出一整个游戏？怎么做啊。根本不可能!”

“你也是这么说机器语言的。但我们做到了。我们还可以再来一次。”

“可现在不同了。我现在连一台电脑都没有。”

玛丽满怀期望地看向她的爸爸，而泽林斯基则充满希望地看着体育馆的房梁，仿佛最佳借口就写在天花板上。

“得了吧，萨尔。”泰克说道。

“好吧。”泽林斯基说，“你们可以用陈列室。但这并不能改变任何事情。”他伸出一只手指向我，“我仍然希望你七点整离开。”

就这样，我们回到了忙碌的工作之中。

关于代码的说明

着手写这本书时，我想要制作一个《不可能的堡垒》的电脑游戏（因此每章开头才会有代码摘要），能够在康懋达 64 模拟器上玩。随着时间的推移我意识到，如果用今天的电脑来设计并进行编程的话，比利和玛丽的杰作将会找到更多的受众，也会更有乐趣。圣赞工作室的丹和杰克·瓦契图因此加入进来。他们读了早期的手稿，花了许多时间同我商量方案，并且为《不可能的堡垒》创造了一个伪八字节的改编，你们可以在我的作家网站 jasonrekulak. com 上免费玩这个游戏。我的最高分是 8454，要是你们超过了我的话，我希望你们能给我留个言。

致 谢

特别感谢我的编辑玛丽苏·鲁兹，我的代理人道格·斯图尔特。他们是玩《不可能的堡垒》的高手，我真诚感谢他们全部的想法、能量和热情。

同时也要感谢 TRS-80 电脑的粉丝乔纳森·卡普、理查德·霍纳、萨拉·雷迪、卡利·德斯坦、扎卡里·诺尔、艾伯尼·拉戴勒、塔玛拉·阿雷拉诺、勒威林·波兰可、杰克·佘，以及其他来自西蒙 & 舒斯特的每一个人。感谢所有接受了这本书的国际编辑和代理人，包括西斯维亚·莫纳尔、卡司潘恩·丹尼斯、汉娜·格里菲斯、亚历克斯·罗素和汤姆·哈姆森。

我从卢卡·冯斯特、威尔·施特勒、杜奇·霍纳、丹·瓦契图、格雷戈·瓦灵顿、爱德华·米兰、帕特里克·考菲尔德、赛斯·费世曼、泰勒·雅克、莎莉·斯麦丽，以及“怪癖书系”（Quirk Book）的所有人那里得到了极大的帮助和技术支持。谢谢你们，所有人。

1984 年，我的父母买了一台康懋达 64 电脑回家，在那时，一台六百美元的电脑简直就是天方夜谭般的奢侈品。谢谢你们，妈妈，还有爸爸，谢谢你们所做的一切——谢谢 VICE（http://vice-emu.sourceforge.net）的开发者让 64 电脑依然存在，并运转良好。

最后：没有我妻子朱丽叶·斯考特的帮助和支持，我是无法完成这本书的，对于她，我无论怎么感谢也不够。你知道我爱你，不是吗？你让我梦想成真。

译后记 | 为了杂货店里的胖姑娘

《不可能的堡垒》对我来说是一个很特别的故事，它同我翻译过的任何一部作品都不一样，和我自己的写作经验也相去甚远。总的来说，我翻译过的作品，我写过的故事，都不算轻盈愉快，所以，阅读这个格外青春有趣的故事对我来说算是度过了相当治愈的一段时光，整个翻译过程中，我的脸上应该都挂着不自觉的微笑，我戏谑地称这是我翻译过的最年轻、最充满活力的一本书。

一本能让人不知不觉就笑出来的书，却又从心底觉得柔软甜蜜，还有些紧张和忧伤，在平铺直叙又常常沮丧的生活里，可真是难得。

这是一个特别典型的美国青春故事，无论是人物，还是情节的起承转合，都很美国，简单直接。三个男孩的角色配置你一定在《怪奇物语》和《小丑回魂》这类电影里见过，有人负责做正经事，有人负责绵甜软贱，有人负责颜值担当，他们通常都不是学校里的佼佼者，往往还有些致命的小缺陷，就是这样普通的他们，在小镇里一起犯错一起成长。这样的青春背景里，必然需要一个女主角，在大多数版本里，这个女主角通常都要惊为天人，启蒙少年们那一点点甜蜜的羞涩和幻想。可这个故事里的女主角却是一个整天埋头研究计算机代码的胖姑娘，身上还有着各种各样的弱点，少年们对她并没有什么幻想，甚至主角之一还拿她丰满的身材开恶毒的玩笑。从某种程度上说，这个故事中的少年和少女，都是在青春期中最不起眼的那些人。

所以，在学校里被忽视普通人，被别人视为怪胎的人，就没有自己浪漫而传奇的青春了吗？这个故事，正是写给这样一些人。

让整本小说具有吸引力的地方当然很多，比如这不仅仅是一个青春故事，还是个丝丝入扣的“犯罪小说”，主角亲手制作的游戏与自己的生活巧妙地相互映照，对于熟悉八十年代美国音乐、电视节目的人来说，整部小说简直就是一封从时光深处慢递而来的情书，情怀满满，我发誓，这是我翻译过的小说里笔调最轻松日常的一本，但又是我做了最多注解的一本，这是属于大洋彼岸的八十年代情怀。

然而，最最打动我的，还是杂货店里的胖姑娘玛丽，虽然她的经历并不轻松，她的性格也颇为复杂微妙，纵然作者未加渲染，但还是流露沉重底色，可她却是整个故事里的那一块方糖、一抹粉色、一点甜蜜。

有两个细节是我很快就能够回想起来的。其一是玛丽很爱美甲，很难想象吧，一个整天对着计算机研究编程的胖姑娘却会把细腻的心思涂抹在小小的指尖。她在指甲上画什么呢，画 0 和 1，这是计算机代码里的二进制字符串，像一条数字彩虹浮动在指尖，看到这里时，我轻轻地“wow”了一声，这真是只有懂的人才能识别出的少女心。另一个细节，是玛丽在自己编写的游戏中设置了隐藏结局，需要亲吻游戏中的“玛丽”这一角色才能拿到最高分，而我们的男主人公顺利通关。这个设置让我笑了很久，虽然情窦初开的两个人都没有表达甚至表露过心迹，可是却在一个小小的游戏中印证了心照不宣的默契。我还记得我当时连连摇头，说真是甜炸了啊，我真是喜欢死这个有趣的胖姑娘了。

然而在聪明、有趣又心怀浪漫的形象背后，玛丽也有自己的弱点，比如她也会说谎，会虚荣，会伤害别人、伤害自己，甚至犯下很大的错误，正如故事中的男孩子们一样。男孩们犯下的错误也算得上是惊天动地，所以他们每一个人都是在与自己的生活还有身上各种各样的弱点作战或妥协。

故事发生的这个夏天，或许是玛丽日后回想起来最五味杂陈的夏天，他人与自己共同酿成了不止一出的悲剧，牵连甚广，可青春的力量却在于，当这个夏天过去，当你从阴影里走出来，当你剪断同那些荆棘的牵扯，一切竟然都可以被轻描淡写地一笔带过，一切都可以相安无事，你依旧可以开怀大笑，继续奔向下一个炽烈的夏天。

希望你在这个故事之中能够和我得到一样甜蜜的体验，能够在故事的结尾，原谅这些懵懵懂懂又对生活有无限幻想的年轻人，就像原谅十几岁时那个勇猛而傻气的自己。

姚瑶

2018年春天，于北京